CHAINED
Gabriella Queen

Bibliografische Information der Deutschen Nationalbibliothek: Die
Deutsche Nationalbibliothek verzeichnet diese Publikation in der
Deutschen Nationalbibliografie; detaillierte bibliografische Daten
sind im Internet über dnb.dnb.de abrufbar.

Die automatisierte Analyse des Werkes, um daraus Informationen
insbesondere über Muster, Trends und Korrelationen gemäß §44b
UrhG („Text und Data Mining") zu gewinnen, ist untersagt.

Covergestaltung: Casandra Krammer
Verlag: BoD · Books on Demand GmbH, Überseering 33,
22297 Hamburg, bod@bod.de
Druck: Libri Plureos GmbH, Friedensallee 273, 22763 Hamburg

ISBN: 978-3-8192-6712-3

GABRIELLA QUEEN

CHAINED

VERHEIRATET MIT DEM MAFIAPRINZEN

KLAPPENTEXT

In der Unterwelt ist Liebe das gefährlichste Versprechen. Luca DeRossi wusste immer, dass sein Name eine Verpflichtung ist. Doch als sein Vater ihn zwingt, Damien Valenti zu heiraten, um eine Allianz zwischen den Familien zu schmieden, wird ihm endgültig klar, dass sein Leben nicht mehr ihm gehört.

Damien ist kalt, berechnend und gefährlich – ein Mann, der sich Respekt mit Blut verdient hat. Luca will ihn hassen, doch je länger er an Damiens Seite bleibt, desto schwerer wird es, sich der Faszination zu entziehen, die von ihm ausgeht.

Im Kampf um seine eigene Freiheit gerät Luca in ein riskantes Spiel, dessen Regeln er nicht kennt. Nur eins ist klar: Der Verlierer wird mit seinem Leben bezahlen.

INHALTSWARNUNG

In dieser Geschichte werden Themen behandelt, die für einige Menschen zu heftig sein könnten. Es folgt eine allgemeine Aufzählung, damit du individuell entscheiden kannst: Schusswaffen, Alkoholkonsum, Blut, Erpressung, Feuer, körperliche und psychische Gewalt

KAPITEL 1

Damien - Damals

WENN ER SICH an den schlimmsten Tag seines Lebens erinnerte, dann zu allererst an den Geruch. Eine Rostnote zwischen der staubigen Trockenheit, die die Nase unangenehm kitzelte. Der metallische Geruch stammte von den zurückgelassenen Maschinen und Regalen, die an den Seiten der verlassenen Lagerhalle ruhten.

Das Gebäude war groß und alles schien von einem gräulichen Grünschleier bedeckt zu sein. Die Wände streckten sich so hoch, dass jeder Schritt sein eigenes Echo produzierte.

Sie waren viele Leute. Viele Schritte. Viele Echos.

Damien lief mit seiner Familie. Jede Bewegung fiel schwer, aber weder Stehenbleiben noch Weglaufen war eine Option. Das war eine Lektion, die er schon viele Jahre zuvor gelernt hatte. Bestrafungen musste man durchstehen. Man musste hinsehen und alles in sich aufsaugen. Das stärkte die Mauern.

Matteo saß auf einem Stuhl. Sein Haar war zerzaust, ein beinahe zu vertrauter Anblick. Er war gefesselt, die Hände hinter dem Rücken. Selbst die Fußknöchel waren an den Stuhlbeinen festgebunden. Schweiß glänzte auf seinem Gesicht und seine Brust hob sich sichtbar unter hektischen Atemzügen.

Damien reichte ein einziger Blick, um seine Panik zu spüren. Sie traf auf seine Mauer, doch drang mit Leichtigkeit hindurch. Matteo war ihm immer schon unter die Haut gegangen. Seit sie sich kennengelernt hatten. Er ließ ihn nicht kalt. Auch jetzt nicht.

Damien war sechzehn, aber gerade regte sich in ihm auch sein deutlich naiveres, zwölfjähriges Ich, das sich auf seinen Vater stürzen und an ihm zerren wollte. Es wollte weinen und ihn anflehen, es gut sein zu lassen. Er würde ab jetzt ein braver Sohn sein und nie wieder so einen Fehler machen. Und Damien hätte es getan, hätte die Demütigung in Kauf genommen – wenn es etwas geändert hätte.

Aber das würde es nicht.

Betteln hatte bei seinem Vater noch nie Erfolg gebracht. 'Das ist vielleicht die wichtigste Lektion für dein Leben, Damien – Fehler haben immer Konsequenzen. Weder das Schicksal noch deine Feinde werden sich jemals von Tränen oder Worten beeinflussen lassen.'

Sie bildeten einen Kreis um Matteo und warteten darauf, dass sein Vater vortrat. Die gesamte Familie Valenti wartete auf seinen Zug. Damien fror. Der Geruch des alten Metallrostes schnitt bei jedem Atemzug in seine Schleimhäute.

Er wusste, dass sich gleich noch die Note von Blut hineinmischen würde. Matteos Blick traf auf seinen. Anklagend, ängstlich, wütend, resigniert, irgendwie alles gleichzeitig. *Wir hätten das niemals tun dürfen,* dachte Damien. *Es tut mir so leid, Matt.*

Seine Hände ballten sich zu Fäusten. Die Erinnerungen an ihre gemeinsame Zeit rauschten wie ein Wasserfall über ihn hinweg – genauso kraftvoll genauso donnernd. Er bekam keine Luft.

Matteos Grinsen im blauen Lichtschein eines Nachtclubs. Küsse, die nach Zigarettenqualm schmeckten, aber nur beim ersten Mal. Hände, die ihn auszogen. Das Leuchten seiner Augen, weil sie etwas Verbotenes taten. All die Geheimnisse, die in ihm schlummerten, die ihn süchtig gemacht hatten.

Matteos alberne Witze und lässige Sprüche, die manchmal gar keinen Sinn ergaben ... und sein Lachen, wenn er ihn darauf hinwies. Matteo, der sich über seinen Klavierunterricht lustig machte und in stillen, kostbaren Momenten doch darum bat, dass er für ihn spielte. Matteo, der ... ihm vertraut hatte, ihm gefolgt war, auch dann, als er ihn verraten hatte. Und der ihm jetzt nicht einmal einen Vorwurf zu machen schien.

'Wenn man so ein Risiko eingeht, muss man nur sichergehen, dass es das wert ist. Das Maximum rausholen.' Die Zeit war die beste seines Lebens gewesen. Aber durfte das sein Leben kosten? Damiens Kehle war eng. Er schüttelte den Kopf, um die Gefühle loszuwerden, sie davon abzuhalten, ihn zu überwältigen. Er musste mehrmals blinzeln, um seinen Blick zu klären.

Zwei Schritte nach vorn. Sein Vater streckte den Arm mit der Waffe aus.

»Letzte Worte?«

Matteo wandte den Blick von ihm ab und schaute stattdessen zu seinem Vater. Seine Miene wurde kühl wie die eines Erwachsenen. Wie die seines eigenen Vaters. »Meine Familie wird mich rächen.«

Dann knallte der Schuss und Matteos hübscher Kopf ruckte nach hinten.

Heute

Die Kommode rückte bei jedem Stoß erneut gegen die Wand. Ein Geräusch, das normalerweise ziemlich verräterisch gewesen wäre, doch die Feier anlässlich seines zweiunddreißigsten Geburtstags überdeckte es mit Leichtigkeit.

Das Herrenhaus summte förmlich unter dem Gemurmel der vielen Stimmen. Es war vollgestopft mit geladenen Gästen. Politiker, Familienmitglieder, Handelspartner. Dort unten in den Salons trugen sie ihre elegantesten Outfits, blankpolierte Schuhe, Krawatten aus italienischer Seide. Der Farbcode war Blau und Violett gewesen und alle hielten sich daran. Damien war zufrieden mit dem Anblick gewesen.

Der Mann vor ihm trug ein dunkelblaues Hemd mit weißen Nähten. Ein einziger noch geschlossener Knopf hielt es vor seiner Brust zusammen, während er sich mit einer Hand auf die Kommode stützte und mit der anderen von der Wand abdrückte, um ihm etwas entgegenzusetzen.

Seine Haare waren blond und kurz geschoren. Zu kurz, um hineinzugreifen. Stattdessen vergrub Damien die Finger in den schmalen Hüften, die sich ihm immer wieder entgegen drückten.

Enzo hatte einen perfekten Arsch und einen muskulösen Rücken, den er gerne betrachtete, während er ihn fickte. Dieses Mal hatten sie sich allerdings nicht die Zeit genommen, die Kleidung loszuwerden. Alles war nur so weit geöffnet oder heruntergezogen wie nötig. Damien wollte nur Druck loswerden. In letzter Zeit waren die Gelegenheiten dazu rar gesät. Die Geschäfte liefen immer schlechter, ständig gab es neuen Ärger, neuen Schmutz, den er beseitigen musste. Immerzu wachsam zu sein, immer die besten Entscheidungen zu treffen, alles zu bedenken, das Leben zu spielen wie eine Partie Schach – das war auslaugend.

Es tat verdammt gut, einfach mal nur mit leerem Kopf einer niederen Begierde nachzugeben. Damien presste die Kiefer aufeinander, unterdrückte ein Stöhnen.

Ihre Körper hämmerten regelrecht gegeneinander. Sie machten es schnell und hart, mochten es beide auf diese Art. Auf eine andere Art hätte es ohnehin nicht in sein Leben gepasst.

Enzo hechelte wie ein durstiges Tier. Damien merkte, wie sein rechter Arm zitterte, während er mit der Linken versuchte, sich zum Höhepunkt zu bringen. Aber er ließ nicht nach.

Als er kam, brach der andere Mann regelrecht unter ihm zusammen, schnaufend und japsend. »Ich dachte die ganze Zeit, wir zerficken deine Kommode.«

»Scheiß auf die Kommode.« Er zog sich von Enzo zurück und ließ das Kondom in einem alten Taschentuch verschwinden. Dann richtete er Hose, Hemd und Krawatte. Einen Moment lang herrschte eine angenehme Stille in Damiens Kopf und zwischen ihnen beiden. Gedämpft drang die Geräuschkulisse der Feier zu ihnen empor. Er war bereit, zurückzukehren. Die Mühe, auf Enzo zu warten, machte er sich nicht.

»Warte«, bat der ihn jedoch, bevor er die Tür erreicht hatte.

Genervt drehte Damien sich um. Gerade war er dabei, seinen Samen von dem Möbelstück zu wischen. Er steckte das Tuch weg und fuhr sich mit der flachen Hand über die raspelkurzen Haare. Die Frisur konnte beim Sex kaum in Unordnung geraten ... es schien nur eine Angewohnheit zu sein.

»Was?«, fragte Damien.

Enzo lächelte, seine Züge waren weich. »Können wir nicht kurz alleine reden?«

»Wozu?«

»Weil es nett wäre?«

Damien hob eine Braue. »Wenn ich nett sein will, spende ich ans Waisenhaus.« Was er im Übrigen tatsächlich tat. Wirkte sich steuerlich positiv aus.

»Ich dachte nur ...«

Er verließ den Raum, stieg die Treppe zum ersten Stock hinunter und kehrte auf seine Feier zurück. In das Meer aus blauen und violetten Anzügen, Kleidern und Krawatten.

Jedes Gesicht war mit einer Maske bedeckt – auch das gehörte dazu. Die meisten Leute erkannte er an Statur und Haltung, oder spätestens an der Stimme, aber die Verkleidungen verliehen der Feier eine Note des Besonderen, so wie es vom Oberhaupt der Valenti-Familie erwartet wurde.

Aus dem großen Salon drang Pianomusik, die sich angenehm über die Unterhaltungen legte. Hier und da klirrten

Gläser oder klopften Hände auf Schultern. Damien legte keinen Wert auf seinen Geburtstag, aber Anlässe zum Feiern waren wichtig, um die Leute zusammenzubringen. Um sie im Auge zu behalten. Gerade jetzt. Irgendwo unter der Oberfläche brodelte es und er suchte schon seit Wochen nach der Quelle. Zur Abwechslung schien es jedoch keine der Banden zu sein, die versuchten, die Grenzen ihrer Einflussbereiche zu verschieben. Denen musste er in regelmäßigen Abständen zeigen, dass ein Valenti keinen Spaß verstand, wenn es ums Geschäft ging und nun war seit geraumer Zeit Ruhe eingekehrt, was das betraf.

Doch es gab Ärger an anderen Stellen. Immer weniger Ware schaffte es über die Grenzen. Entweder stellten sich seine Leute auf einmal besonders dumm an oder die Spürhunde hatten gerade eine Glückssträhne ... *oder* jemand gab ihnen Tipps.

So ein Leck zu finden war verdammt schwierig. Aber eins der Dinge, die Damien von seinem Vater gelernt hatte, war, dass man nicht immer nach dem Feind suchen musste. Manchmal kam er auch von selbst zu einem.

Deswegen verließ Damien den Saal nach einigen kurten Gesprächen wieder und trat hinaus auf den Balkon. Ein wenig frische Luft schadete sicher nicht. Er schwenkte sein Glas – ein 16 Jahre alter Lagavulin, er liebte den rauchigen Geschmack – und trank. Hinter ihm bewegte sich die Tür. Zeigte seine Strategie bereits Wirkung oder war das Enzo, der immer noch reden wollte?

Es war ein Mann, der sich ihm näherte. Mittlere Statur, schlank, dunkles Haar. Anhand seiner Hände schätzte Damien ihn auf annähernd sein eigenes Alter – Anfang dreißig.

Das Gesicht war komplett hinter einer Maske verborgen. Nur die Augen waren sichtbar. Blau. Aber Damien kannte ihn nicht.

»Ein schöner Abend«, sagte der Fremde im freundlichen Plauderton und auch in seiner Stimme fand Damien nichts Vertrautes. »Und eine Feier wie ein Kunstwerk.« Der Mann strich sich über die Krawatte. »Zum Glück hatte ich diese fliederfarbene Krawatte im Schrank. Ich hätte nicht derjenige sein wollen, der das Bild zerstört.«

Damien beobachtete den Mann aufmerksam. »Danke für Ihre Umsicht.«

»Danke für die Einladung.«

»Gerne, Herr ...«

Sein Gegenüber neigte den Kopf und Damien war sich ziemlich sicher, dass er lächelte. »Moretti. Raphael Moretti.« Er war so freundlich, kurz seine Maske zu lüften. Das Gesicht darunter war ebenmäßig und tatsächlich nicht vollkommen fremd. Die Morettis waren eine Familie, mit der Damien so gut wie gar nichts zu tun hatte. Einer der kleineren Clans, der sich eher neutral verhielt. Er hatte sie eingeladen, um das zu ändern.

»Ah«, machte Damien. »Freut mich, dass Sie es einrichten konnten.«

»Die Freude ist ganz meinerseits«, erwiderte Raphael und setzte die Maske wieder auf. Seine blauen Augen strahlten. »Man hört viel vom Valenti-Erben. Und ich muss sagen, die Gerüchte werden Ihnen kaum gerecht.«

Auch wenn diese Art Gespräche und Komplimente dazugehörte, langweilte sie Damien nach all den Jahren zunehmend. Dennoch verzog er keine Miene. »Ich spiele wirklich sehr gut Schach«, erwiderte er, um aus dem üblichen Muster auszubrechen.

Moretti lachte. »Stimmt, davon habe ich auch gehört. Ich meinte aber eher Ihre Ausstrahlung.«

Sie landeten also trotzdem bei dieser Art von Bauchpinselei. Damien wandte sich zu Raphael Moretti um. »Was kann ich für Sie tun, Herr Moretti?«

Der hob abwehrend eine Hand. »Oh, ich wollte mich nur unterhalten. Ich habe nicht direkt ein geschäftliches Interesse. Eher ein menschliches.«

»Ein menschliches Interesse?« Damien war kurz davor, die Augen zu verdrehen. Das klang alles viel zu sehr nach einem Flirt und daran hatte er kein Interesse.

Die Augen seines Gegenübers funkelten amüsiert. »Ja. An Ihnen. Sie sind doch -«

Weiter kam Moretti nicht, denn drinnen knallte es. Glas sprang und es polterte. Dann brach plötzlich ein Tumult aus. Durch die Glastür sah Damien, wie Leute sich auf den Boden warfen oder sich gegen Vorhänge und Möbel drückten.

Ein Anschlag. Blut rauschte in seinen Ohren und ihm wurde trotz des kühlen Windes warm. Sofort fokussierte sich sein Blick. Es war, als würde eine Maschine beginnen, zu arbeiten. Kurz scannte er den Raum, aber dann fiel ihm eine Bewegung hinter einem der anderen Fenster auf. Vielleicht der Attentäter.

Ohne noch etwas zu Moretti zu sagen, setzte Damien sich in Bewegung. Er sprang auf das steinerne Geländer des Balkons und von dort aus auf einen Fenstersims, zog sich hoch. Wieder hinauf in den zweiten Stock, wo er vorhin noch mit Enzo gewesen war. Das Herrenhaus besaß eine so kunstvoll ausgearbeitete Fassade, dass es sich wunderbar zum Klettern eignete.

Damien brauchte nur Sekunden, um den Raum zu finden, in den der Verdächtige geflohen war. Eins der kleineren Gästezimmer, in dem momentan einige seiner alten Anzüge lagerten. Kurzerhand zog Damien seine Waffe und schlug damit das Fenster ein. Im nächsten Moment war er drinnen und richtete den Lauf auf den Unbekannten.

Er trug eine silberne Maske und einen hellblauen Anzug. Und er roch nach Qualm. Damien rümpfte die Nase. »Die winzigste Bewegung und du schwebst über den Wolken«, drohte er ihm und ging näher heran, die Waffe auf den Kopf des Mannes gerichtet.

Im Haus lösten hastige Schritte und das Knallen von Türen die Schreie ab. Drei Sekunden später standen seine Leute auf der Schwelle.

»Entwaffnen und fesseln. Ich will mit ihm reden.«

Der Kerl war jung. Vielleicht gerade mal zwanzig. Eine wahnsinnig lebhafte Wut funkelte in seinen zu Schlitzen verengten Augen. Er schien gar keine Angst zu haben.

Sie waren in dem kleinen Gästezimmer geblieben. Seine Leute hatten den Attentäter ausgezogen und gefesselt und waren auf seine Anweisung hin dann auf die Feier zurückgekehrt, um sich um die restlichen Besucher zu kümmern.

Die Bombe hatte zwei Tote gefordert. Die Frau eines befreundeten Restaurantbetreibers, und Damiens Cousin Stephán. Zudem gab es drei schwerverletzte Personen und mehrere Verletzte, die unterwegs ins Krankenhaus waren. Damien hatte diese Informationen aufgenommen und verarbeitet wie ein Computer. Jetzt richtete er seinen kühlen Blick auf den Attentäter.

Es war der erste Anschlag direkt in seinem Haus, seit er an der Spitze der Familie stand. Eine blutige Premiere. Gab es ein Leck in seinem Sicherheitsteam? Es gab mit einem Schlag eine lange Liste von Dingen und vor allem

Personen, die er überprüfen musste. Von eigener Hand, denn inzwischen war wohl offensichtlich, dass es jemanden gab, der von innen heraus mit dem Feind zusammenarbeitete. Erst seine Geschäfte, jetzt sein Privatleben.

»Für wen arbeitest du?«

Er war darauf eingestellt, dem Kerl Schmerzen zuzufügen, damit er redete. Er würde damit anfangen, seine Finger zu brechen. Das Geräusch dabei hatte immer etwas Befriedigendes und es war so verdammt einfach.

Doch zu seiner Überraschung sprach der Mann allzu bereitwillig mit ihm.

»Das Kartell sendet seine Grüße.« Der Kerl hielt seinem Blick scheinbar mühelos stand und bleckte die Zähne zu einem Grinsen, in dem nur wenig Freude steckte.

»War das schon alles?«

Das *Kartell* ... ein Zusammenschluss mehrerer dubioser Banden und Einzelpersonen, die bis heute niemand so komplett identifizieren konnte. Es gab nur Gerüchte, dass einige der kleineren Familien mit ihnen kooperierten, aber bislang keine Beweise. Anfangs keine große Bedrohung, doch über die Jahre waren sie gewachsen und hatten sich zu einem echten Ärgernis entwickelt. Wahrscheinlich waren sie es, die hinter seinen Problemen an der Grenze steckten.

Wenn sie sich jetzt schon so weit vor wagten, auf seiner Geburtstagsfeier eine Bombe zu platzieren, musste er das Spiel ganz neu aufziehen. Sie waren jetzt ein realer Gegner. Noch einer mehr. Damien seufzte innerlich. Seine Familie dominierte und kontrollierte ein großes Gebiet, das war das Erbe, das er angetreten hatte und das er zu bewahren plante. Er wusste, dass viele ihn um seine Macht beneideten, aber allzu oft fühlte es sich an, als würde er allein in einem Kreis aus Feinden stehen, die ihm umzingelten und mit geschärften Waffen immer näher kamen. Das Gefühl der Schwäche, das von ihm Besitz ergreifen wollte, drang nicht bis zu seinem Kern. Seine Mauer wehrte es ab. Es war egal, wie viele Schatten ihn umringten und wie viele Messer sie hielten. Er würde sie alle auslöschen. Einen nach dem anderen.

Er würde seine Familie und seine Geschäfte beschützen. Und er würde Rache nehmen. Sie konnten ihn nicht einschüchtern. Es war *ihr Fehler*, sich mit ihm anzulegen.

Der Attentäter sagte nichts mehr. Er starrte ihn nur noch mit dieser hässlichen Grimasse an. Die reinste Provokation. Damien wusste, dass er keine Fragen mehr beantworten würde. Er verschwendete mit dem Versuch nur seine Zeit. Also tat er das, was am effizientesten war.

Er hielt ihm die Waffe an den Kopf und drückte ab.

»Ciao.«

Stunden später saß er im Wagen auf dem Weg in eine seiner anderen Unterkünfte. Das Herrenhaus musste erst aufgeräumt, gesäubert und nochmalig gefilzt werden, bevor er dort wieder nächtigen konnte.

Aber an solche Dinge war er gewöhnt. Er hatte die Gefahr schon als kleiner Junge gespürt. Sie war ein stetiger Begleiter.

Hinter den getönten Scheiben flog die Stadt vorbei. Es war Nacht, weswegen Damien nur schemenhafte Umrisse erkannte. Nur, wenn der Wagen bremste oder stehen blieb, offenbarte die Umgebung mehr Details.

Dumpfes Laternenlicht glomm an den Kreuzungen. Hier und da leuchtete die Auslage eines Juweliers oder einer Parfümerie kurz auf. Damien gähnte und entspannte sich auf dem Rücksitz.

Gerade erschien eine Nachricht auf seinem Handy. *Sie kommen durch.* Die Zahl der Toten dieses Anschlags würde also nicht mehr steigen. Eine gute Nachricht. Wenn er an den Tod seines Cousins dachte, spürte er nur Wut. Bomben waren eine so feige Art von Gewalt. Damien bevorzugte eindeutig den Kampf von Mann zu Mann. Direkt und gezielt. Aber darauf würden sich seine Gegner nicht einlassen.

Er wollte das Handy einstecken, aber da leuchtete das Display erneut auf. Damien runzelte die Stirn. Die Nachricht kam von einer fremden Nummer.

Ich habe einen Vorschlag für Sie, der bestimmt von Interesse ist. Alberto DeRossi.

Einen Moment lang starrte Damien auf den Namen. Ausgerechnet die DeRossis wollten mit ihm reden? Er hatte sie schon eine Weile im Verdacht, ein Teil des Kartells zu sein oder zumindest mit ihnen zusammenzuarbeiten, aber dann wäre das Timing extrem auffällig. So würde Alberto DeRossi doch nicht agieren, oder? Oder vielleicht doch? Gerade deswegen, weil es zu auffällig war, taugte es womöglich als Tarnung.

Damien stieß den Atem aus, steckte das Handy weg und lehnte den Kopf an die Lehne. Ehrlich gesagt war er froh gewesen, als sein Vater gestorben war und er endlich die Zügel hatte übernehmen können. In letzter Zeit allerdings häuften sich die Momente, in denen er ihn gern um Rat gefragt hätte.

Ein Vorschlag von den DeRossis ... zu diesem Zeitpunkt. Das konnte auch ein Hilfsangebot bedeuten. Aber solche Angebote kamen nie ohne einen entsprechenden Preis.

KAPITEL 2

Luca

DER CLUB PULSIERTE und Luca spürte das Leben in jedem Beat. Es gab nichts Besseres, als in ein Meer aus tanzenden Menschen zu tauchen, umgeben von bunten Lichtern, und erfüllt von dem Wunsch, alles andere zu vergessen.

Noch besser fühlte es sich an, wenn der Club einem selbst gehörte. Es war wie ein zweites Zuhause. Ein Zuhause voller Freunde.

Luca blieb auf der Tanzfläche, bis ihm schwindelig wurde. Er atmete die wilde Mischung der unterschiedlichen Parfüms und Aftershaves ein, verschenkte sein Lächeln großzügig an die Gäste und bewegte seinen Körper im Takt der Musik.

Es war die beste Art, um ins Schwitzen zu geraten. Vielleicht abgesehen von einem heißen Motorradrennen.

Es dauerte lange, bis er das Gefühl hatte, genug getanzt zu haben. Vorerst. Noch ganz erfüllt von dem Pulsieren des Basses in seinen Muskeln, spazierte er zur Bar und unterhielt sich kurz mit seinen Angestellten.

Das meiste hier machte er selbst – aber er konnte nicht überall gleichzeitig sein und da war es gut, wenn jemand Getränke mixen und ausschenken konnte. Oder Flaschen aus dem Lager her schleppte und Müll wegräumte und diese Dinge.

»Ich vermisse den Nebel. Habt ihr den vergessen?«, fragte er Paolo, seinen Barkeeper.

»Die Maschine scheint kaputt zu sein«, erwiderte der mit einem Schulterzucken. »Jerry hat sich das vorhin angeguckt und meinte, das Ding sei Schrott.«

Luca schüttelte mit dem Kopf. »Ich seh's mir an.« Jerry hatte wahrscheinlich einfach nur keinen Bock gehabt, sich damit auseinanderzusetzen. Fauler Sack.

Er trank einen Schluck aus seinem Glas, um sich nach der Tanzsession zu erfrischen, und ging dann nach hinten, um nach der Nebelmaschine zu schauen. Von außen sah sie nicht beschädigt aus. Kurzerhand nahm er sie mit nach vorne. Er wollte wenigstens den Flair der Umgebung aufsaugen, während er arbeitete und nicht in einem Hinterzimmer allein auf dem Boden hocken.

Neben der Bar gab es eine Nische, in der er Platz hatte und in Ruhe herumschrauben konnte. Mit dem großen Werkzeugkoffer neben sich schaltete er das Ding erstmal an. Irgendwie hatte er nach Paolos Aussage gedacht, die Maschine würde gar nichts mehr tun, nicht anspringen oder so, aber sie erwachte sofort zum Leben und tat ihre Arbeit. Nach kurzer Zeit produzierte sie den gewünschten Nebel mit dem eigentümlichen Geruch. Luca mochte das und grinste vor sich hin.

Auch die Leute auf der Tanzfläche begrüßten den Effekt. Die wussten eben, was gut war. Er sah ihnen eine Weile zu, blickte zwischen ihnen und dem Gerät hin und her. Lief doch. Ja ... lief etwas zu gut. Die Maschine produzierte viel mehr Nebel, als sie sollte.

Binnen kürzester Zeit war er selbst ganz eingehüllt in die Wolke und der Club wirkte wie eine Geisterbahn. Die Lichter zuckten über dem weißen Wabern und irgendwie sah es ja ziemlich geil aus, aber er gab sich wohl doch besser Mühe, das zu reparieren. Es würde nur Unfälle geben, wenn die Leute nichts sehen konnten.

Oder irgendein Schlaumeier rief das Gesundheitsamt an, weil er glaubte, so viel Nebel einzuatmen sei schädlich oder so.

Luca wedelte mit der Hand vor dem Gerät herum und schraubte dann die Abdeckung auf. Das Innenleben musste er sich erst mal ansehen. Vielleicht konnte er sich dann zusammenreimen, wo der Fehler lag. Das Schrauben an den Maschinen hatte er sich auch größtenteils durch Learning-by-Doing angeeignet. Zumindest als Jugendlicher. Inzwischen hatte er sich auch auf die klassische Weise weitergebildet, aber damals hatte er bereits viel gewusst und gekonnt, ohne ein einziges Buch in die Hand zu nehmen. Wenn man etwas fühlte, dann brauchte man niemanden, der es erklärte.

Die Nebelmaschine fühlte er noch nicht, doch das ließ sich ändern. Luca zog sich Handschuhe über und berührte dann die Leitungen im Inneren, vollzog nach, was woher kam und wohin es führte. Bald war er der Meinung, das System durchschaut zu haben. Er zog einen Schraubenschlüssel aus dem Werkzeugkasten und drehte an einem Ventil.

Ein Zischen kam ihm entgegen und dann spritzte ihm etwas entgegen. Er schaffte es gerade noch, sich den Unterarm vor die Augen zu halten. Die Maschine hatte ihn mit ihrer Nebelflüssigkeit angespritzt.

Luca schnaubte amüsiert. Das war also wohl das falsche Ventil gewesen. Aber irgendwo musste eins offen oder kaputt sein. Er drehte die Maschine vorsichtig um.

»Bist du sicher, dass hier nicht bald irgendwas explodiert?«, fragte eine etwas verärgert klingende Stimme hinter ihm. Alessia.

Grinsend stand Luca auf und drehte sich zu seiner Schwester um. Sie sah perfekt aus – wie immer. Ein maßgeschneidertes Kostüm aus cremefarbenem Stoff betonte ihre Figur und die dunklen Haare fielen glatt und seidig wie Vorhänge auf ihre Schultern. Er wusste, dass sie sie jeden Tag glättete, denn ansonsten hätten sie sich so gekräuselt wie seine.

Der Blick, den sie zu ihrem Outfit trug, wirkte missgelaunt.

»Willkommen in meinem Club, Schwesterherz. Entspann dich, hier lassen wir es uns alle gut gehen.« Er deutete auf Bar und Tanzfläche.

»Deswegen bin ich nicht hier«, murmelte sie. Dann wanderte ihr Blick zweifelnd über sein Gesicht und seine Klamotten. Luca sah an sich herab. Er hatte sich ganz schön eingesaut bei seinem Reparaturversuch.

»Wieso stellst du nicht jemanden dafür an?«

»Ich lerne lieber selbst, wie es geht«, erwiderte er. »Nennt sich Unabhängigkeit.«

Sie verzog das Gesicht. »Ich hoffe, du strebst keine Unabhängigkeit von deiner Dusche an.«

»Das ist nur ein bisschen Nebelflüssigkeit. Hier, gönn dir einen Drink. Paolo macht dir, was du möchtest.« Er zog sich den linken Handschuh ab, vergewisserte sich, dass seine Hand darunter sauber war, und schob Alessia dann vorsichtig in Richtung Bar. Sie war mit Abstand sein Lieblingsfamilienmitglied und sollte sich hier wohlfühlen. Luca wollte gerade nach seinem eigenen Getränk greifen, aber es war fort.

»Schmeckt ja ekelhaft«, rief jemand, der deutlich angeheitert klang, kurz hinter ihm. Luca drehte sich zu dem Mann um und verkniff sich ein Lachen. Der Kerl hatte sich sein Glas geschnappt.

»Das ist ja auch Wasser«, sagte er und nahm es ihm aus der Hand. »Bestell dir was Richtiges, dann schmeckt es auch. Ich erlaube mir den Alkohol erst nach der Arbeit.«

Kurz ließ er den Blick durch den Club schweifen. Der gesamte Raum war voller Nebel. Es sah cool aus, man konnte regelrecht in den weißen Schwaden untergehen. Komplett verschwinden. Wenn das im echten Leben ginge, wäre das grandios. Aber selbst hier im Club würde es nicht lange funktionieren, denn so hyperaktiv wie die Maschine gerade war, würde der Vorrat an Nebelflüssigkeit schnell aufgebraucht sein.

Luca zog sich den Handschuh wieder an und wollte sich erneut der Maschine zuwenden. Wäre doch gelacht, wenn er das nicht hinbekam.

»Warte. Lass mich hier nicht sitzen.«

»Ich bin doch nur da drüben.«

»Wir müssen reden.«

Luca verzog das Gesicht. Diese drei Worte klangen nie gut zusammen. Aber die unterdrückte Wut in Alessias Gesichtszügen war ihm vertraut und er wollte sie nicht weiter provozieren. Also setzte er sich zu ihr und bedeutete Paolo mit einem Wink, dass er ihm etwas Alkoholisches einschenken sollte.

»Du warst wieder nicht da«, sagte sie. Vorwurf in ihrer Stimme und in ihren Augen.

»Ich hatte zu tun. Ein Teil, das ich schon ewig suche, stand zum Verkauf«, verteidigte er sich. »Das konnte nicht warten.« Er hoffte, dass sie das verstehen würde, immerhin wusste sie, wie wichtig ihm seine Maschine war. Sie war sein Herz, seine ganze Leidenschaft. Wer das nicht wusste, der kannte ihn nicht.

»Vater will mich verheiraten.« Die Worte waren tonnenschwer, aber Alessia legte sie so sachlich auf den Tisch, dass Luca wieder einmal nur beeindruckt sein konnte. Seine Schwester gehörte einfach in diese Welt. In dieser Welt, in der man einfach verheiratet werden konnte, weil es den Geschäftsbeziehungen weiterhalf.

»Du weißt, dass ich das missbillige. Aber meine Anwesenheit bei eurer Besprechung hätte daran auch nichts geändert. Du hast doch sicherlich vor, diese Pflicht zu erfüllen.« Nie im Leben würde seine Schwester sich gegen irgendetwas auflehnen, das sein Vater plante. Sie tat immer, was die Familie wollte, ... und gleichzeitig hatte sie ihm stets geholfen, das Gegenteil tun zu können. Sie hatte ihn als den kleinen Rebellen akzeptiert, schon als er noch ein Kind gewesen war, hatte es irgendwie geschafft, dass auch ihre Eltern sich daran gewöhnten, sich bei solchen Dingen nicht auf ihn zu verlassen. So konnte er etwas mehr außerhalb dieser Welt leben und hier sein eigenes Ding machen.

Und bald würde er ganz aussteigen. Das war der Plan. Und von dem wusste selbst sie noch nichts.

»Ich hätte natürlich deine Partei ergriffen, wenn du dich hättest wehren wollen. Aber ich habe doch Recht, oder?«, hakte er nach.

Er sah schon an ihrer Miene, dass es stimmte. Natürlich hatte sie eingewilligt. Er hätte nichts tun können – ob er nun dort war oder sich mit einem Händler vom Schwarzmarkt traf.

»Aber ich hätte gewollt, dass du *an meiner Seite bist,* Luca.« In ihre Augen trat eine Verletzlichkeit, die Luca mit der Zeit fremd geworden war. Alessia wirkte immer so hart und beherrscht. Jetzt tat es ihm leid, dass er vergessen hatte, wie weich sie sein konnte. Er schluckte den Kloß in seinem Hals herunter und senkte den Kopf.

»Du hast Recht. Ich bin im Herzen immer an deiner Seite, aber bei so etwas Wichtigem hätte ich auch physisch anwesend sein sollen. Es tut mir leid.«

Sie nickte und akzeptierte seine Entschuldigung.

»Weißt du schon, wer es ist?«, fragte er. Die Nebelmaschine war für einen Moment vergessen.

»Er will zu Damien Valenti gehen. Das ist der –«

»Ich weiß, wer das ist«, sagte Luca, bevor sie zu einer Erklärung ausholte. Damien Valenti war der Erbe des mächtigsten Clans in dieser Ecke des Landes. Allzu viel wusste Luca nicht über die VIPs der Unterwelt, aber an diesem Namen kam keiner vorbei.

Wie auch ihre eigene Familie handelten die Valentis vor allem mit Rauschmitteln und waren für ihre kompromisslose Brutalität und Dominanz bekannt. Allein der Name erzeugte bei vielen Leuten kalte Schauer. Damien, der vor wenigen Jahren das Erbe des Clans angetreten hatte, galt als berechnend und eiskalt. Es hieß, dass er schon als sechzehnjähriger selbst Hinrichtungen vorgenommen hatte.

Sich mit so jemandem zu verbünden, mochte Zugang zu großer Stärke bedeuten, aber ... Sein Blick wanderte von den Nebelschwaden zu Alessia. Er fühlte sich nicht wohl bei dem Gedanken, dass seine Schwester so jemanden heiraten sollte.

Sie schwiegen eine Weile.

Dann sagte sie: »Wenigstens sieht er gut aus.« Luca rang sich ein kleines Lachen ab und ihm wurde klar, dass ihm nur übrig blieb, zu hoffen, dass Alessia auch das hinbekam. Sie war stark und wahnsinnig klug. Wahrscheinlich würde sie sich den Kerl schon irgendwie zurechtbiegen.

»Die Hochzeit werde ich nicht verpassen«, sagte er.

»Versprochen.«

KAPITEL 3

Damien

SEIN TREFFEN MIT Angelo DeRossi fand in einem einfachen Bürogebäude statt. Der Mann schien nicht vorzuhaben, ihn mit Pomp und Luxus zu beeindrucken. Eine gute Entscheidung, denn das hätte ohnehin nicht funktioniert.

Damien vermied es, sich allzu offensichtlich umzusehen, doch er scannte jedes Detail, prägte sich die Flure und Türen ein – eine Angewohnheit, die er seit seiner Kindheit nur weiter trainiert hatte. Natürlich hatte er auch stets seine Bodyguards dabei, Männer, denen er absolut vertraute, doch Damien setzte niemals komplett auf andere. Wenn es hart auf hart kam, dann musste man in der Lage sein, sich selbst zu verteidigen, selbst zu kämpfen, sich selbst zu retten.

Und das war er. Das war er absolut.

In dem Bürokomplex schien allerdings keine Gefahr zu drohen. In vielen der verglasten Räume packten Mitarbeiter gerade ihre Sachen zusammen, schalteten Laptops aus, legten Headsets beiseite. Dicke Teppiche dämpften die Schritte der Menschen, die über die Flure strömten und sich an den Fahrstuhlschächten anstellten.

Damien nahm die Treppe, weil er sich dort nicht einreihen wollte.

Sein Tempo war beständig, aber nicht hektisch. Er wollte nicht schwitzend oben ankommen. In Gedanken stellte er Berechnungen darüber an, was ihn in diesem Gespräch erwarten würde. Inzwischen hatte er die Möglichkeiten auf wenige Optionen eingegrenzt.

Nummer eins: DeRossi wollte ihm Informationen verkaufen. Vielleicht hatte er innerhalb seiner eigenen Familie einen Kartellmann ausfindig gemacht und wollte Profit aus dem Verrat schlagen. Oder er wusste etwas über eine andere, ihm nahestehende Familie, was dann aufs selbe Ergebnis hinauslief.

Nummer zwei: Er wollte eine geschäftliche Übereinkunft. Die DeRossis besaßen einige sehr wertvolle Kontakte in die Politik und zu einigen Behörden. An denen hatte Damien tatsächlich Interesse – vor allem, seit seine Lieferungen solche Probleme an der Grenze bekamen. Ein guter Draht zum Zoll könnte ihm helfen, das Hindernis ausfindig zu machen und zu beseitigen.

Nummer drei: Das Thema zerrte an seinen Nerven, aber es war leider auch nicht unrealistisch, zu vermuten, dass DeRossi ihm seine Tochter anbieten wollte. Jeder wusste, dass Alessia das beste Pferd im Stall der DeRossis war, und zugleich bezeichneten ihn selbst einige Leute als den »Prinzen« der Unterwelt. Eine Bezeichnung, bei der Damien den Drang, auszuspucken, unterdrücken musste. Als er noch neu an der Spitze des Clans gewesen war, hatten sie ihn in Ruhe gelassen und wohl erstmal beobachten wollen, wie er sich schlug, aber inzwischen fühlte er sich auf den Partys und Bällen regelrecht bedrängt.

Endlich erreichte er das zehnte Stockwerk. Vor ihm lag ein kurzer Flur, der mit blauem Teppich ausgelegt war. Eine lange Fensterfront flankierte den Gang und ermöglichte den Blick über die Stadt. Der Mond war gerade erst aufgegangen und verzierte die Dächer und Kanten der anderen Gebäude mit silbrigen Rändern. Alles sah so ruhig aus. Trügerisch. Irgendwo baute gerade jetzt jemand neue Bomben, so viel war sicher.

Damien klopfte an die Tür von Angelo DeRossis Büro und wurde hereingebeten. Er betrat den Raum als Erster, gefolgt von zwei seiner Männer.

Das Zimmer war nur von der länglichen Schreibtischleuchte erhellt, sodass die Wände und Regale im Dunkeln lagen. Damien untersuchte die Schatten ruhig und unauffällig mit seinen Blicken, fand aber nichts in ihnen. DeRossi stand auf und reichte ihm die Hand. Während sie sich begrüßten, neigte er respektvoll den Kopf.

Damien hatte den älteren Mann schon einige Male auf größeren Events getroffen, aber noch nie allein mit ihm gesprochen. Wenn er sich recht erinnerte, war das Oberhaupt der DeRossis auch nur selten ohne seine Tochter anzutreffen. Selbst Damien fiel auf, dass sie fehlte.

»Es freut mich, dass Sie es einrichten konnten.« Höflich, aber nicht unnötig schleimig. Damien nickte respektvoll und nahm auf dem angebotenen Stuhl Platz.

»Ich hoffe, Sie haben nichts dagegen, wenn wir gleich zur Sache kommen«, sagte er. »Was wollen Sie mir vorschlagen?« Im Geiste überlegte er bereits, was die Kontakte zu seinen Zollleuten wert wären. Oder der Zugang zu den Schmugglerrouten der DeRossis.

»Im Gegenteil, ich schätze Ihre Effizienz, Mister Valenti«, sagte DeRossi und verschränkte die Finger beider Hände ineinander. Er lehnte sich über den Tisch zu ihm nach vorn und das Lampenlicht malte seltsame Schatten auf seine faltigen Züge. »Sicher kennen Sie meine wunderschöne Tochter Alessia. Sie ist sechsundzwanzig und immer noch ledig.«

»Ich habe keinerlei Interesse an ihrer Tochter, Mister DeRossi«, sagte Damien. »Ich bin homosexuell.« Eigentlich war das kein Geheimnis, zumindest gab Damien sich wenig Mühe, es für sich zu behalten. Dass kaum jemand wusste, dass er Männer bevorzugte, lag wohl eher daran, dass er sich nie mit jemandem zeigte. Aber das hatte andere Gründe als Scham oder Furcht vor Vorurteilen. Über diese Dinge war er erhaben. Niemand würde es wagen, ihn zu beleidigen oder zu schneiden.

Er sah, wie DeRossi blinzelte. Die Information war neu für ihn. Tja, damit war der Vorschlag wohl hinfällig. Enttäuschend, ehrlich gesagt. Damien legte die Hände auf die Knie und war schon dabei, sich zu erheben, aber DeRossi ergriff schnell noch einmal das Wort.

»Ich habe auch einen Sohn, wissen Sie?« Er räusperte sich. »Er heißt Luca. Wahrscheinlich haben Sie ihn noch nie gesehen, weil er sich gerne rar macht. Er ist ... ein geschickter Bursche. Etwas unkonventionell.«

Luca DeRossi. Doch, er kannte den Namen, aber es stimmte: Er wusste nicht, wie der Kerl aussah. Der Kerl besaß einen Nachtclub. Das war alles, was er spontan über Luca DeRossi abrufen konnte.

Im ersten Moment war Damien geneigt, zu lachen und abzuwinken, aber dann dachte er wieder an die Schmugglerrouten und die guten Kontakte der DeRossis. Und an die Drohung, die er jüngst erhalten hatte.

Vielleicht war es gar keine so üble Idee. Immerhin würde er mit einer Heirat auch die anderen Interessenten loswerden und wieder seine Ruhe haben. Wenn er sich schon auf diese Art band, dann sollte er den größtmöglichen Vorteil daraus ziehen.

Damien ließ sich wieder ganz auf die Sitzfläche sinken und musterte Herrn DeRossi.

»Haben Sie ein Foto?«

Der Club lag im Randbereich der Stadt neben einem großen Industrieparkplatz. Von außen wirkte er ein bisschen heruntergekommen, aber es war eindeutig die richtige Adresse. *Dancing Machines.* Was für ein bescheuerter Name.

Allerdings war das Etablissement besser besucht, als er erwartet hatte. Hier warteten bestimmt fünfzig Leute auf Einlass.

Damien ging an der Schlange vorbei, wechselte ein paar Worte mit dem Aufpasser am Eingang und wurde dann hineingelassen.

Drinnen war es stickig und ein seltsam trockener, chemischer Geruch mischte sich in die Luft. Eine dieser Nebelmaschinen lief drüben in der Ecke. Lichter zuckten, Menschen tanzten. Es war eine richtige Höhle. Nicht die Art Party, die Damien bevorzugte.

Hier würde es schwierig sein, den Überblick zu behalten. Damien scannte schnell die möglichen Fluchtwege ab und suchte dann nach Luca. Auch, wenn er sich das Foto sehr genau angesehen hatte, war es bei diesen Lichtverhältnissen nicht einfach, jemanden ausfindig zu machen. Doch die Suche wurde ihm erleichtert.

»Ich bin voll, so richtig voll, haha.« Ein junger Mann mit wilden, dunklen Locken lachte, und schwenkte das Bierglas über den Tresen.

Damien betrachtete ihn einen Moment aus der Ferne. Ja, er war sich relativ sicher, dass das DeRossi war. Das vorgereckte Kinn war unverkennbar. Dieser Kerl war sein neuer Verlobter. Besoffen und ausgelassen. Er tänzelte schwankend vor dem Tresen herum und verschüttete immer wieder etwas aus seinem Glas.

Kein besonders anziehendes Bild. Luca war genau der Typ Mann, den Damien eher abstoßend als attraktiv fand. Auch wenn er ganz gut aussah ... diese Art von gedankenlosem Kontrollverlust war ein absoluter Abturner für Damien. Niemals würde er sich in so jemanden verlieben.

Und genau deswegen hatte er eine gute Wahl getroffen. Luca war in dieser Hinsicht perfekt als Ehemann. Alles andere würde er sich schon zurechtbiegen.

»Stell das Glas weg, du hattest genug«, sagte Damien ruhig und betrachtete angeekelt die glänzenden Spuren auf dem Tresen. Wahrscheinlich klebte das Ding schon.

»Sagt wer?« Luca setzte das Glas an den Mund und trank, während er Damien in die Augen sah. Danach wischte er sich mit der Hand über sein provozierendes Grinsen.

»Ich. Gewöhn dich lieber schnell daran.« Damien nahm ihm das Glas aus der Hand, auch wenn nur noch eine Pfütze darin war. Es fiel ihm leicht, das Ding aus Lucas Reichweite zu bringen, denn er war ein Stückchen größer.

31

Der DeRossi bleckte die Zähne, versuchte einmal, an ihm hochzuspringen, merkte dann, dass es nichts brachte, und winkte seinem Barkeeper.

»Du wirst einen neuen Betreiber für deinen Club finden. Es geht nicht, dass du hier nachts herumhängst und dich zulaufen lässt«, kommentierte Damien, während Luca das neue Glas entgegennahm. Hatte er wirklich noch nicht genug? Was für ein ekelhafter Kerl.

»Hör auf mich zuzulabern, sonst lasse ich dich rausschmeißen.«

»Aber wie würde das denn aussehen, Darling? Immerhin bin ich bald dein Ehemann.«

»Was?« Luca verschluckte sich, und hustete dann lachend eine Weile. »Du bist echt verrückt.« Er kriegte sich gar nicht wieder ein, so lustig fand er die Vorstellung. Anscheinend wusste er überhaupt nichts von den Plänen seines Vaters. Nun, damit hatte er im Grunde gerechnet, weil DeRossis Umschwenken auf seinen Sohn eher spontan gewirkt hatte – aber zumindest musste Luca doch wissen, dass Heiratspläne im Raum gestanden hatten, oder?

»Deine Schwester wollte ich nicht, deswegen hat mir dein Vater dich gegeben«, erklärte er im Plauderton.

»Man kann mich niemandem *geben*«, grollte Luca und in seinen Augen stand funkelnder Zorn. »Laber nicht so eine Scheiße. Du gehst mir echt aufn Sack! Hältst dich für sonstwen.«

Er wurde richtig wütend. Damien konnte die Transformation in seiner Mimik ablesen. Luca stellte sogar das Bierglas ab, um beide Hände frei zu haben. Dann traf er die wirklich schlechte Entscheidung, handgreiflich zu werden.

Er fing an, Damien vom Tresen wegzuschubsen. Vorerst blieb er ruhig. Luca war wie ein kleines Kind, das gegen die Brust seines Vaters trommelte – oder zumindest war das das Bild, das Damien vor Augen hatte. Allerdings war er größer als ein Kind und nennenswert stärker. Und er roch verdammt ekelhaft nach Bier. Als sie am Rand der Bar angekommen waren, wohin Damien sich hatte bereitwillig zurückdrängen lassen, reichte es ihm. Er packte Luca an den Schultern und drehte ihn mit einem routinierten Handgriff Richtung Wand. Dann fing er Lucas Hände ein und drückte sie über seinem Kopf gegen die Wand. Den Unterarm der freien Hand presste er gegen Lucas Hals, und zwar etwas oberhalb, sodass Luca sich auf die Zehenspitzen stellen musste, damit er ihm nicht den Kehlkopf zerquetschte.

Es war nicht schwer, dieses Manöver an einem sturzbetrunkenen Kerl durchzuführen, der zu allem Überfluss nicht damit rechnete, den Kürzeren zu ziehen. Aus großen Augen schaute Luca ihn an und sein Blick wirkte schon nicht mehr ganz so vernebelt vom Alkohol.

»Was wird das?«, knurrte er trotz des Drucks auf seinen Hals. Damien fiel auf, wie seine Pupillen hin und her zuckten. Er suchte seine Bodyguards. Doch die griffen nicht ein. Damien hatte vorher dafür gesorgt, weil er geahnt hatte, dass er Luca erst würde zeigen müssen, dass die Sache ernst war. Nur, weil Luca in der Unterwelt wenig in Erscheinung trat, bedeutete das ja nicht, dass nichts über ihn bekannt war. Er war ein Hitzkopf, der als naiv aber zugleich etwas unberechenbar galt. Und als jemand, der sich nichts sagen lassen wollte.

»Ich habe deine Leute in den Urlaub geschickt. *Ich* sorge jetzt für deine Sicherheit, Darling. Das sehe ich als meine Pflicht als dein zukünftiger Ehemann.«

Damien genoss es, zuzusehen, wie die Erkenntnis ganz langsam in sein Gegenüber einsickerte. Lucas Gesicht lief rot an, ob vor Wut, Scham oder Schmerzen ließ sich nicht sagen. Sein Ausdruck änderte sich. Er konnte es nicht fassen. Damien hob einen Mundwinkel, aber es lag keine Freude in diesem halben Lächeln.

»Gut, du hast endlich etwas verstanden.«

KAPITEL 4

Luca

ALS ER AM Morgen gewohnt verkatert erwachte, glaubte er, das sei alles nur ein Traum gewesen. Dieser Kerl, der in seinen Club marschierte, ihn kritisierte und ihm vorschreiben wollte, was er zu tun hatte ... der behauptete, er würde jetzt über ihn bestimmen, weil er sein Ehemann war. Was für eine wilde Geschichte. Aber dann erinnerte er sich – genau wie am Abend zuvor – an das Gespräch mit Alessia, und dass ihr Vater vorgehabt hatte, sie zu verheiraten. Was zur Hölle war dabei schiefgelaufen?

Stöhnend drehte er sich auf den Bauch und vergrub das Gesicht im Kissen. Er wollte nicht aufstehen. Er wollte keinen Tag beginnen, an dem er tatsächlich mit diesem Typen verlobt war. Mit Damien Valenti. Allein diesen Gedanken zu formulieren war schon verrückt.

Wie hatte sein Vater das tun können? Ausgerechnet ihn? Und dann mit einem Kerl? Was sollte das? Irgendwie wollte er immer noch an eine Art Scherz glauben, aber sein Vater war nun wirklich nicht für seinen Humor bekannt.

Luca angelte nach seinem Handy und drehte sich etwas zur Seite. Scheiße, sein Kopf dröhnte schon von dieser kleinen Bewegung wie Sau. Er hatte es gestern wirklich übertrieben. Daran war auch der verfickte Valenti schuld.

Da war eine Nachricht von Alessia.

Das kam auch für mich unerwartet. Bist du okay?

Sie wusste es also auch schon.

Es gab nicht mal einen Kniefall, schrieb Luca zurück und hängte ein enttäuschtes Emoji an. Da schreien und toben gerade keine Optionen waren, weil das seine Kopfschmerzen nur verschlimmert hätte, blieb ihm nur Sarkasmus.

Er ist wohl kein Romantiker, antwortete Alessia. Und dann, einige Sekunden später, so als hätte sie erst genauer über ihre Worte nachdenken müssen: *Sei vorsichtig, wenn du mit ihm zusammen bist.*

Luca wusste, welche Botschaft eigentlich in diesem Satz steckte: Hör auf ihn, ordne dich unter. Aber sie wusste, dass er auf sowas allergisch reagierte.

Ihm wurde übel. Langsam richtete er sich auf und kam auf die Beine, damit er notfalls zur Toilette laufen konnte.

Er warf ein paar Schmerztabletten ein und trank ein großes Glas Apfelsaft. Dann aß er eine Banane, weil Alessia mal gesagt hatte, dass Fruchtzucker gegen den Kater helfen sollte.

Dann saß er minutenlang einfach nur in seiner Unterwäsche auf dem Stuhl in der Küche und starrte ins Leere.

Es hatte keinen Sinn, zu seinem Vater zu gehen und die Sache zu hinterfragen oder gar um eine Rückabwicklung zu bitten. Das brachte ihm nur noch mehr Schwierigkeiten ein. Sein Vater war das Oberhaupt des Clans, seine Entscheidungen durfte niemand infrage stellen. Wenn er entschieden hatte, ihn mit Damien Valenti zu verheiraten, dann würde es genau so geschehen.

Gut, dass du deinen Ausstieg schon geplant hast. Schlecht, dass du mit dem Plan noch lange nicht fertig warst.

Ihm blieb nur, mit Damien selbst zu verhandeln. Gestern waren seine Sinne und seine Wahrnehmung vom Alkohol getrübt gewesen. Vielleicht würde sich bei ihrer nächsten Begegnung alles etwas einfacher gestalten. Vielleicht ließ er mit sich reden. Er musste ja nur mit ihm klarkommen, bis er es schaffte, abzuhauen und das alles hinter sich zu lassen.

Als er wenig später aus der Dusche kam, klingelte sein Handy. Es war Alex, ein Motorradnarr wie er selbst und zugleich jemand, der mit diesem ganzen Unterweltkram nichts am Hut hatte. Alex lebte in der Welt, in der Luca irgendwann ankommen wollte.

Er legte sich ein Handtuch um die Schultern und nahm den Anruf an.

»Na, was gibts?«, fragte er gut gelaunt. Die Kopfschmerzen waren schon etwas besser und es hob seine Stimmung, mal für einen Moment nicht über die ganze Scheiße nachdenken zu müssen, in der er steckte.

»Meine Lady ist frisch lackiert. Ich wollt's dir zeigen, aber Fotos sind scheiße, es kommt einfach nicht richtig rüber. Das muss man sich am besten in der Realität ansehen. Nicht auf nem Handybildschirm.«

»Ich dachte, die Künstlerin, die du beauftragen wolltest, hätte erst nächstes Jahr wieder Zeit. Hab ich was verpasst? Hast du dich umentschieden?«

»Sie hat meine Maschine gesehen und sich verliebt. Was soll ich sagen?«

Luca musste lachen. Wahrscheinlich war Alex absichtlich stundenlang vor ihrer Werkstatt auf und ab gefahren, damit er ihr ins Auge fiel. Oder Alex flunkerte ein wenig und es war Geld im Spiel gewesen. Wie auch immer – er freute sich für ihn.

»Na Wahnsinn! Das muss ich mir natürlich ansehen«, sagte er, drückte auf den Lautsprecher, legte das Handy auf den Waschbeckenrand und zog sich nebenbei Socken und Unterhose an.

»Sag ich ja. Am besten sofort. Wo treffen wir uns?«

»Lass mich überlegen.« Luca nannte ihm einen abgelegenen Parkplatz am Stadtrand, wo man ungestört ein paar Runden drehen konnte. Er wollte schon auflegen, als Alex ihn nochmal aufhielt.

»Warte mal kurz. Kannst du deinen Zauberkoffer mitbringen?«

Sein Zauberkoffer enthielt seine Werkzeuge. »Klar, aber wieso?«

»Zeig ich dir dann. Bis gleich.« Schon war Alex weg. Schmunzelnd musterte Luca das Handy und legte es beiseite. Irgendwas war schon wieder locker oder kaputt und Alex traute sich wohl nicht, es selbst zu reparieren. Kein Problem.

Alex zierte sich wahrscheinlich nur, ihn direkt darum zu bitten, weil er früher, als sie sich kennengelernt hatten, auch noch in der Bastlerszene gewesen war und verkündet hatte, ein Experte auf dem Gebiet werden zu wollen.

Luca hatte dieses Interesse hartnäckig weiter verfolgt und sein Wissen und seine Fähigkeiten ausgebaut, während Alex sich immer mehr anderen Bereichen zugewandt hatte; vor allem dem Design. Was ja auch überhaupt nichts Schlimmes war. Es musste nicht jeder ein Profi-Schrauber werden. Man konnte sich auch einfach an geilen Lacken und hohen Geschwindigkeiten erfreuen.

Dafür schraubte er selbst echt gerne an den Maschinen herum. Er liebte es, die Probleme aufzuspüren und zu beheben. Manchmal kam er sich wie ein Chirurg vor, der eine komplizierte OP durchführte. Er erweckte damit kränkelnde Maschinen zu neuem Leben. Immer ein gutes Gefühl.

Nicht umsonst war das einer seiner Träume für die Zukunft: eine eigene Werkstatt. Die hätte er tatsächlich noch lieber als nur einen Nachtclub. Tanzen konnte er auch woanders.

Er traf Alex am vereinbarten Ort. Die Sonne hatte ihren höchsten Punkt bereits überschritten und Luca war heilfroh, dass sein Freund auf dem Hinweg ein paar Burger gekauft hatte. Sie setzten sich auf einen Betonblock, der früher mal die Durchfahrt auf dieser Seite des Parkplatzes hatte verhindern sollen, und wickelten das Essen aus.

Alex' Maschine stand derweil vor ihnen. Die Farben leuchteten im Sonnenlicht. Sie sah wirklich genial aus. Es waren flammenförmige Verläufe in Blau, Violett und Gelb oder Orange. Es wirkte nicht einfach nur aufgesprüht, sondern regelrecht lebendig. Wirklich gute Arbeit.

Aber Luca wusste jetzt schon, dass Alex bald von einem neuen Design schwärmen würde. So war er einfach. Vielleicht würde er sich für ein grünes Motiv entscheiden, das an Wald und Tiere erinnerte. Oder für etwas in edlen Marmorfarben, wer wusste das schon?

»Dann planst du sicher eine große Tour«, bemerkte Luca zwischen zwei Bissen. Der Burger tat so gut. Es war das Erste, was er heute zwischen die Zähne bekam.

»Versteht sich von selbst. Ich hatte gehofft, dass du dich anschließt. Nächste Woche gehts los. Zehn Tage quer durchs Land.«

Luca hätte gern ja gesagt. Jetzt wegzufahren und für ein paar Tage einfach auf den Straßen zu verschwinden, mit dem Wind im Gesicht und dem Vibrieren des Motors unter sich – das war eine traumhafte Vorstellung.

Aber er wagte es nicht. Wenn Damien ihm nachjagte, würden zwei Welten kollidieren, die Luca unbedingt getrennt halten wollte. Alex sollte keine Bekanntschaft mit Damien machen. Mit niemandem aus seinem Leben. Er wollte nichts erklären müssen und außerdem würde er Alex auch in Gefahr bringen, wenn es schlecht lief. Das konnte er nicht tun.

»Ich fürchte, ich bin vorerst verhindert.«

»Ach echt? Mist. Na ja, dann muss ich dir doch Fotos und Videos von unterwegs schicken. Aber du hast sie ja jetzt gesehen und kannst es dir dann besser vorstellen.«

Luca lächelte und obwohl er sich nicht wohl in seiner neuen Lebenssituation fühlte, spürte er Wärme in sich aufsteigen, wenn er hier mit Alex saß. Sein Freund fragte nicht nach, warum er nicht mit konnte, und versuchte auch nicht, ihn zu überreden. Eindeutig eins der Dinge, die er an ihrer Freundschaft schätzte. Alex verkniff sich das nicht, weil es ihm egal war, sondern weil er wusste und Verständnis dafür hatte, dass Luca nichts anderes sagen konnte.

Bei vielen anderen beginnenden Freundschaften war genau das ein Problem gewesen, aber bei Alex nicht. Er nahm ihn einfach so, wie er war. Und Luca gab ihm dasselbe zurück.

»Also, was braucht die Lady denn von mir?«, fragte er und knüllte sein Burgerpapier zusammen. Der Werkzeugkasten – der eher eine Werkzeugtasche war – hing noch an seiner eigenen Maschine. Er ging hinüber, um alles zu holen, während Alex ihm das Problem schilderte.

»Alles klar, das haben wir gleich.«

Direkt nachdem Alex sich von ihm verabschiedet hatte, fuhr Luca in den Club. Er stellte das Motorrad unter und schloss die Tür auf. Nur für sich. Um diese Zeit gab es keine Besucher und auch die Angestellten kamen erst etwas später.

Jetzt gehörte noch alles ihm. Die Bar, die Theke, die Tanzfläche. Er schaltete die Lichter ein, weil ohne sie alles ein wenig leblos aussah. Dann folgte die Musik. Tanzen war fast so gut wie Motorradfahren, wenn es darum ging, seine Laune zu verbessern. Er fühlte sich dabei frei und konnte seine Probleme leichter wegschieben. Beim Fahren spürte er gerne die Kraft der Maschine – beim Tanzen war es eher die Kraft seines Körpers. Die Koordination seiner Muskeln passend zum Beat.

Er mochte das. Natürlich war es noch etwas besser, wenn er nicht allein dabei war. Andere um sich herum zu haben und deren Leidenschaft zu spüren, gab dem Erlebnis noch einen anderen Flair. Aber es hatte auch seine Vorteile, allein zu sein: Der ganze Platz gehörte ihm und er musste keine Rücksicht auf andere nehmen, konnte die Arme ausstrecken oder rückwärts über den Boden gleiten, was immer er wollte.

Die Musik stockte und Luca fuhr zusammen. »Was?« Im ersten Moment vermutete er einen technischen Fehler, aber dann sah er den Kerl in der Tür stehen. Das kurze schwarze Haar, die kühlen Augen, der perfekt sitzende Anzug und dazu diese Aura, als würde ihm die ganze Welt gehörten. Als müsse die Zeit stehen bleiben, nur weil er gerade seine Krawatte zurechtrückte. Damien fucking Valenti. Jetzt ließ er ihn nicht mal mehr in Ruhe tanzen.

»Was willst du schon wieder?«, fragte Luca unbeeindruckt. Er beanstandete gar nicht erst, dass er einfach reinkam, obwohl der Laden geschlossen war. Aber er weigerte sich auch, sofort wie ein Hündchen zu ihm zu laufen, nur weil er aufgetaucht war.

»Wir haben was vor. Komm mit.«

Mit was für einem Selbstverständnis der Kerl davon ausging, dass er darüber bestimmen konnte, wann und wo Luca hinging. »Ein Date, oder was?«

Damien verschränkte die Arme. »Nur wir zwei und ein paar Kugeln.«

»Klingt verlockend.« *Vor allem, wenn ich dir die Kugeln zwischen deine gekämmten Augenbrauen jagen kann.*

Obwohl es ihm widerstrebte, schaltete er die Lichter aus und ging betont langsam zur Tür, um Damien nach draußen zu folgen. Er hoffte, dass ihn das in eine bessere Verhandlungsposition brachte.

Alessia hatte schon oft versucht, ihm das beizubringen, aber seine rebellische Ader war so stark ausgeprägt, dass es jedes Mal ein inneres Ringen war. Noch mehr, wenn sein Gegenüber einfach so in sein Leben eindrang. Aber das musste er wohl eher seinem Vater als Damien selbst vorwerfen.

Ein bisschen neugierig war er ja schon, was der Kerl vorhatte. Der Prinz der Unterwelt.

Vielleicht würden sie reden. Vielleicht gab es sogar einen Weg, wie ihm die Verbindung zu Valenti bei seinem Fluchtplan helfen könnte. Ja, womöglich wollte er nur irgendeine bestimmte Sache und wäre danach sogar froh, wenn er sich vom Acker machte. Er musste diese Möglichkeit zumindest ausloten.

Lässig schlenderte er hinter Damiens breiten Schultern hinterher. Der Kerl war groß, das war ihm auch letzte Nacht aufgefallen. Als er ihm die Luft abgedrückt hatte. Luca griff sich unwillkürlich an den Hals. Damiens scharf geschnittenes Gesicht vor seinem, so distanziert, obwohl er ihm so nah gewesen war. Das Bild war schwammig, aber das Gefühl noch ganz klar. Es wurmte Luca, dass der Kerl stärker war als er.

Damien deutete auf eine Luxuskarosse und Luca stieg schweigend ein. Das Auto passte zu ihm. Kalte, schwarze Ledersitze. Alles blankpoliert. Ein Anschnallgurt, der ihm in den Hals schnitt. Luca schnaubte und stellte ihn anders ein, während Damien den Motor startete.

»Am besten du sagst mir gleich, was du von mir willst. Ich bin nicht so gut darin, zwischen den Zeilen zu lesen.«

»Mach einfach immer, was ich dir sage und versuch, dich nirgends zu blamieren. Sobald wir verheiratet sind, fällt das auch auf mich zurück.« Er klang so geschäftsmäßig, dass Luca beinahe lachen wollte. Verheiratet.

Immer machen, was Damien sagte?

»So läuft das nicht. Wenn, dann sind wir gleichberechtigt. Es heißt doch Ehepartner und nicht Ehesklaven, oder?«

Damien wandte den Blick nicht von der Straße. Wohl nicht, weil er sich so sehr auf den Verkehr konzentrieren musste, sondern eher, weil er es nicht für nötig hielt, ihn anzusehen. Die Geringschätzung triefte ihm aus jeder Pore.

»Du weißt wirklich nicht viel über unsere Welt«, murmelte Damien, mehr zu sich selbst. »Heirat ist ein Handel. Ein Austausch von Macht und Gütern. In dem Sinne ist es eine Partnerschaft. Liebe ist allerdings keine Voraussetzung, und wird auch kein Bestandteil davon sein, soweit es mich betrifft.«

Valenti sprach davon, als sei es tatsächlich real. Und das war es ja auch. Aber Luca hatte das noch nicht ganz verdaut. Wie könnte er auch? Bis gestern hatte er noch nicht einmal darüber nachgedacht, sich je zu verloben ... Himmel, er hatte seit Monaten keine ernsthafte Beziehung geführt. Das war eine völlig andere Realität gewesen.

Aber wenn er an Hochzeit und Ehe dachte, dann gehörte da schon mehr dazu als das, was Damien aufgezählt hatte. Ja, Liebe zu Beispiel. Leidenschaft. Vertrauen. Gemeinsamkeiten. Sowas wie Humor.

»Und was für Güter erhoffst du dir von mir? Meine Maschine bekommst du nicht«, witzelte Luca. Er konnte sich schon denken, dass es auf die Kontakte hinauslief, die seine Familie pflegte. Auch wenn es ihn überraschte, dass jemand, der so weit oben stand wie Damien, so sehr darauf angewiesen war, dass er einen Fremden heiraten würde.

Damien rollte mit den Augen. »Erstmal sorgen wir dafür, dass du lange genug lebst, um mir von Nutzen zu sein.«

Luca schnaubte leise und verschränkte die Arme. Die einzige Bedrohung, der er in den letzten Monaten ausgesetzt gewesen war, saß neben ihm auf dem Fahrersitz. Wenn er nicht lange genug für was-auch-immer lebte, dann weil Damien ihn den letzten Nerv gekostet hatte.

Valenti manövrierte den Wagen durch den Stadtverkehr. Tatsächlich fuhr er ruhig und kontrolliert und nicht wie das Arschloch, das er war. Luca studierte die Straßen, durch die sie kamen, versuchte, an der Route ihr Ziel abzulesen, aber es war unmöglich. Damien schien nicht zum Reden aufgelegt zu sein. Er starrte stumm geradeaus, während aus dem Radio ziemlich leise irgendwelche Nachrichten drangen.

Schließlich bog er auf eine Straße ab, die aus der Stadt heraus führte und Luca setzte sich aufrechter hin.

»Wird das eine längere Reise?«

»Wieso? Musst du mal?« Damien hob nur eine Augenbraue, sah aber nicht zu ihm rüber.

»Noch nicht. Aber kann ja noch werden«, brummte er. »Wie würde es dir gefallen, einfach eingesammelt und irgendwo hingekarrt zu werden, während dein Mitreisender keine Informationen rausrückt?«

»Wir sind gleich da.«

Damien war so kalt wie der Blauton seiner Krawatte. Was, wenn er ihn gar nicht wegen irgendwelcher geschäftlichen Belange an seiner Seite wollte, sondern, um ihn irgendjemandem auszuliefern, der ihm dafür etwas gab? Wäre zwar eine seltsame Art und Weise einer Entführung, aber Valenti traute er alles zu.

Aber was sollten andere Clans oder Vereinigungen mit ihm wollen? Wenn jemand seinen Vater erpressen wollte, wäre Alessia das weitaus bessere Druckmittel. Er war sich ja nicht mal selbst sicher, dass sein Vater ein Lösegeld oder sonst was für ihn bezahlen würde. Wahrscheinlich war der ganz froh, dass er ihn hatte eintauschen können. So war er mal zu etwas nütze. Bitterkeit stieg in Luca auf und er drehte sich zum Fenster, damit Damien nichts in seiner Miene lesen konnte.

Die Landschaft hatte sich verändert. Keine grauen Hochhausfassaden mehr, sondern Sträucher und Bäume. Alles grün. Luca dachte an Alex und die Tour, die er machen würde, und seufzte innerlich.

»Ein Picknick im Wald? Du bist ja doch ein Romantiker. Ich hoffe, du hast diese Kekse mit Erdbeerklecks in der Mitte dabei, die mag ich am liebsten.« Es half ihm, sich mit diesen Witzen abzulenken und vielleicht konnte er damit auch überdecken, was er wirklich fühlte. Das hier war alles andere als lustig.

»Nächstes Mal«, sagte Damien trocken. Er bog tatsächlich auf einen Waldweg ab, was Luca erstaunte. Mit dem Luxuswagen einfach über Stock und Stein zu fahren, ... er hatte Damien anders eingeschätzt.

Es ging jetzt langsamer voran. Auch hier versuchte Luca noch, sich irgendwie den Weg zu merken. Nur für den Fall. Der Wagen holperte über den unebenen Weg, fuhr über Wurzeln und Steine. Schließlich wurde der Pfad so eng, dass Luca sich sicher war, Damien würde anhalten müssen, aber er schaffte es irgendwie, ihn trotzdem zwischen den Bäumen hindurch rollen zu lassen.

Dann erreichten sie einen größeren Platz. Keine natürliche Lichtung. Hier hatte jemand Hand angelegt. Einige Bäume waren kurz über dem Stumpf abgesägt worden, um Platz zu schaffen.

Der Wagen hielt und Damien stellte den Motor ab. Luca regte sich nicht, bis Damien ausstieg. Kurz überlegte er, einfach rüber auf den Fahrersitz zu klettern und zu versuchen, den Wagen kurzzuschließen. Sähe bestimmt lustig im Rückspiegel aus, wie Valenti ihm nachsah.

Aber Luca war sich relativ sicher, dass Valenti den Wagen gegen solche Übergriffe abgesichert hatte und in dem Fall, würde er nur wie ein Amateur aussehen. Also entschied Luca sich für die weitaus unspektakulärere Variante und stieg einfach aus.

Die Waldluft roch nach Baumharz, Erde und Gras. Luca zog sie tief in die Lungen und entspannte sich ein wenig. Er liebte die Natur schon, seit er ein kleiner Junge war. Sie beruhigte ihn, schenkte Geborgenheit. Mehr, als er je bei seinem Vater gefunden hatte. Was auch nicht sonderlich schwer war … Luca gegenüber war er stets kühl gewesen, noch mehr, seit er gemerkt hatte, dass er nicht so fügsam war wie seine Schwester. Sie war schnell zu seinem Lieblingskind geworden und Luca nur jemand, den man eben mitschleppte.

Die Sonne kitzelte die Baumspitzen und ließ ihre sanften Strahlen auf die Lichtung fallen. Luca lächelte und reckte das Gesicht empor, vergaß für einen Moment seine Wachsamkeit. Damien hatte ja behauptet, ab jetzt für seine Sicherheit zu sorgen.

»Komm«, sagte der jetzt und winkte ihn hinter sich her. Ein paar Schritte weiter lag auf einmal ein Waffenkoffer auf einem der Baumstümpfe. Luca hatte nicht gesehen, wo Damien den hergeholt hatte, doch jetzt lag er aufgeklappt da und ein Pistolenkörper glänzte im Sonnenschein.

»Ich will sehen, wie gut du triffst.«

»Klar, zeige ich dir gerne. Zwischen die Augen, ins Herz, wohin hättest du es gerne?«, fragte er und zog seine eigene Feuerwaffe unter der Jacke hervor. Passend zu seinen Worten zielte er zuerst auf Damiens Kopf, dann auf seine Brust.

Mit einer wahnsinnig schnellen, und vor Luca unerwarteten Bewegung stand Damien plötzlich vor ihm, hatte seine Hand gepackt und zur Seite gedreht. So schnell konnte er gar nicht gucken.

Die kalten Finger schlossen sich fest um sein Handgelenk, eisern. Der Blick aus den blauen Augen war finster.

»Hat dir keiner beigebracht, dass man damit nicht auf Menschen zielt?«Damien entwand ihm die Waffe ebenso leicht, wie er ihn überrumpelt hatte. »Sie ist nicht mal gesichert«, stellte er fest.

»Reg dich ab, Wilhelm Tell«, sagte Luca, dessen Herz von der plötzlichen Aktion schneller klopfte, und fasste nach der Pistole. »Sie ist nicht geladen.« *Aber schön, dass du mich anscheinend doch nicht ganz so harmlos findest.* Damiens harter Blick wurde für einen Moment noch schärfer. Dann schnaubte er und überließ Luca die Waffe. »Wie willst du dich damit im Ernstfall verteidigen? Willst du sie erst mal laden, wenn du in einen Schusswechsel gerätst?«

»Ich gerate für gewöhnlich nicht in spontane Schusswechsel«, erwiderte er trocken. Die Rückfrage sparte er sich. Für Damien war das anscheinend ein sehr realistisches Szenario.

»Vieles, das du gewohnt bist, wird sich ändern.«

Luca lud in aller Ruhe seine Waffe.

»Da hinten«, sagte Damien und deutete auf einige Bäume, an denen Zielscheiben angebracht waren. Sie waren nicht ganz leicht zu sehen, weil teilweise die Äste und Zweige anderer Stämme sich davor schoben.

»Bisschen unübersichtlich das Trainingsfeld«, kommentierte Luca.

Damien seufzte wie ein Oberlehrer, der es mit einem besonders dummen Schüler zu tun hatte. »Die Realität ist auch unübersichtlich.«

»Da gebe ich dir ausnahmsweise mal recht.«

Luca trat neben Damien und suchte sich die beste Sichtlinie auf eine der Scheiben. Dann nahm er die Waffe in beide Hände und zielte. Damiens Blick lag so spürbar wie ein Gewicht auf ihm. Seine Finger wurden ganz feucht vor plötzlicher Nervosität. Er musste dem Kerl nichts beweisen. Aber er *wollte* es, verdammt!

Zeig dem Mafia-Prinzen, dass du keine hilflose Prinzessin bist.
Lucas Augen verengten sich und er fasste den roten Punkt in der Mitte der Scheibe ins Auge. Einatmen. Ausatmen. Abdrücken.

Peng. Der Schuss hallte durch die Stille des Waldes, scheuchte ein paar Vögel auf. Der eigentümliche Geruch einer abgefeuerten Waffe drang an Lucas Nase. Es war lange her, seit er zuletzt den Abzug betätigt hatte. Der Ruck in der Hand brachte Erinnerungen mit sich, die er nicht mochte, weil sie ihn an eine Welt ketteten, der er entfliehen wollte.

»Zufrieden?«, fragte er so lässig wie möglich. Auf keinen Fall würde er Damien zeigen, dass ihn das Schießen aufwühlte.

»Wenigstens hast du die Scheibe getroffen«, murmelte Damien. Anerkennung klang anders. »Aber das geht besser. Und vor allem schneller. Sie mit beiden Händen zu halten, erhöht nur das Drama, aber nicht die Genauigkeit.«

Der Mafia-Prinz stand auf einmal dicht hinter ihm und fasste nach seinen Händen. Seine Finger waren kalt, aber der Atem an seinem Ohr verdammt heiß. Luca schauderte, war aber zu verdutzt, um sich zu rühren.

»Du bist Rechtshänder«, sagte Damien und löste seine Linke von der Waffe. »Ziel nur mit rechts. Halt die Waffe fest, aber entspann deine Schultern.« Damiens linke Hand berührte ihn am Nacken, strich in einer massierenden Berührung dort entlang. »Dein Rücken ist hart wie Stein. Du hast doch nicht etwa Angst?«

Luca gab nur ein Schnauben von sich. »Das kommt vom Arbeiten. Getränkekisten schleppen und so.«

»Tja, das wirst du in Zukunft besser sein lassen. Konzentrier dich auf dein Ziel.« Damien brachte ihn dazu, den rechten Arm noch etwas weiter anzuheben. Sein Kopf war nahe neben seinem. Er konnte beinahe Damiens Lippen an seinem Ohr spüren.

»Stell dir vor, du würdest mit der Waffe auf etwas deuten wie mit dem ausgestreckten Zeigefinger. Eine ganz natürliche Bewegung, über die du keine Sekunde nachdenken musst.«

Luca schluckte und hoffte, dass Damien die Schweißperle nicht bemerkte, die gerade kitzelnd an seiner Schläfe hinab lief.

»Schieß.«

Und Luca schoss. Sein Finger betätigte den Abzug der Waffe wie auf Befehl. Kein Nachdenken, kein Zögern. Er hielt den Atem an. Die Kugel ging tatsächlich in den roten Kreis, wenn auch nicht perfekt in die Mitte.

Langsam drehte er den Kopf, konnte Damiens Gesicht so dicht vor seinem sehen.

»Gut. Du bist lernfähig«, stellte Damien fest und ließ ihn los. Blitzschnell wurde Luca kalt. Er wischte sich mit einer unauffälligen Bewegung den Schweiß ab. »Der Rest ist nur noch Übung. Ich erwarte, dass du zweimal die Woche trainierst, bis du allein ins Schwarze triffst.«

»Hast du keine Angst, dass ich gut genug werde, um dich abzuknallen?«

»Nein«, erwiderte Damien trocken. »Und du solltest deine Gewaltfantasien lieber auf unsere Feinde projezieren als auf mich.«

Im Moment bist du *mein Feind. Du stehst zwischen mir und meinem Ausstieg.* Aber das konnte er Damien nicht wissen lassen. Nicht, solange er nicht genauer wusste, was er sich von dieser Ehe erhoffte.

»Und wer genau ist das?« Luca sicherte die Waffe. Es missfiel ihm, sie geladen bei sich zu tragen, aber vor Damien wollte er die Munition auch nicht herausnehmen. Und wahrscheinlich hatte er recht ... es war möglich, dass er in Zukunft schnell sein musste. Eine Hochzeit mit einem Valenti bedeutete, dass auch er in die Schusslinie seiner Feinde geriet.

»Verschiedene Parteien. Die Castellanis können mich aus persönlichen Gründen nicht leiden. Dem Kartell stehe ich geschäftlich im Weg. Im Grunde sind alle unsere Feinde, die unsere Sache nicht unterstützen.«

Zweifelnd beobachtete Luca Damien dabei, wie der seine eigene Waffe polierte. Für einen Moment versuchte er, sich seine Jugend vorzustellen. Eine Jugend in der ersten Reihe eines dominierenden Klans. Mit einem Vater ihm Rücken, der keinen Rückzug duldete. War Damien begeistert von dieser Karriere gewesen, oder war er hineingezwungen worden?

Egal, es spielte keine Rolle. Er würde den Kerl genauso wie alles andere hinter sich lassen, wenn sein Plan aufging. Es war nur eine Frage der Zeit.

»Wegen deines Clubs. Ich habe einige Bewerber für die Stelle des Geschäftsführers an der Hand, die vertrauenswürdig sind. Du kannst einen davon auswählen.« So wie er das sagte, klang es wie ein Zugeständnis, aber in Luca regte sich Wut.

»Das ist mein verdammter Club«, knurrte er. »Ich brauche keine Bewerber. Ich mache das selbst.« Sein feuriger Blick traf auf Damiens eisigen.

»Solche Clubs wie deiner sind ein Einfallstor für Spione, Verräter und verdeckte Ermittler. Das ist extrem kompliziertes Fahrwasser, selbst für erfahrene Leute. Ich kann dich da nicht herumplanschen lassen.«

»Ich bin kein kleines Kind«, erinnerte Luca ihn grimmig. »Ich hatte mein Leben vor dir im Griff und habe das auch weiterhin vor.«

Damiens Mundwinkel hoben sich auf eine freudlose Art und Weise. »Es ist aber nicht mehr nur dein Leben.«

Luca war kurz davor, die Waffe zu ziehen und seine neue Schusstechnik an Damien auszuprobieren, aber seine Vernunft hielt ihn davon ab. Diesen Mann zu töten würde mehr Probleme bedeuten als Lösungen. Und auch wenn es ihn unfassbar wütend machte – es stimmte, was er sagte. Dieses Leben gehörte nicht mehr nur ihm. Das hatte es nie so ganz, aber jetzt noch weniger.

Er musste weg. So bald wie möglich. Bevor die Ketten sich noch fester um ihn legten.

KAPITEL 5

Luca

EIGENTLICH HATTE ER es langsam und mit Bedacht tun wollen. Stück für Stück Geld ansammeln, Summen, die kein Aufsehen erregten. Geschäfte, die er nebenbei und im Hintergrund abwickeln konnte. Kontakte, die seine Familie nicht in Gefahr brachten. Er hatte alles hundertmal überprüft, immer versucht, jede seiner Aktionen aus verschiedenen Blickwinkeln zu betrachten, damit er keine Probleme bekam.

Wenn er erst raus war, wollte er nicht mehr gefunden werden können. Weder von Alessia noch von seinem Vater und ganz sicher nicht von jemandem wie Damien. Er würde diese Welt hinter sich lassen. Neu anfangen.

In der ersten Woche nach seiner »Verlobung« mit Damien wuchsen diese Gedanken und die Sehnsucht nach Unabhängigkeit ins Unermessliche. Und sie wurden noch schlimmer, als er die ersten Videos und Fotos von Alex bekam, der in seine Tour gestartet war.

Sein Freund wusste gar nicht, wie gut er es hatte. Dass er über sein Leben bestimmen konnte. Das war echte Freiheit. Alex hätte vielleicht eingewandt, dass er für diese Freiheit erst Urlaub hatte beantragen müssen, aber Luca fand, dass einen Job zu verlieren nicht dasselbe war, wie einen Mafia-Deal nicht einzuhalten.

Jobs gab es viele und ein verärgerter Chef in der normalen Welt richtete keine Waffe auf dich. Aber wenn er sich einen Fehltritt erlaubte, dann hing im schlimmsten Fall das Schicksal seiner ganzen Familie davon ab. Auch wenn Luca weglaufen wollte – sie waren ihm nicht egal. Das könnten sie niemals sein.

Er liebte Alessia. Sie war stets seine Beschützerin gewesen und jede unbeschwerte Kindheitserinnerung, die er hatte, stand irgendwie mit ihr in Verbindung. Sie verlassen zu müssen, schmerzte an seinem Plan am meisten. Aber es ging nicht anders. Sie würde es verstehen. Vielleicht rechnete sie sogar damit.

Luca hatte jetzt lange genug auf die Nachricht gestarrt und steckte das Handy weg. Der Deal, den er da angeleiert hatte, würde ihn einen großen Schritt voranbringen. Noch gehörte der Club ihm, also konnte er auch einen Investor dafür auftreiben. Mit dem Geld würde er die Bude auf das nächste Level bringen und seine Einnahmen vervielfachen. Offiziell konnte er so tun, als wolle er damit seinen Geschäftssinn beweisen. Inoffiziell war es ein Weg, schneller an eine neue Identität zu kommen und seinen Ausstieg mit dem nötigen Kapital zu pflastern.

Wenn er fort war, wollte er irgendwo eine Werkstatt eröffnen und für den Rest seines Lebens an Maschinen schrauben. Aber dafür brauchte er eine Menge Geld. Er musste sich neben Pässen und Papieren auch Verschwiegenheit kaufen. Und dann den Neustart finanzieren. Luca studierte die Hausnummern an den Gebäuden. Da vorn, das musste es sein, eine sandfarbene Fassade. Die ganze Gegend war nobel und sauber, aber dieses Haus stach trotzdem hervor, weil es aussah, wie frisch gebaut. Platanen wuchsen davor. Luca betrachtete die Rinden der Bäume und versuchte, Entspannung aus diesem Stückchen Natur mitten in der Stadt zu ziehen. Er durfte nicht zu nervös werden, musste wie ein Geschäftsmann auftreten, so lässig als würde er das jeden Tag machen. So als ginge es quasi um gar nichts.

Alessia hätte das gut gekonnt, aber sie wollte er nicht mit einbeziehen. Er wollte das alles aus eigener Kraft schaffen, in niemandes schuld stehen. Und ein bisschen wollte er es auch sich selbst und anderen beweisen, zugegeben.

Für diesen Anlass trug er einen seiner Anzüge. Dunkelgrau, mit waldgrüner Krawatte. Er mochte die Kombination. Sie strahlte seiner Meinung nach Ruhe aus. Das ganze Gegenteil von seinem Gemüt. Luca wusste, dass seine Hitzköpfigkeit eine Schwäche war. Etwas, das ihm hier leicht im Weg stehen konnte. Aber er war entschlossen, sich zu kontrollieren.

Langsam stieg er die breiten Stufen empor, spürte abwechselnd den Schatten der Bäume und das Sonnenlicht auf sich. Ein letzter tiefer Atemzug der frischen Luft – dann trat er durch die Tür.

Am Eingang zeigte er seine Einladung und wurde anstandslos eingelassen.

Die Lounge war überraschend voll. Luca hatte mit einer ruhigeren Umgebung gerechnet, als er die Adresse im Internet überprüft hatte. Vorsichtig ließ er seinen Blick über die Menschen gleiten, die auf Sesseln und Sofas thronten und sich bei Champagner über ihre Geschäfte unterhielten.

Leise, klassische Musik untermalte die Szene, und aus einem der angrenzenden Räume drang das Klicken von Billardkugeln. Es war einer dieser Orte, vor denen er sich stets gedrückt hatte, vor allem als Jugendlicher. Und auch jetzt hätte er den Benzin- und Ölgeruch einer Motorradwerkstatt vorgezogen.

Mit versteinerter Miene durchstreifte er den Hauptraum. Hier und da rang er sich ein höfliches Lächeln ab, wusste aber, dass niemand ihn erkannte. Es reichte, was er ausstrahlte.

In einer Ecke, bei einer großen Topfpflanze mit weißen Punkten auf den Blättern, entdeckte er seinen Geschäftspartner. Der Mann war um die sechzig, etwa so alt wie Lucas Vater, und ein akkurat getrimmter weißer Bart verlieh ihm das Aussehen eines freundlichen Großvaters, der für seine Enkel gerne den Weihnachtsmann spielte. Dass der Vergleich so gut zutraf, lag sicherlich auch an dem weinroten Anzug, den er trug. Luca ging auf ihn zu, stellte sich vor und begrüßte ihn höflich.

Der Mann, Rodriguez, bat ihm einen Platz an und tauschte lächelnd einige Höflichkeiten mit ihm aus. Luca war nervös. Seine Finger kribbelten und er ertappte sich immer wieder dabei, wie er sie in seine Oberschenkel oder in die Sessellehne grub.

Er war froh, als es um Zahlen ging, denn das bedeutete, dass er die Mappe aus seiner Tasche holen konnte und seine Finger somit etwas zu tun bekamen, das ins Programm passte. Alles war zigfach durchgerechnet worden. Verschiedene Investitionsmodelle. Luca hatte sich wirklich

Mühe gegeben, Strategien skizziert, wie der Club sich weiterentwickeln und mehr Profit abwerfen würde. Er versank regelrecht in seinen Ausführungen, die er leise vortrug. Kurz streifte ihn der Gedanke an Alessia. Dass sie vielleicht stolz auf ihn wäre, wenn sie sehen konnte, wie gut er den Geschäftsmann spielte.

Seine anfängliche Nervosität wandelte sich zu Optimismus und einem Hauch von Euphorie. Als er mit seinen Erklärungen fertig war, lehnte der Investor sich zurück und verschränkte die Arme. Im ersten Moment wirkte er nur nachdenklich. Dann sagte er: »Interessant. Jetzt habe ich also endlich einmal den geheimnisvollen DeRossi-Sohn kennengelernt.«

Luca bemühte sich darum, das höfliche Lächeln auf seinem Gesicht aufrecht zu erhalten. »Ja, ich gehe gerne meinen eigenen Weg«, erklärte er möglichst neutral. »Nun bin ich interessiert an Ihren Gedanken zu meinem Projekt.«

Die Stimmung um sie beide herum hatte sich geändert. Er spürte es in der Luft, in der Atmosphäre des Raumes. Hinter ihm bewegten sich einige Männer, und auch die Haltung des Investors hatte sich verlagert.

»Ihren eigenen Weg ... Nun, meine Frage ist, ob Sie auf diesem Weg gedenken, die Fehler Ihres Vaters auszugleichen oder nicht.«

Luca schluckte und versteifte sich. Was hatte Rodriguez mit seinem Vater zu schaffen? Was war da vorgefallen? Er wusste nichts darüber, aber wenn er jetzt die Miene seines Gegenübers studierte, dann erkannte er den durchschimmernden Groll, die Lust auf Rache.

Was sollte er tun? Er spürte regelrecht, wie Rodriguez' Männer einen Kreis um seinen Platz zogen, eine Wand aus Muskeln und breiten Schultern. Das hier war eine Falle.

Scheiße. Er war direkt hineingetappt. Wenn diese Leute eine Rechnung mit seiner Familie offen hatten, und beschlossen, sie jetzt zu begleichen, hätte er ihnen nicht viel entgegenzusetzen. Er war allein. Immerhin war seine Waffe geladen. Innerlich verkniff Luca sich ein ironisches Lachen.

Vorsichtig drehte er den Kopf und wagte einen Blick. Auf einmal fielen ihm die Pistolen an den Gürteln auf. Auch die Positionen der Typen. Sie hatten nur darauf gewartet, dass er sich entspannte. Wahrscheinlich lachten sie sich innerlich kaputt.

Scham stieg in Luca auf. Das heiße Brennen von Demütigung. Für einen Moment war das schlimmer als die Angst vor einer Kugel.

Gerade, als Luca Atem holte, um etwas zu sagen, kam wieder Bewegung in den Raum. Zuerst sah er es nur aus dem Augenwinkel, dann direkt neben sich. Seine Augen wurden größer, als Damien sich neben ihn setzte. Einfach so war er plötzlich hier, wirkte lässig wie eh und je. Vertraute Kälte in seinem Blick. Im ersten Moment, war Luca sich sicher, dass Valenti das ganze hier inszeniert hatte, um ihm vorzuführen, wie naiv und dumm er war – doch die Art, wie er sich neben ihn setzte, kurz eine Hand auf seinen Arm legte, als wären sie ... ja, als wären sie tatsächlich Partner, gab ihm ein anderes Gefühl.

»Ich bin spät dran«, entschuldigte Damien sich und sein Blick huschte zwischen ihm und Rodriguez hin und her. Dann hob er eine Augenbraue. »Wird das hier eine Verhandlung oder ein Kampf?« Die Frage ging an ihn. Und sie war ernst gemeint, keine Neckerei, das sagte ihm sein Blick. Damien wollte, dass er entschied. Womöglich könnten sie wirklich verhandeln, jetzt, da sein Gegenüber sah, dass er nicht allein war. Diese Aktion hier ließ es vielleicht sogar so aussehen, als hätte er die Falle erwartet und seinerseits eine vorbereitet. Das milderte seine Scham. Aber gleichzeitig war er auch wütend. Auf sich selbst vor allem, aber auch auf seinen Vater, weil er nie etwas von dieser Fehde erfahren hatte, und auf Damien, weil er zu seiner Rettung kam wie ein waschechter Prinz.

Verhandlung oder Kampf. Es waren nur Sekunden, in denen er seine Entscheidung treffen musste. Er konnte in Damiens Augen sehen, dass er darauf wartete. Auf sein Wort. Ein seltsam erhebendes Gefühl, die Kontrolle zu haben und irgendwie zu wissen, dass ausgerechnet dieser Mann an seiner Seite sein würde.

So sehr er die Investition brauchte – für ihn war die Sache vom Tisch. Er konnte Rodriguez nicht trauen, selbst wenn er jetzt kuschen sollte. »Kampf.«

Sobald er dieses eine, kurze Wort ausgesprochen hatte, spürte er einen Druck im Nacken. Damien und er zogen die Köpfe ein. Hinter ihnen wurde das Feuer eröffnet. Schüsse knallten und dann warf Damien den Glastisch, der vor ihnen stand, nach vorn. Ein ohrenbetäubendes Klirren füllte den Raum aus.

Waffen blitzten auf, hektische Bewegungen aus jeder Richtung. Chaos brach aus. Nur Damien wirkte ruhig, behielt mit Adleraugen den Überblick. Er hatte die Hand noch auf seiner Schulter abgelegt, in der anderen hielt er seine Pistole. Luca hatte nicht mal gesehen, wie er sie gezogen hatte. »Los«, sagte er.

Sie standen beide auf und Luca folgte Damien zu einer Ecke des Raumes. Die mit der riesigen Topfpflanze. Schüsse dröhnten und durchschnitten die Luft wie unachtsam gelöste Sektkorken. Luca konnte nicht sagen, welche Seite die Oberhand hatte. Es war alles zu schnell und zu laut. Sein Herz raste und pumpte Adrenalin durch seine Venen. Er war noch nie mitten im Kampfgeschehen gewesen. Damien zog an seinem Arm. »Steh da nicht rum«, fauchte er. »Luca!« Beim Klang seines Namens blinzelte er und merkte, dass er wie gelähmt dagestanden hatte. Wie im Zeitraffer sah er, dass ein Mann im schwarzen Anzug ihn ins Auge fasste und den Arm hob, um zu feuern. Damien war schneller. Er schoss dem Mann direkt ins Herz und zog ihn weiter. Weiter am Rand des Raumes entlang, vorbei an kleinen Schränken, an Sofalehnen und Tischchen.

Jemand rief etwas und dann schlugen drei Schüsse direkt neben Luca durch ein Fenster. Wütend drehte er sich und tat das, was Damien ihm im Wald gezeigt hatte. Er dachte nicht ewig darüber nach, zielte nur mit der Hand, so als wäre die Waffe sein Zeigefinger, der auf das Ziel deutete. Dann drückte er ab. Ebenfalls drei Mal. Und er traf. Jemand ging zu Boden.

Luca starrte, wollte wieder gefrieren, aber Damien zog ihn weiter, feuerte in eine andere Richtung. Die ganze Lounge schien von ihrem Kampf erfasst zu werden. Rufe und das Kreischen einiger Frauen mischten sich mit dem Poltern von Möbeln und dem Hall der Schüsse. Pulvergeruch lag in der Luft, ebenso wie die metallische Note von Blut. Gerade, als Luca diese Mischung in die Nase stieg, zerrte Damien ihn durch eine Tür nach draußen.

Beinahe stolperte Luca auf der Treppe. Es war irgendein Seiteneingang, durch den Damien ihn lotste. Da vorn wartete ein Wagen. Nicht die Karosse, mit der Damien ihn zum Schießtraining abgeholt hatte. Ohne weitere Worte stieg Luca ein, den Körper voller Adrenalin. Das Blut rauschte nur so in seinen Ohren und seine Hände waren kalt und heiß. Als er auf seine Finger schaute, sah er, dass sie bebten. Schnell drückte er sie auf seine Oberschenkel und rieb sie an der Hose ab, als könne er damit auch seine Unruhe abstreifen.

Weitere Männer stiegen ein. Damiens Leute. Der Wagen fuhr los und Luca schaute nicht zurück.

KAPITEL 6

Damien

SOBALD SIE ANKAMEN, begann Damien seine Tour durch das Safehouse. Zwar sorgte er sowieso stets dafür, dass seine Rückzugsorte gesichert waren, und überprüfte sie auch, wenn er sie gerade nicht benutzte, doch er konnte nicht anders, als sich zu vergewissern. Ohne Hektik, aber dafür mit geübten Handgriffen und Blicken, lief er von Fenster zu Fenster und von Raum zu Raum. Sie befanden sich in einer Penthousewohnung, die sich im obersten Stockwerk eines Wolkenkratzers im Büroviertel der Stadt befand. Von außen war nicht erkennbar, dass das hier kein Büro war.

Stattdessen waren die Zimmer mit edlen Designermöbeln eingerichtet, alles in Weiß und Grau gehalten, mit wenigen blauen Farbakzenten. Damien fand, dass man, nur weil man sich für eine Weile versteckte, ja nicht gänzlich auf Ästhetik verzichten musste.

Im Wohnzimmer lümmelte Luca auf einem der Sofas. Er wirkte zusammengesunken, schien noch zu verarbeiten, was vorhin passiert war. Als er ihn bemerkte, richtete er sich auf und erwiderte seinen Blick. »Was machst du da? Vertraust du deinen eigenen Verstecken nicht?«

»Vertrauen ist nett. Aber Kontrolle ist das, was einen am Leben hält.«

Dagegen konnte DeRossi wohl nichts sagen, schließlich hatte allein seine Kontrolle dazu geführt, dass er ihn hatte retten können. Hätte er einfach nur darauf vertraut, dass sein Verlobter keinen Unsinn machte, sähe die Lage jetzt ganz anders aus.

Er hätte gern gewusst, was dem Kerl gerade durch den Kopf ging. Ob ihm klar war, wie eng die Sache hätte werden können. Noch konnte er nicht einschätzen, wie klug Luca war. Auf ihn wirkte er bisher genau so, wie er ihm beschrieben worden war: unüberlegt, hitzköpfig und unerfahren. Was das Gemüt anging, wäre es vermutlich wirklich besser gewesen, Alessia DeRossi zu nehmen, aber da gab es wieder andere Dinge, die ihn gestört hätten.

Einerseits glaubte er, dass Luca nach ein bisschen Zurechtbiegen leichter zu kontrollieren wäre als sie. Andererseits hätte er Alessias Bedürfnisse auf kurz oder lang nicht stillen können und wollen, was wiederum das Risiko eröffnete, einen *Erben* untergeschoben zu bekommen. Mit den daraus resultierenden Problemen wollte er nicht umgehen. Es war einfacher, authentisch zu bleiben.

Damien runzelte die Stirn. Er stand direkt neben einem Fenster und verharrte dort, weil er die Bewegung sowohl gehört als auch gespürt hatte. Wahrscheinlich bildete Luca sich ein, er sei leise gewesen.

»Was ist? Soll ich dir zeigen, wie man sie überprüft?«, fragte er, ohne sich umzudrehen.

Hinter ihm erklang ein leises Schnaufen. »Hast du Spidermans Spinnen-Sinne oder was?«, fragte Luca spöttisch und trat noch näher an ihn heran. Dann sagte er etwas leiser: »Ich wollte dir für die Rettung danken.« Damien hörte den Widerwillen in seiner Stimme, aber immerhin wusste der Junge, was angemessen war. Er wandte sich langsam zu ihm um.

Der junge Mann stand direkt vor ihm und reckte das Kinn, als würde er versuchen, größer zu erscheinen als er war. Trotzdem schaffte er es nicht auf die gleiche Höhe wie er.

»Wenn du Geld für deinen Club wolltest, hättest du dein Konzept auch mir vorstellen können.« Er hatte die Unterlagen gesehen und einen Teil von Lucas Vortrag gehört. So schlecht war das gar nicht gewesen. Zumindest hatte er die Mühe erkennen können, die darin steckte, was ihn hoffen ließ, dass Luca schlauer war, als sein Ruf verbreitete.

Luca verzog das Gesicht. Es war leicht, den Widerwillen darin zu erkennen. Trotzdem brach er ihren Blickkontakt nicht. Irgendetwas lag in der Luft. Die Spannung unausgesprochener Worte. Damien wartete, versuchte, in Lucas Augen zu lesen. Dort fand er jedoch nur Müdigkeit, den Schock, den er zu überspielen versuchte und das kratzbürstige Funkeln, das er bereits kannte. Alles miteinander vermischt.

»Wir sollten uns ausruhen«, sagte Damien schließlich und wandte sich ab. Er wollte seinen Rundgang beenden, sich waschen, einen Happen essen und danach schlafen. Luca stand noch neben dem Fenster, als Damien den Raum wechselte.

Später saßen sie zusammen an dem kleinen Tisch und aßen Fertigpizza aus dem tiefgekühlten Vorrat. Damien sagte ausnahmsweise nichts dazu, dass Luca eine Flasche Bier dazu trank.

Sie schwiegen und kauten, tranken und schwiegen. Sein Handy vibrierte und er las die Nachrichten, die gerade eingingen. Als er wieder aufschaute, traf er erneut auf Lucas Blick. Fragend diesmal.

»Rodriguez und seine Männer wurden ausgeschaltet. In der Presse ist die Rede von einer Schießerei zwischen zwei Klans.«

»Wie viele Tote gab es?«

»Sechs. Vier Schwerverletzte.«

»Wie viele von deinen Leuten?«

Damien drehte sein Handy um und ließ Luca einen Blick auf die Kurzfassung des Berichts seines Kontaktmannes werfen. Dann steckte er es wieder ein und aß weiter, während Luca noch bestürzt wirkte, aber erneut versuchte, das zu verstecken. Er ahnte nicht, wie leicht er zu lesen war.

Der Kerl war weicher, als er vorgab. Aber das vorhin konnte nicht sein erster Toter gewesen sein. Es war unmöglich, der einzige Sohn einer Mafiafamilie zu sein, und siebenundzwanzig zu werden, ohne jemals jemanden zu erschießen.

»Willst du Rodriguez' Leuten Blumen und Pralinen schicken?«

Lucas Augen verengten sich. »Ich will nur alle Fakten haben.« Es war eine Lüge, aber Damien ließ sie unkommentiert, da Luca ohnehin noch nicht fertig war. »Dass ich in diese Falle laufen konnte, lag auch nur daran, dass ich nicht alles wusste. Ich hatte keine Ahnung, dass Rodriguez und mein Vater eine Vorgeschichte haben. Für mich war er neutral.«

»Dein Vater hat vor zehn Jahren seinen Bruder an die Behörden verpfiffen«, sagte Damien. »Wahrscheinlich, um seine Kontakte zu festigen, sich Vertrauen damit zu kaufen. Natürlich stand davon nichts in den Zeitungen. Du hättest es nur erfahren, wenn du die richtigen Leute gefragt hättest.«

Er machte Alberto DeRossi keinen Vorwurf. Es war nur logisch, dass jemand mit guten Verbindungen zu Polizei, Politik, Zoll und anderen wichtigen Punkten sich diese Drähte erst erarbeiten und auch auf die eine oder andere Weise pflegen musste.

Luca schien trotzdem wütend zu werden. Der Junge wurde schnell wütend, das hatte Damien inzwischen verstanden. Doch seine Wut schien sich gar nicht auf die Sache mit seinem Vater zu beziehen.

»Ich wollte das allein machen.« Es stand ihm ganz offen ins Gesicht geschrieben, wie wichtig ihm das war. Damien studierte seine Züge. Die leicht zusammengezogenen Augenbrauen und den angespannten Mund, der sich minimal nach unten bog, sodass seine Lippen schmaler wirkten.

»Alleingänge sind gefährlich.« Aber es war nicht so, dass Damien nicht verstand, welche Gedanken damit verbunden waren: Wer allein handelte, musste auf niemanden Rücksicht nehmen, und trug auch die Verantwortung für seine Fehler allein.

Schweigend leerten sie ihre Teller. Langsam verflog der Geruch der Pizza und die Müdigkeit wurde noch drückender. Luca ging duschen und Damien lauschte dem Rauschen des Wassers und den Geräuschen der Normalität, die die Wohnung füllten, als Luca barfuß über den Holzboden tappte, Schranktüren klapperten und Stoff raschelte.

Damiens Blick folgte jeder Bewegung in seinem Umfeld. Er musterte die Wassertropfenspur und prägte sich gegen seinen Willen den Anblick von Lucas nacktem Rücken ein. Dann stand er auf und verschwand seinerseits im Badezimmer.

Als er wieder herauskam, lag Luca ausgestreckt auf dem Sofa. Auf Gäste war er in diesem Safehouse nicht vorbereitet.

»Es gibt ein Schlafzimmer«, sagte Damien.

Luca sah ihn an, ein ironisches Grinsen um die Mundwinkel. Der Rest von ihm war Müdigkeit.

»Was auch immer«, damit wandte Damien sich ab. Er würde sicher nicht versuchen, Luca von dem Bett zu überzeugen. Wenn er unbedingt auf dem Sofa schlafen wollte, sollte er es tun. Umso besser, wenn er den ganzen Platz auf der Matratze für sich allein hatte.

In die Decke gewickelt und mit geschlossenen Augen versuchte er, sich vorzustellen, wie das werden würde, wenn Luca in sein Haus zog. Für ihn gab es keine Alternative. Auch wenn Luca und ihn nie so etwas wie Liebe verbinden würde, wollte er, dass sie beruflich starke Partner wurden und das auch nach außen repräsentierten. Sie mussten eine gemeinsame Stärke ausstrahlen. Luca ahnte vielleicht nicht, wie wichtig das war, aber Damien wusste es ganz genau. Je angreifbarer und gespaltener man wirkte, umso gefährlicher.

Es würde ein Balanceakt werden, nicht nur im Hinblick auf Lucas Gemüt. Schwer genug, ihn gleichzeitig zu erziehen, auszubilden und zur Mitarbeit zu bewegen. Noch schwerer, ihn an sich zu binden und gleichzeitig Distanz zu wahren.

Aber er war Damien Valenti. Er würde das schaffen.

KAPITEL 7

Luca

DER STRAHLENDE SONNENSCHEIN an diesem Tag im Mai brachte Alessias Haare zum Leuchten. Luca beobachtete gerne, wie sich das Licht in ihren Wellen verfing und auch, wenn er deutlich eine erwachsene Frau vor sich sah, reisten seine Gedanken gerne in die Vergangenheit, wenn sie zusammensaßen und einen Kaffee tranken.

Das Café befand sich am Stadtrand, war eher unbekannt und daher ein guter Treffpunkt. Sie saßen an einem runden Tischchen, jeder mit einem kleinen Teller vor sich, auf dem ein winziges Stück Kuchen lag.

Luca schmunzelte darüber, wie Alessia jetzt die Gabel in der Hand hielt und hauchdünne Teile von ihrem Gebäck abtrennte und sich in den Mund steckte. Als kleines Mädchen hatte sie am liebsten mit den Händen gegessen und oft so große Portionen auf einmal, dass sie Schmerzen vom Schlucken bekommen hatte. Natürlich hatten ihre Lehrer ihr das schnell ausgetrieben, aber die Erinnerung blieb Luca bis in alle Ewigkeit erhalten.

»Jetzt heiratet mein Bruder also sogar noch vor mir«, murmelte Alessia und nippte an ihrem Kaffee. Amüsement funkelte in ihren rehbraunen Augen. Er wusste, sie machte sich nicht wirklich etwas daraus.

»Ja, ich habe es wirklich eilig, so verliebt wie ich bin«, erwiderte er und rührte überflüssigerweise in seiner Tasse herum. Inzwischen hatte er sich ... na ja, nicht damit angefreundet, aber zumindest hatte er realisiert, dass die Dinge nun so waren und er es nicht ändern konnte. Er nahm es als zusätzliche Motivation, so schnell wie möglich abzuhauen.

Alleingänge sind gefährlich.

Wenn er seine Schwester so vor sich sitzen hatte, streifte ihn immer wieder die Frage, ob er es ihr sagen sollte. Ob er sie einweihen und auf ihre Hilfe hoffen sollte. Wäre sie seine Verbündete? In allen anderen Angelegenheiten auf jeden Fall ... aber wenn es darum ging, die Familie zu verlassen und allem den Rücken zu kehren? Wahrscheinlich würde sie das zu sehr verletzen, als dass sie bereit wäre, ihm dabei zu helfen. Am ehesten würde sie ihm versprechen, zu schweigen. Aber dann wäre sie eine Mitwisserin und könnte am Ende Probleme bekommen, wenn das rauskam.

Wieder entschied Luca, dass es besser war, sie nicht einzuweihen.

»Ich ... muss dir was sagen«, setzte Alessia an. Überrascht hob Luca die Brauen.

»Ja?«

69

»Ich habe jemanden kennengelernt, der mir gefällt.« Sie lächelte ein bezauberndes Lächeln. »Es fühlt sich fast an, als wäre es Schicksal, dass du mich vor dieser arrangierten Hochzeit bewahrst.«

Luca ließ sich von ihrem Lächeln anstecken. Irgendwie hob das tatsächlich seine Stimmung. Alessia hatte sich also verliebt?

»Ist es jemand, mit dem Vater einverstanden sein wird?«, fragte er.

Sie lachte leise. »Ich denke, er wird erfreut sein. Aber ist das wirklich das, was du wissen willst, Brüderchen?«

»Na ja, das Wichtigste steht schon in deinen Augen. Du liebst ihn. Du bist vollkommen hin und weg.«

Sie grinsten einander an und Luca spürte das Band zwischen ihnen so deutlich wie schon lange nicht mehr. Er war glücklich, dass seine Schwester glücklich war. Und vielleicht würde diese Beziehung sie auch trösten, wenn er fortging. Es war gut, wenn sie jemanden an ihrer Seite hatte, auch wenn klar war, dass Alessia alles allein schaffen konnte, was sie wollte.

»Wie heißt er? Nur der Vorname.«

»Leon«, sagte sie mit samtweicher Stimme.

»Schön. Ich lade euch beide zu meiner Hochzeit ein.«

Sie schmunzelten eine Weile und arbeiteten weiter an Kuchen und Kaffee. Dann fragte Alessia: »Wie kommst du mit ihm aus?«

Tatsächlich hatte Luca Damien seit der Falle und dem Safehouse kaum zu Gesicht bekommen. Des Öfteren sah er ihn durch Autofenster. Offensichtlich behielt der Mafiaprinz ihn im Auge. Sie waren noch einmal zum Schießen in den Wald gefahren, aber da hatten sie nicht viel geredet.

Es hatte sich eher geschäftsmäßig angefühlt. Als sei er einer seiner Angestellten, nur ohne Bezahlung. »Es geht«, sagte er vage. Alessia musterte ihn, wartete auf mehr. Nicht nur aus reiner Neugier, sondern auch, weil sie wollte, dass er okay war. Also bemühte Luca sich, etwas zu finden, das er hinzufügen konnte. »Er wird auf jeden Fall auf mich aufpassen.«

Hätte Alessia das über ihren Freund gesagt, hatte Luca es als etwas Positives wahrgenommen. Irgendwie war es doch schön, jemanden zu haben, der über einen wachte. Aber in Damiens Fall war das etwas anderes. Er passte eher auf ihn auf wie auf einen unerzogenen Hund, bei dem er Angst hatte, er könnte auf den teuren Teppich pinkeln, wenn er ihn zu spät Gassi führte.

Sicher konnte Alessia an seinem schiefen Grinsen erkennen, dass es nicht unbedingt romantisch gemeint war, aber sie gab sich damit zufrieden.

»Ich kann mir vorstellen, wie schwierig das alles für dich sein muss, Lu.«

Wenn es jemand konnte, dann sie, die ihn besser kannte als jeder andere Mensch. Selbst wenn sie beide unterschiedliche Arten hatten, damit umzugehen, dass ihr Leben fremdbestimmt wurde.

»Ich werde das Beste draus machen«, sagte er. Und das war keine Lüge. »Ich werde diese Hochzeit feiern.« Grinsend schob er die letzten Kuchenkrümel auf seine Gabel. »Vielleicht küsse ich den Typen sogar, wer weiß.« Immerhin wäre es witzig, Damiens Gesicht danach zu sehen.

Alessia ließ sich anstecken. »Nimm dir nicht zu viel vor.« Sie gluckste leise und trank ihren Kaffee aus. »Ich meine ... wenn du es willst, werde ich das nicht verurteilen. Er sieht gut aus, und du wärst nicht der erste bisexuelle Mann der Welt.«

Luca spürte, wie seine Wangen wärmer wurden. In diese Richtung hatte er das Gespräch nicht lenken wollen. »Blödsinn«, murmelte er und drückte die Erinnerungen weg, die in sein Bewusstsein dringen wollten. Es waren nur kleine, alberne Momente gewesen. Beim Schießen. Und bei ihrer Flucht aus der Lounge. Kurze Berührungen, die einfach nur deswegen gekribbelt hatten, weil er überrascht gewesen war, oder eben voller Adrenalin. Das hatte nichts mit Damien zu tun oder mit Männern allgemein. »Blödsinn«, wiederholte er nochmal leiser.

»Papa ist jedenfalls positiv überrascht, dass du Valenti bisher nicht in die Flucht geschlagen hast«, sagte Alessia. »Ich glaube, anfangs hat er seine Entscheidung sehr hinterfragt.«

Hinterfragt hatte er sie wahrscheinlich nicht, weil er Angst hatte, Luca zu einem Schicksal verurteilt zu haben, das ihn unglücklich machte, sondern eher, weil er sich sorgte, dass Luca das Ansehen der Familie beschädigen würde.

»Er braucht sich keine Sorgen machen. Ich werde meinen Teil erfüllen.«

Alessia nickte. »Du bist erwachsen geworden, Brüderchen. Ich hoffe, ihr könnt euch arrangieren. Wenn ich dabei helfen kann, sag mir Bescheid.«

»Sicher. Das mache ich.«

Wahrscheinlich würde das das Schlimmste sein, wenn er seinen Plan letztendlich in die Tat umsetzte. Alessia nicht mehr wiederzusehen. Nur noch auf Fotos in irgendwelchen Zeitungsberichten. Er würde nicht mehr Teil ihrer Welt sein. Er würde nicht dabei sein, wenn *sie* heiratete.

Luca lächelte den Schmerz weg. Wenn er inzwischen eine Lektion im Leben gelernt hatte, dann, dass jede Entscheidung, die wirklich zählte, auch ihren Preis hatte.

Alessia hatte ihn auf eine Idee gebracht, die er direkt am nächsten Morgen umsetzen wollte. Das Beste draus machen. Das Beste aus Valenti machen ... bedeutete, dass er Seiten an ihm finden würde, mit denen er arbeiten konnte. Selbst dieser Kerl musste doch an irgendetwas Spaß finden. Irgendetwas mussten sie gemeinsam haben, oder?

Obwohl es furchtbar früh war, stand er beim Klingeln des Weckers auf, den er sich gestellt hatte, damit er fit war, bevor Damien das Haus verließ. Er zog sich eilig an, besuchte das Badezimmer und ging dann nach unten, um gemeinsam mit Damien Kaffee zu trinken.

Sein Verlobter maß ihn mit einem zweifelnden Blick, schien sich wohl zu fragen, warum er sich heute anders verhielt als sonst. Er sagte aber nichts, sondern machte sich einfach fertig für die Arbeit, was bedeutete: Krawatte binden, Haare striegeln, Waffe einstecken, den richtigen Koffer an sich nehmen.

Luca folgte Damien in den Hausflur, als dieser bereit zum Aufbruch war.

»Soll ich dich heute auf der Maschine zur Arbeit fahren?«

Damien warf ihm einen Blick zu, als hätte er vorgeschlagen, spontan auf einem dreibeinigen Affen zum Büro zu reiten.

»Ich fahre, du sitzt mit drauf. Komm schon, der Helm wird deine Frisur schon nicht zerstören. Und falls doch, wirst du nur verwegener aussehen. Könnte ein Pluspunkt sein.«

Als Damien durch die Haustür ging, eilte Luca ihm hinterher.

»Ist das ein Ja?«

»Nein. Ich nehme den Wagen.«

»Eventuell habe ich deinen Wagen in die Wäsche geschickt. Premium Programm. Das dauert eine Weile.«

Jetzt drehte Damien sich ganz zu ihm um. »Du hast *was*?«

»Hey, es war dringend nötig. Ich hab das für dich getan. Damit deine Geschäftspartner nicht denken, dass du keine Standards hast.« Gut, vielleicht hatte er auch am Abend zuvor dafür gesorgt, dass die Karosse etwas dreckig geworden war. Aber das würde er Damien nicht erzählen.

Der Mafiaprinz seufzte schwer. »Wehe, du baust einen Unfall.«

Ein breites Lächeln bildete sich auf Lucas Gesicht. »Ich bringe uns heil ans Ziel, versprochen.« Er ging voran zu seiner Maschine, die hinter dem Haus auf sie beide wartete.

Es war faszinierend, dabei zuzusehen, wie Damien sich den Helm aufsetzte und das Fahrzeug zweifelnd musterte. Luca stieg auf und winkte ihn zu sich. »Nimm Platz, mach es dir bequem.«

Er hatte schon eine Weile kein fremdes Gewicht mehr auf seiner Maschine gespürt. Und die Wärme hinter sich... Damiens Arme, die sich auch ohne ausdrücklich Einladung um seinen Körper legten. Ein Kribbeln durchfuhr Luca. Sicher die Freude auf die Fahrt, nicht etwa eine Reaktion auf Damiens Berührung, richtig?

»Gut festhalten.«

KAPITEL 8

Luca

DIE HOCHZEIT FAND in einem pompösen Anwesen statt, das von einem riesigen, blühenden Park umgeben war. Der Traum eines jeden kleinen Mädchens. Hecken waren in die Form von Tierskulpturen gestutzt worden, jeder Weg war von Rosenbüschen gesäumt und es gab mehrere Torbögen, die mit Blütenranken umwickelt waren.

Luca wusste das, weil Damien ihn dazu genötigt hatte, das Gelände mit ihm gemeinsam abzulaufen und zu überprüfen, ähnlich wie vor zwei Wochen im Safehouse. Es war die Krone der Romantik.

Als sie mit dieser Begehung fertig waren, trennten sie sich wieder und jeder unterzog sich der notwendigen Prozedur, um sich herausputzen zu lassen. Was bedeutete, dass Luca jetzt gerade auf einem Stuhl in einem riesigen

Frisierzimmer saß und einen Fremden seine Haare kämmen ließ.

Auf einer Couch hinter ihnen lag der Anzug, den er gleich überstreifen würde. Feinster Stoff in einer Art mattem Himmelblau. Alessia hatte ihm versichert, dass er perfekt zu seinen Augen und zum Kastanienbraun seiner Haare passte.

Luca seufzte innerlich, als der Mann, der sich eben noch um seine Frisur gekümmert hatte nun nach dem Make-Up griff. Das war überhaupt nicht sein Ding. Aber es half ein bisschen, sich vorzustellen, dass Damien sich das auch antun musste.

Außerdem würde Alessia sich freuen, ihn mal so richtig herausgeputzt zu sehen. Sie würden Fotos miteinander machen. Erinnerungen, die er in sein neues Leben mitnehmen konnte, die ihm niemand mehr wegnehmen würde. Das war es wert, sich ein bisschen zusammenzureißen. Ja, er würde heute feiern. Aber das hatte nichts mit Damien zu tun.

Irgendwann war das Herumgetupfe in seinem Gesicht vorbei. Luca zog hastig ein Taschentuch aus der Box und hielt es sich vor Mund und Nase.

»Entschuldigung«, sagte der Visagist. »Ich war vielleicht etwas wild mit dem Puder.«

Luca schüttelte den Kopf. »Sind wir fertig?«

Der junge Mann deutete auf den Spiegel. »Wenn Sie zufrieden sind?«

Erst jetzt musterte er sein Spiegelbild. Er sah ... gut aus. Seine Haut wirkte ebenmäßiger, die leichten Schatten unter den Augen waren abgedeckt. Die Frisur saß gut.

»Ich bin zufrieden.«

»Oh, da bin ich froh. An so einem wichtigen Tag sollte man sich so wohl wie möglich in seiner Haut fühlen!« Er wirkte wirklich glücklich und Luca wurde klar, wie nervös der Visagist bis eben gewesen war. Für ihn war Luca so eine Art hohes Tier. Er gehörte jetzt zu den Sphären, in denen auch sein Vater und Damien sich bewegten. Also, das hatte er per Geburt schon immer, aber er hatte es selten so deutlich gespürt, weil man ihn größtenteils herausgehalten hatte.

»Danke für deine Arbeit«, sagte Luca freundlich und stand dann vom Stuhl auf. Der Mann nickte mehrmals und sein Lächeln sprühte förmlich Funken vor Stolz. Dann ließ er ihn allein und Luca wandte sich dem Anzug zu.

Seine Hochzeitsgarderobe. Es wurde nun wirklich ernst. Er würde heiraten.

Während er nochmals darüber sinnierte, wie absurd schon allein der Gedanke klang und wie verrückt das alles eigentlich war, klopfte es an der Tür und Alessia trat ein. Schön genug, um ihm das Rampenlicht zu stehlen.

Luca umarmte sie und der Duft ihres Rosenparfüms strich ihm um die Nase.

»Du bist ja noch gar nicht angezogen«, bemerkte sie und schaute an ihm herab.

»Das wollte ich gerade ändern.«

Sie nickte und setzte sich auf den Stuhl, auf dem er beim Frisieren gesessen hatte. »Ich glaube, ich bin aufgeregter als du.«

»Das kann gut möglich sein. Ich bin ziemlich ruhig. Wahrscheinlich wäre das anders, wenn ich verliebt wäre.« Er zuckte mit den Schultern. Im Grunde war das heute ja nur ein Geschäftsabschluss, ein Handel. Nur, dass sie den eben besonders pompös feierten und alberne Reden dabei schwangen.

Es bedeutete nichts. Vor allem nicht für seine Zukunft. Er würde Damien am Ende genauso zurücklassen wie Alessia und seine Eltern.

Luca zog seine Alltagsklamotten aus und schlüpfte nach und nach in seine Verkleidung als Bräutigam. Der Stoff war kühl und weich auf seiner Haut. Die Erlesenheit war förmlich spürbar. Alessia legte beide Hände an den Mund und gab Geräusche der Bewunderung von sich, die Luca zum Schmunzeln brachten.

»Du siehst großartig aus. Elegant und wunderschön.«

Es war keine Neckerei, sondern aufrichtige Begeisterung. »Danke.« Er wollte die Krawatte binden, aber Alessia stand schon vor ihm und übernahm die Arbeit. Mit einem warmen Gefühl im Bauch musterte er sie dabei. Himmel, sie waren beide erwachsen geworden. Die Kinder von damals waren fort.

Sie rückte den Knoten zurecht und strich sein Jackett glatt wie ein Profi.

»Brauchst du noch irgendetwas?«

»Trägt ein Bräutigam eine Feuerwaffe bei sich oder eher nicht?«

»Ich denke, das würde das Bild zerstören«, sagte sie. »Andererseits heiratest du einen Mafia-Prinzen ... und bist ja auch selbst einer.«

Wahrscheinlich hätte er Damien fragen sollen. Nachdenklich starrte er auf den leeren Platz an seinem Gürtel.

»Die Sicherheitsvorkehrungen sind so hoch«, meinte Alessia dann. »Ich glaube nicht, dass du eine Waffe ziehen müssen wirst.«

»Zeig mal dein Strumpfband.«

Alessia lachte. »Ich habe meine dabei.«

»Gut, dann nehme ich meine auch mit.« Er befestigte das Halfter an seinem Gürtel und schob die Pistole hinein.

Geladen und gesichert. Dann zog er das Jackett darüber und prüfte den Anblick im Spiegel. »Fällt nicht auf.«
»Damien wird sicher nicht zulassen, dass auf eurer Hochzeit jemand auf euch schießt«, sagte seine Schwester.
»Aber Vater würde dir trotzdem dazu raten.«
»Damien auch«, murmelte Luca, der schon im Ohr hatte, wie Valenti ihn dafür verspotten würde, wenn er wegen irgendwelcher Eitelkeiten auf einem Großevent wie diesem auf die Waffe verzichtet hätte.

Die Trauung lief wie ein Film vor Luca ab, in dem er zwar selbst mitspielte, den er aber gleichzeitig nur von außen betrachtete. Er hörte sich an den richtigen Stellen 'Ja' sagen oder andere Antworten geben, spürte die Blicke der Anwesenden auf sich, hörte ihr Geflüster und das Kratzen des Stiftes, mit dem Damien und er den Ehevertrag unterschrieben.

Er würde sich erst nach daran gewöhnen müssen, mit Valenti zu unterschreiben. Ein Name, der so viel bedeutete. Angst. Macht. Respekt. Eine Nummer zu groß für ihn, definitiv. Es fühlte sich an wie eine Art Beförderung, die er sich nie gewünscht hatte und für die er nicht qualifiziert war.

Einen Kuss gab es nicht und sie wurden auch nicht dazu aufgefordert. Ein großer Batzen Anspannung rutschte von Lucas Rücken, als ihm das klar wurde. Irgendwie hatte er darauf gewartet und jetzt fühlte sich die Erleichterung darüber beinahe wie Enttäuschung an.

Nun ging das Getrampel los. Jeder einzelne Gast wollte zu ihnen, um Hände zu schütteln, Schultern zu klopfen und zu gratulieren. Luca ging das ganze Prozedere schnell auf die Nerven, während Damien stoisch neben ihm stand und wirkte, als könne er das den ganzen Tag machen. Für jeden Einzelnen hatte er höfliche, dankbare Worte übrig, die nie leiernd oder auswendig gelernt klangen. Luca musste neidlos anerkennen, dass er vollkommen Herr der Lage war.

Auch Geschenke wurden präsentiert. Sie mussten sich jedoch nicht die Mühe machen, sie einzeln in die Hand zu nehmen, sondern wiesen die Leute zum Gabentisch im Tanzsaal. Andere Geschenke wurden nur mündlich angedeutet. Luca verstand nicht jeden Hinweis, aber er ahnte, dass Damien auch hier und heute einige Deals abschloss.

Schließlich hatten sie alle Glückwünsche empfangen und Luca riskierte einen Blick in das Gesicht seines frisch gebackenen Ehemannes. Dass Damien ähnlich gut angezogen und gestylt war wie er, verstand sich von selbst. Aber erst jetzt, als der Lärm und die Aufmerksamkeit der Leute sich in einen anderen Raum verlagert hatte, fand Luca wirklich die Ruhe, seinen Anblick in sich aufzunehmen.

In dem dunkelgrauen Anzug wirkte Damien noch größer und einschüchternder als normalerweise. Nur die Krawatte und das Einstecktuch lockerten das Bild ein wenig auf, denn die waren in einem sanften Rosé gehalten.

Die Bewegung seines Arms verstand Luca nicht gleich. »Hak dich unter, Darling.« Zögerlich tat er es. Zwar lag Sarkasmus in Damiens Stimme, doch er meinte seine Anweisung durchaus ernst. »Wir sind jetzt Eheleute. Ich hoffe, du nimmst das ernst.«

»Sicher. Es ist ein ernsthafter Grund, um zu feiern«, murmelte er zurück, als sie gemeinsam durch den Flur schritten. Den Tanzsaal würden sie später erst besuchen. Jetzt waren alle draußen und genossen das schöne Wetter.

Fotos standen jetzt auf dem Plan. Fotos mit den Familien und Freunden und danach nur mit ihnen beiden. Wie ein braver, kleiner Roboter setzte Luca die Anweisungen des Fotografen um. Setz dich hierhin, stell dich dorthin, leg den Arm um seine Taille, schau zu ihm, schau in die Ferne, berühr seine Wange.

Sie standen vor dem Springbrunnen und diese letzte Anweisung klang in Lucas Ohr nach. Damien zögerte nicht. Er hatte die Finger bereits an sein Gesicht gelegt. Wie immer waren sie eiskalt wie seine Augen. Hellblau wie ein Winterhimmel. Luca spürte sein Herz trommeln, während er stillhielt und versuchte, nicht feindselig zu schauen.

»So fotogen, alle beide«, lobte der Fotograf und zeigte einen Daumen nach oben. »Das sind tolle Bilder. Schauen Sie.« Er kam zu ihnen und drehte seine Kamera herum. Auf dem kleinen Display wirkte die Szene tatsächlich echt. Luca biss sich auf die Unterlippe.

Endlich waren sie entlassen. Die wahre Party konnte beginnen.

Damien

Er konnte den DeRossi jetzt nicht mehr so nennen. Auf dem Papier war er jetzt wie er ein Valenti. Innerlich seufzte Damien und folgte ihm zurück nach drinnen, das Gefühl von Lucas weicher Haut noch unter seinen Fingerspitzen.

Er beobachtete den Kerl ganz genau. Anfangs hatte er befürchtet, Luca würde die Hochzeit sabotieren. Entweder mit seiner Abwesenheit oder mit Unpünktlichkeit oder doch zumindest mit seinem Verhalten während des Events.

Doch er tat es nicht. Er spielte mit wie ein Erwachsener, redete mit den Leuten, lächelte sogar und wirkte gar nicht mehr so kratzbürstig. Vielleicht hatten der geplatzte Deal und die Nacht im Safehouse ihn zum Umdenken gebracht. Damien strich sein Jackett glatt und betrat nach Luca den Saal.

Jeder Raum des Herrenhauses war reich verziert, wie es sich für eine Hochzeit seines Standes gehörte. Zwar fand Damien die Blumengirlanden unfassbar kitschig, aber die Hochzeitsplanerin hatte recht gehabt – ein bisschen Kitsch machte sich gut auf Hochzeiten. Und da sie beide schon nicht das händchenhaltende, turtelnde Paar waren, das endlose Romantik ausstrahlte, konnten die Blumen das übernehmen.

Luca redete eine ganze Weile mit seiner Schwester. Alessia DeRossi trug ein roséfarbenes Kleid, das ihre Figur betonte. Sie stand dicht neben ihrem Vater und ihrer Mutter. Damien überlegte noch, ob er dazustoßen sollte, aber da sprach ihn jemand an.

»Mister Valenti!« Ein breit grinsender Mann, dessen Gesicht ihm nur vage bekannt vorkam. Seine Stimme aber, und wie er seinen Namen aussprach, waren vertraut. Einer seiner Kontaktleute vom Hafen. Ja, sogar die hatte er eingeladen.

Der Anzug, in dem er ihn begrüßte, wirkte ein bisschen abgetragen, aber sein Lächeln wirkte so strahlend und echt, dass Damien sich fragte, ob die Leute wirklich glaubten, dies sei eine Hochzeit aus Liebe.

Damien lächelte geübt zurück und nahm das Geschenk entgegen, das Leo ihm mit beiden Händen übergab. Eigentlich hatten sie da vorn einen Gabentisch, damit er nicht alles persönlich annehmen musste, aber er sagte nichts dazu.

»Danke für die Einladung.« Leo lachte und tätschelte ihn kurz am Arm. »So schön, dass Sie heiraten. Ich wünsche ganz viel Glück. Halten Sie zusammen. Das ist das Wichtigste, ja?«

»Sicher«, erwiderte Damien. »Wir halten ganz eng zusammen.«

»Ist nur eine Kleinigkeit.« Sein Gegenüber nickte in Richtung des Geschenks und senkte bescheiden den Kopf. »Aber kommt von Herzen.«

»Danke. Wir wissen das zu schätzen. Aber wir öffnen die Gaben erst nach der Feier.«

Leo lachte. »Ihr Ehemann scheint das anders zu sehen.«

Damien folgte seinem Blick und entdeckte Luca auf der anderen Seite der Halle, wie er gerade eine Flasche Wein entgegennahm. Sein Blick scannte die Flasche. Die Bänder an ihrem Hals. Den Ausdruck auf dem Gesicht der Frau, die sie übergeben hatte.

Ohne noch etwas zu Leo zu sagen, setzte Damien sich in Bewegung. Es war mehr ein Gefühl, das ihn trieb, statt echter Gewissheit. Ein Instinkt. Hitze, die durch seine Muskeln schoss.

Mit langen, schnellen Schritten durchquerte er den Raum. Seine Augen verengten sich, als er sah, wie Luca die Flasche direkt öffnete, statt sie einfach zu den anderen Geschenken zu stellen. Die Frau sagte etwas, Luca antwortete grinsend. Dann war der Deckel gelöst und er hielt die Flasche kurz hoch.

»Darauf trinke ich!«

Untersteh dich!, sandte Damien ihm in Gedanken, was Luca natürlich nicht hören konnte. Gerade noch rechtzeitig war er bei ihm, umfasste den Flaschenhals und nahm ihm den Wein aus der Hand.

»Hey!«, beschwerte sich sein Ehemann sofort. Funken sprühten aus seinen Augen. Damien hielt die Flasche von ihm weg wie von einem Kind. »Was soll das? Nicht mal auf meiner eigenen Hochzeit darf ich ...«

»Doch nicht ohne mich, oder?«, fragte Damien mit unterdrückter Schärfe in der Stimme. Er tarnte sie mit einem Lächeln, nickte dann unauffällig einem seiner Angestellten zu und bedeutete ihm mit einer Geste, die Flasche mitzunehmen. »Und nicht direkt aus der Flasche, hm? Wir sind hier nicht in einem Club an der Straßenecke.«

Luca schmollte, versuchte aber zum Glück nicht, seinem Bediensteten nachzulaufen, um sich die Flasche zurück zu holen. Damien legte ihm den Arm um die Schulter und sprach nahe an seinem Ohr.

»Hast du etwas davon getrunken? Ja oder Nein?«

Luca zögerte und rollte die Augen zur Seite, um ihn anzusehen. Damien behielt die lächelnde Maske des frisch getrauten Ehemannes auf seinem Gesicht.

»Nicht wirklich. Ich glaube nicht.«

»Du glaubst?« Damien zog die Brauen zusammen. »Du musst doch wissen, ob du ...«

»Ich war so erschrocken über deine Aktion, dass ich mir nicht sicher bin. Vielleicht habe ich genippt. Mein Gott, davon werde ich schon nicht besoffen.«

Du bist so ein Kind, dachte Damien. *Ein Kind, das man davon abhalten muss, auf die glühende Herdplatte zu fassen.*

Er drehte Luca ganz zu sich und legte die Arme um ihn, tarnte es als liebevolle Geste. Konzentriert sah er ihm in die Augen. Waren seine Pupillen verändert? Größer oder kleiner als sonst? Was war mit seiner Haut? Das Make Up war dezent, aber vielleicht würde es eine Verfärbung trotzdem abdecken.

Und seine Lippen? Nein, kein Blauton zu erkennen. Sie wirkten rosig wie eh und je. Vielleicht hatte er sich ja auch getäuscht, aber ... der Anblick dieser Flasche hatte sofort ein ganz, ganz schlechtes Gefühl in ihm erzeugt. Manchmal hatte er diese Momente. Bis heute glaubte er, dass er auch den Moment gefühlt hatte, in dem sein Vater ihm und Matteo auf die Spur gekommen war. Den Moment, in dem einer seiner Leute sie beim Knutschen beobachtet hatte.

Es hatte sich angefühlt, als würde sein Blut erst stocken und dann schneller fließen. Ein kurzer Kälteschauer und dann kribbelnde Hitze. Alles binnen eines Atemzuges. Dann war es wieder vorbei.

Luca starrte nur, während er so vor ihm stand.

»Fühlst du dich irgendwie anders? Müde? Ist dir übel oder kalt oder sind deine Finger taub?« Damien sprach so leise, das niemand anders sie würde hören können, doch an Lucas Blick erkannte er, dass er ihn nicht verstanden hatte.

Kurzerhand zog er ihn in eine Umarmung und wiederholte die Worte dicht an seinem Ohr. Luca versteifte sich. Endlich verstand er wohl. Damien konnte auf einem seinen Herzschlag spüren.

»Ich glaube nicht«, erwiderte er. »Gerade wird mir ein bisschen anders, aber das könnte auch deine Frage ausgelöst haben.«

Damien schob ihn wieder von sich weg. Äußerlich lächelte er, innerlich verspannte sich jeder Muskel. »Komm mit.« Er nahm ihn bei der Hand und führte ihn in ein Hinterzimmer. Einige Blicke folgten ihnen. Vielleicht dachten die Gäste, sie würden für ein schnelles Tete-a-Tete verschwinden, aber das konnte ihm nur recht sein.

Sobald sie für sich waren, zog er sein Handy hervor. Die Nachricht war schon da. *Ethylenglykol.*

Damien stieß den Atem aus. Wieder einmal hatte sein Instinkt ihn gewarnt. Ruhe legte sich über seine Gedanken. Sofort ging er im Kopf alles durch, was er über Ethylenglykol wusste.

Frostschutzmittel, süßer Geschmack, der in lieblichen Weinen oder Dessertwein kaum auffällt. Hochgiftig, wirkt vor allem auf das Nervensystem und die Nieren. Luca mochte ungefähr 80 Kilo wiegen. Die tödliche Dosis musste bei etwas mehr als 100 Millilitern liegen. Wenn er maximal einen Nip genommen hatte, war er wohl außer Gefahr.

»Was ist?«, riss Luca ihn aus seinen Überlegungen. »Sag schon.«

»In dem Wein war Frostschutzmittel. Mein Team hat immer Tests für die gängigen Gifte dabei, die sich schnell nachweisen lassen.«

»Scheiße«, entfuhr es Luca und er schüttelte den Kopf. »Und jetzt?« Er sah an sich herab, blickte auf seine Hände, als würde er darin nach Vergiftungserscheinungen suchen.

»Jetzt denkst du nochmal scharf nach, wie viel du geschluckt hast.«

Luca atmete hörbar. Von seiner frechen, neckenden Art war nichts mehr zu sehen. »Ich weiß es nicht. Der Wein hat meine Lippen berührt, ich wollte gerade meine Zungenspitze danach ausstrecken, als du mir die Flasche weggenommen hast. Es könnte sein, dass ich einen Schluck getrunken habe. Keine Ahnung.« Er fasste sich an die Stirn und wurde sichtbar blasser. Das war vermutlich die Angst.

»Beruhig dich«, sagte Damien und fasste ihn bei der Schulter. »Ich glaube nicht, dass du in Gefahr bist, aber … ich will auch kein Risiko eingehen. Wir bringen dich weg.« Er griff Luca ins Haar und zerzauste seine Frisur.

»Was...?« Luca zog die Brauen zusammen und schlug seine Hand weg.

Damien schnaubte. »Wir wollen nicht, dass unsere Gäste von dem Anschlag erfahren. Deswegen brauchen wir einen anderen Grund für deine Abwesenheit in den nächsten Stunden. Tja, wir waren nach der Trauung so scharf aufeinander, dass wir wilden Sex hatten, bei dem du dich verletzt hast. Armer Luca.«

Die braunen Augen funkelten sofort widerwillig. »Das ist ein beschissener Plan. Das ist fucking peinlich.«

Damien brachte seine Haare dennoch durcheinander, wehrte sich aber im Gegenzug auch nicht, als Luca nach ihm griff.

»Genau deswegen ist es ein guter Plan. Die Leute glauben etwas Peinliches sehr viel lieber. Das ist unser Vorteil.«

Die leichte Röte auf Lucas Wangen reizte etwas in ihm. Damien konnte sich ein Schmunzeln nicht verkneifen. »Wahrscheinlich war das unser erstes Mal. Wir haben bis zur Ehe gewartet. So romantisch. Leider war dein kleiner Arsch nicht vorbereitet für ...«

»Sei still.« Luca klang zornig, aber auch ein kleines bisschen amüsiert.

»Ich werde still sein. Es sind die Gäste, die reden werden.« Er grinste und griff als Nächstes nach Lucas Hemd, zog es ein bisschen heraus und knitterte dann absichtlich sein Jackett. Sein Plan gefiel ihm immer besser.

»Ich glaube, mir gehts gut. Ich muss nicht ins Krankenhaus.«

»Vergiss es. Du wirst behandelt. Vielleicht ist dir das ja eine Lehre.«

KAPITEL 9

Luca

E R LIEß SICH noch einmal kurz am Rand des Tanz-
saals blicken, stellte sicher, dass ein paar Gäste ihn
sahen, und verschwand dann nach draußen, wo
Damiens Leute ihn mitnahmen.

Den Plan fand er nach wie vor beschissen, aber ihm war
kein besserer eingefallen, außer auf die Feier zurückzukehren, so zu tun als sei nichts gewesen, und gleichzeitig zu
hoffen, dass er nicht doch mehr geschluckt hatte, als er
dachte.

Er war den Moment in seiner Erinnerung immer wieder
durchgegangen, aber zu keinem klaren Ergebnis gekommen. Es war zu verwischt, zu unklar. Zu riskant. Er hing
zu sehr an seinem Leben, um das Risiko eingehen zu wollen, dass er doch eine gefährliche Menge Frostschutzmittel
getrunken hatte.

Also setzte er sich brav in den Wagen und ließ sich wegbringen. Damiens Ärzte waren sehr freundlich zu ihm, erklärten ihm alles und beruhigten seine Nerven. Er musste etwas einnehmen, das die giftigen Abbauprodukte blockieren sollte. Danach hing er mehrere Stunden an einem Gerät, das sein Blut reinigte.

Währenddessen kontrollierten sie immer wieder seinen Zustand, stellten Fragen, nickten und lächelten versichernd. Auch sie sagten, er solle sich keine zu großen Sorgen machen, ähnlich wie Damien.

Die meiste Zeit verbrachte Luca damit, sich vorzustellen, wie Damien die Feier allein bestritt. Für ihn wahrscheinlich eine leichte Übung. Luca überlegte, ob er das hinbekommen hätte, wenn Damien fortgemusst hätte. Er kannte sich auf dem Parkett bei weitem nicht so gut aus. Wahrscheinlich hätte er getrunken und getanzt und gehofft, dass die Gäste sich besoffen, damit ihnen nicht auffiel, dass er der schlechtere Gastgeber von ihnen beiden war.

Grimmig verzog er das Gesicht, als er sich vorstellte, welche Theorien wohl unter den Besuchern kursieren würden. Damien würde der Sexgeschichte, die er sich ausgedacht hatte noch Nahrung geben, da war er sich sicher.

Von wegen erstes Mal und aufgespart bis zur Ehe. Von wegen sein Arsch wäre ...

Luca fuhr sich mit beiden Händen übers Gesicht. Würde ihm das wirklich jemand abkaufen? Wahrscheinlich schon, oder? Er hatte keine Ahnung, was für einen Ruf Damien in der Hinsicht hatte.

Wie verdammt unangenehm würde es werden, jemanden wiederzusehen, der von dieser Sache gehört hatte? Seiner Schwester konnte er ja die Wahrheit sagen, aber all die anderen Leute? Damiens Geschäftspartner, die Geschäftspartner der DeRossis ... fuck. Das würde unglaublich unangenehm werden. Er konnte nur froh sein, dass er nicht mehr lange bleiben würde. Sobald alles bereit für seinen Ausbruch war, würde er dieser Sache den Rücken kehren.

Aber vorher würde er sich an Damien rächen. Er würde ihm auch irgendetwas Peinliches anhängen, das nahm er sich fest vor.

Es war mitten in der Nacht, als er zu Damiens Haus gebracht wurde. Nicht zu dem Anwesen, in dem die Feier stattgefunden hatte, sondern in Damiens höchsteigene Residenz.

Der Mond leuchtete zwischen den Wolken hindurch und warf einen geisterhaften Schein auf das Dach der Villa. Es war eins dieser Häuser, in denen man eine Serie oder einen Film hätte drehen können. Größer noch als das Anwesen der DeRossis, und das, obwohl Damien doch allein lebte.

Nein, gelebt *hat*, musste es heißen. Er zog jetzt bei ihm ein. Sein Gepäck war schon da. Sein Einzug war zusammen mit der Hochzeit vorbereitet worden, damit er heute direkt mit ihm hierher kommen konnte.

Allerdings war der Ablauf durch die Sache mit dem Wein durcheinandergeraten. Jetzt war Damien schon da. Er erblickte seine Silhouette in einem erleuchteten Fenster. In diesem Moment sah er aus wie ein Gefängniswächter. Die Arme verschränkt, das Gesicht nicht zu erkennen.

Luca seufzte und stapfte den Weg entlang zum Eingang. Sekunden später öffnete Damien ihm die Tür und bedeutete ihm mit einer Geste, dass er eintreten sollte.

»Wir hätten uns das alles sparen können«, grummelte er. »Laut deinen Ärzten war die Dosis nur *minimal toxisch*.« Damien ließ sich nicht auf die Diskussion ein. »Ich bin froh, dass es dir gut geht.«

Ach ja, bist du das?, fragte Luca sich. Wahrscheinlich reichte sein Name allein Damien noch nicht ganz. Er würde ihn noch eine Weile brauchen, um sein Geschäft aufs nächste Level zu bringen. Ob Damien wohl kalt genug war, um ihn danach loszuwerden, damit er danach erneut heiraten konnte? War ja kein schlechter Weg, um sich immer mehr Vorteile zu verschaffen. Aber wahrscheinlich würde spätestens nach dem zweiten Mal niemand mehr seinen Sohn hergeben wollen, oder?

Andererseits ... Mafiafamilien waren da speziell. So oder so: Damien würde nicht die Gelegenheit bekommen, ihn umzubringen, sobald er ihm nicht mehr nützte. Und zumindest im Moment konnte er wohl davon ausgehen, dass er eher darauf aus war, ihn zu beschützen.

Der Hausflur war hell erleuchtet. Die Lampen strahlten so intensiv, dass Luca die Augen zusammenkneifen musste. Er zog sich die Schuhe aus und sein Blick streifte die Koffer, die neben der Kommode standen. *Seine* Koffer. Vor allem Kleidung, ein paar Bücher über Motorräder und Technik, auch das eine oder andere Kochbuch aus früheren Zeiten. Er hatte viele Andenken mitgenommen. Dinge, die er später auch auf seine Flucht mitnehmen wollte.

»Wie war die Feier noch? Erspar mir die Einzelheiten über das Sexgerücht ... ich will nur wissen, ob die Leute sich gut amüsiert haben.« Er folgte Damien den Flur entlang und betrachtete die Bilder an den Wänden. Eine Mischung aus Malereien und Fotografien. Viele davon schwarzweiß.

»Sie haben die Feier genossen. Du wurdest sehr vermisst. Ich habe mit deiner Schwester getanzt.«

»Hast du ihr die Wahrheit gesagt?«

»Nein. Das überlasse ich dir.«

Luca wusste nicht, ob das freundlich gemeint war oder ob Damien damit ausdrücken wollte, dass ihm bewusst war, dass er das Geheimnis nicht für sich würde behalten können. Er fragte nicht nach. Er war zu erschöpft für einen Streit. Also ließ er sich nur die Räume zeigen. Einen nach dem anderen.

Es gab zwei Arbeitszimmer, einen großen Sportraum, zwei Salons, eine Küche, die Luca lockte, mehrere Badezimmer und Gästezimmer und so weiter. Luca passte schon gar nicht mehr richtig auf, was Damien ihm zeigte oder sagte.

Schließlich tapste er in das Zimmer, das Damien für ihn vorgesehen hatte. Groß und rechteckig, mit modernen Möbeln, einem einladenden Bett und einem Spiegel über der Kommode. Durch ein Fenster konnte er in den Garten schauen. Im Moment hatte alles dieselbe nachtblaue Farbe, aber am Tage würden der Rasen, die Sträucher und Blumen sicherlich ihre beeindruckende Pracht enthüllen.

Luca setzte sich aufs Bett. »Ich werde dann schlafen.«

Damien nickte ihm zu. »Gute Nacht.« Damit verschwand er aus dem Zimmer und seine Schritte entfernten sich auf dem Gang. Wenn Luca das richtig mitbekommen hatte, lag Damiens eigenes Schlafzimmer am anderen Ende des Flurs. Sie schliefen nicht Wand an Wand, was Luca begrüßte, aber wären füreinander erreichbar.

Gähnend zog er sich aus und schlüpfte in Unterwäsche unter die Decke. Was für ein Tag. Er würde wohl nie wieder vollkommen entspannt aus einer Weinflasche trinken.

Im Schlaf suchten ihn die Ereignisse des vergangenen Tages heim und vermischten sich mit den Erinnerungen an die Falle, die man ihm in der Lounge gestellt hatte. Alle Straßen und Häuser waren auf einmal mit dunklen Schatten gespickt, die ihn beobachteten und jede Mahlzeit, die man ihm reichte, war vergiftet. Es war ein seltsamer, wirrer Albtraum, in dem er Angst hatte, zu verhungern und zu verdursten.

Alessia tauchte darin auf und gab ihm Tabletten, die Giftstoffe blockieren sollten. Dann kam Alex auf seiner frisch angesprühten Maschine um die Ecke. Absurderweise hatte er Damien hinter sich sitzen, der seine Taille umfasste. Es sah erst aus, als würde er sich nur ganz normal festhalten, aber dann trugen beide auf einmal nicht mehr ihre Motorradkleidung, sondern schicke Anzüge, die sie sich auszogen, und dann wurde alles zu einem sehr, sehr wirren Sextraum, aus dem Luca schwitzend erwachte.

Mit einem genervten Stöhnen drehte er sich auf die Seite. Vielleicht sollte er das Haus nach Bier durchsuchen und sich ein bisschen betrinken. Alles, was hier gelagert wurde, war ja vermutlich sicher, oder? Damien würde nichts in sein Heim lassen, das eine Gefahr darstellte.

Der Gedanke daran, sich einfach abzuschießen, war attraktiv, aber Lucas Muskeln waren zu müde. Er hob nicht mal den Kopf. Nein, er würde weiterschlafen. Wie wahrscheinlich war es schon, zwei Mal hintereinander so einen Bullshit zu träumen?

Am Morgen weckte ihn das Sonnenlicht, das durchs Fenster fiel. Er hatte die Vorhänge nicht mal zugezogen, so müde war er letzte Nacht gewesen.

Luca rieb sich den Schlaf aus den Augen und betrachtete das Zimmer, in dem er lag. Sein Zimmer in Damiens Haus. Der Beweis dafür, dass das alles real war.

Er streckte sich und blickte zur Tür. Was würde noch alles passieren, bis er endgültig aus der Unterwelt verschwand? Dass er bei dem Deal in eine Falle getappt war, war seine eigene Schuld. Er war leichtsinnig gewesen, hatte sich regelrecht ausgeliefert und war zum Ziel geworden, weil er der Sohn seines Vaters war. Gestern, da hätte er sterben können, weil er Damien geheiratet hatte. An einem Ort, den er als sicher eingeschätzt hatte. Und es war allein Damiens ... Vorsicht zu verdanken, dass nichts Schlimmeres passiert war.

Scheiße, er mochte dieses neue Leben nicht. Dieses Leben, in dem Leute ihn umbringen wollten, weil er jemandes Sohn oder jemandes Ehemann war. Er wollte doch einfach nur in Ruhe an Motorrädern schrauben, hin und wieder ein Bier trinken und Pasta kochen.

Tja, aber hier im Bett zu liegen und sich vor der Realität zu verstecken, würde ihm auch nicht weiterhelfen. Seufzend wickelte Luca sich aus der Decke, stand auf und streckte sich.

Tatsächlich wirkte der Garten bei Tage ganz anders als in der Nacht. Nicht mehr wie die Grünanlagen um ein Gefängnis herum, sondern wie ein liebevoll gepflegter Park. Die Azaleenbüsche waren in geraden Linien angeordnet und auch die Blumenbeete folgten bestimmten Mustern. Es sah hübsch aus, wie die Farben im Morgenlicht leuchteten, aber diese klaren Strukturen erinnerten ihn auch an Damien. Es passte zu ihm, keinen wild wuchernden Bauerngarten zu haben, sondern so etwas wie das hier.

Luca öffnete einen seiner Koffer und zog frische Kleidung heraus. Dann betrachtete er sich in dem Spiegel bei der Kommode. Manchmal war er überrascht davon, wie erwachsen der Mann aussah, der ihm entgegenblickte. Innerlich fühlte er sich nicht viel älter als fünfzehn oder sechzehn. Dieser Körper aber gehörte eindeutig einem Erwachsenen.

Er zog sich an und verließ leise das Zimmer. Ganz wohl fühlte er sich nicht dabei. Dieses Haus war ihm fremd und der Flur schien ihn verschlucken zu wollen. An die Führung von letzter Nacht erinnerte er sich nur schwammig. Wo war nochmal Damiens Zimmer?

Du brauchst ihn nicht, um durchs Haus zu laufen, sagte er sich. Du bist jetzt mit ihm verheiratet. Du wohnst hier. Er seufzte. Warum fühlte er sich dann trotzdem wie ein Einbrecher? Weil er hier nicht hingehörte. Ja, genau deswegen.

Okay, er brauchte als Erstes etwas zu Essen und einen Kaffee. Er musste Energie tanken und dann seine Pläne neu ordnen.

Weil er sich relativ sicher war, dass die Küche sich unten befand, stieg er die Treppe hinab und suchte nach der richtigen Tür. Alles hier war hoch und groß, hell und sauber. Es gab keine einzige herumliegende Socke oder irgendetwas, das man in einer normalen Wohnung erwartet hätte.

Haustiere hatte Damien sicher auch keine. Luca hatte sich immer Katzen gewünscht. Vielleicht würde er später einen alten Kater aus dem Tierheim bei sich aufnehmen und ihn Damien nennen.

Schmunzelnd drückte er die Tür auf, hinter der sich tatsächlich die Küche befand. Ein großer Raum mit einem Parkett, dessen Holzplanken auf den ersten Blick seltsam dreckig aussahen – doch auf den zweiten Blick erkannte Luca, dass die Oberfläche nur mit Stempeln übersät war.

»Das Holz stammt von Weinfässern«, erklärte Damien, der auf einmal im Raum stand. Luca zuckte und griff sich an die Stirn.

»Dir auch einen guten Morgen«, brummte er. »Nimm das nächste Mal ein bisschen Rücksicht auf deinen Ehemann, der gerade erst aus dem Krankenhaus entlassen wurde.«

»Du warst glücklicherweise nicht in Lebensgefahr. Ich habe die Berichte gelesen.«

Luca wandte sich von dem Weinfässerboden ab und suchte auf den Küchentheken nach der Kaffeemaschine. Natürlich verfügte Damien über einen dieser großen Automaten, die alles mögliche kochen konnten.

»Wie schön. Dann bin ich jetzt ganz umsonst in diese Sexgerüchte verwickelt.«

Er stellte eine Tasse unter die Düse und las die Beschriftung der Maschine. Wo musste er drücken, um schwarzen Kaffee herauszubekommen? Konnte doch nicht so schwer sein.

»Wir müssen über deine Aufgaben reden.« Aus dem Augenwinkel sah Luca, wie Damien sich an eine der Theken lehnte und die Arme verschränkte. Er wirkte, als sei er schon eine Weile auf den Beinen. Wenn man mehr Maschine als Mann war, brauchte man wahrscheinlich nur zwei oder drei Stunden Schlaf pro Nacht.

»Meine Aufgaben«, murmelte Luca. »Bin ich dein Angestellter?« Er drückte einen Knopf und hoffte auf Kaffee. Alles war nur mit Symbolen beschriftet, die er nicht so recht deuten konnte. Warum stand nicht einfach dran, was die jeweilige Taste bedeutete?

Damien überging die Frage. »Sorg dafür, dass der Haushalt so tadellos bleibt, wie er jetzt ist. Ich habe dir ja gestern gezeigt, wo alles steht.«

Wie gut, dass ich mich kaum daran erinnere. War gestern wohl zu müde, um mich noch darüber aufzuregen, dass ich die Putzfrau spielen soll.

»Soll ich auch noch die Hecken verschneiden und deine Füße waschen?«

»Für die Hecken bestelle ich jemanden her«, erwiderte Damien so ungerührt wie immer. »Wenn du mir die Füße waschen willst, finden wir sicher einen Termin dafür.«

Das Getränk, das in seine Tasse lief, war zwar dunkel und dampfte ... aber es war Tee, kein Kaffee. Luca verzog kurz das Gesicht, nahm den Becher aber an sich, als wäre das genau seine Absicht gewesen. Er wollte sich vor Damien keine Blöße geben. Wenn der Kerl sich auf den Weg zu seinen superwichtigen Terminen machte, konnte er immer noch herausfinden, wie man Kaffee aus dieser Maschine herausbekam.

»Solltest du das Haus verlassen, werden dir meine Sicherheitsleute zur Verfügung stehen. Ich denke aber, du solltest deine Zeit lieber im Trainingsraum verbringen als mit Spazierfahrten. Im Moment ist der Untergrund recht ... aufgekratzt. Es wird besser sein, wenn du den Kopf für eine Weile einziehst.«

Also Klartext: Er war ein Gefangener mit Auslauf, der gleichzeitig noch hier drinnen das Dienstmädchen spielen sollte. Traumhaft.

Luca roch an dem Tee, bevor er daran nippte. Bitter. Genau wie die Realität.

»Anderer Vorschlag: Ich mache, was ich will, so als wäre ich ein eigenständiger Mensch mit Wünschen und Rechten.

Gut möglich, dass ich Bock auf eine Tour mit dem Motorrad habe. Mit dem bin ich schon länger verheiratet als mit dir.«

Damien schnaubte. »Das wirst du einschränken müssen. Motorradfahren ist so ziemlich die unsicherste Art um von A nach B zu kommen.«

Zum ersten Mal an diesem Morgen wandte Luca sich Damien ganz zu und sah ihm in die Augen. »Solange ich Arme und Beine habe, werde ich Motorrad fahren. Wenn du das also verhindern willst, dann musst du herkommen, und sie mir abschneiden.«

Damien musterte ihn unbeeindruckt. »Schon am Morgen so zornig«, kommentierte er und kam langsam auf ihn zu. Luca schluckte kaum merklich und überlegte, ob er die Tasse wegstellen sollte, um die Hände frei zu haben. Aber da stand Damien bereits vor ihm. Größer als er. Eiskalter Blick. Woher kam das Messer in seiner Hand? Dieses verdammt *lange* Messer. Luca starrte es an. Damien hielt den Griff locker in der Hand und drehte es spielerisch, so als sei es gar keine tödliche Waffe. Dann legte er die Klinge kaum merklich an seinen Oberschenkel. Luca spürte sie nicht. Er drückte nicht zu. Er hielt sie nur dorthin. »Zu deinen Gunsten gehe ich davon aus, dass das nur ein Scherz war«, sagte Damien in aller Seelenruhe. Luca begegnete seinem Blick wieder und merkte, dass es ihm nicht mehr gelang, sein Pokerface aufrecht zu erhalten. Ganz sicher konnte Damien den Schock in seinen Augen lesen.

Würde er das wirklich tun? Ihm einen Arm oder ein Bein abschneiden, wenn er sich seinen Befehlen widersetzte? Okay, man wurde sicher nicht Mafiaprinz, indem man den ganzen Tag süße Kätzchen streichelte, aber bis zu diesem Moment war Luca doch davon ausgegangen, dass Damien ein *Mensch* war. Jetzt allerdings schien er eher einem Monster gegenüberzustehen. Einem Wahnsinnigen.

Luca wich ein Stück zurück und räusperte sich. Das Husten schmerzte in seiner ausgetrockneten Kehle. Er nahm einen Schluck von dem bitteren Tee.

Damien schnaubte belustigt und schob das Messer in einen Messerblock. Wahrscheinlich hatte er es dort auch hergenommen. »Überleg dir künftig sehr genau, wozu du mich aufforderst, Darling.«

Als die schwere Haustür ins Schloss fiel, atmete Luca aus. Er stand immer noch in der Küche, die Tasse mit dem Tee in der Hand und den Messerblock neben sich. In seinem Kopf rauschten die Gedanken wie Wellen.

Er dachte an Schüsse, Gift im Wein und Messerklingen an seinen Gliedmaßen. Das war doch alles verrückt. Er musste mit jemandem reden. Mit jemandem, der ihn verstand.

Vielleicht hatte Alessia auch einen richtigen Kaffee für ihn.

Luca ließ sich von Damiens Leuten chauffieren. Er würde gar nicht erst versuchen, ihnen zu entkommen. Nicht heute. Es war wahrscheinlich besser, wenn er Damien das Gefühl gab, gewonnen zu haben. So zu tun, als würde er sich unterordnen. Es war ja nur für eine begrenzte Zeit.

Der Wagen hielt vor Alessias Wohnung und Luca stieg aus. Wenig später saß er im Wohnzimmer seiner Schwester und ergötzte sich am Geruch frischen Kaffees. »Eine Wohltat«, murmelte er. »Vorhin musste ich Tee trinken.«

»Ich wusste, er würde dich schlecht behandeln.«

Ihr Scherz rang ihm ein gequältes Grinsen ab.

»Das, was er auf der Feier erzählt hat, war Bullshit.«

Sie neigte den Kopf. »Das war mir schon klar, Brüderchen. Ich vermute, es gab irgendeinen Zwischenfall?«

Luca nickte und erklärte ihr, was wirklich vorgefallen war. »Haben die Leute seine Geschichte geglaubt? Denken die jetzt, ich hätte ...«

Sie schüttelte den Kopf. »Ich weiß, dass du das nicht hören willst, aber es ist besser so, als dass die Leute von dem Anschlag erfahren. Die Tatsache, dass du sogar drauf und dran warst, das Gift zu schlucken, würde euch schwächen.«

Er trank grummelnd von seinem Kaffee. Es überraschte ihn ja nicht mal, dass Alessia den Sinn dahinter sah. Trotzdem war es verdammt unangenehm.

»Ich muss wohl vorsichtiger sein. Aber ... Ich bin das alles nicht gewohnt. Die Flasche war doch versiegelt.«

»Es gibt Wege, es so aussehen zu lassen. Du warst nur nie mit so etwas konfrontiert. Wir haben dich von diesen Dingen ferngehalten, so gut es ging. Papa und ich.«

Luca runzelte die Stirn. »Hat schon mal jemand versucht, dich zu vergiften?«

Seine Schwester schwieg eine Moment, schien zu überlegen, was sie sagen sollte. Luca las die Antwort in ihren Augen, bevor sie sich entschieden hatte. »Natürlich. Ich war ganz schön naiv.« Er fuhr sich durchs Haar.

»Sobald klar war, dass ich irgendwann an der Spitze unserer Familie stehen würde, stand ich auch im Zentrum der Aufmerksamkeit unserer Feinde.«

»Haben wir so viele davon? Ich ... hatte nie den Eindruck. Wir stehen doch gut da.«

»Wir haben gute Kontakte zu den Behörden, ja. Das ist eine unserer Stärken. Aber genau dafür hassen uns genügend andere Leute, Luca. Es ist ein kompliziertes Geflecht aus Beziehungen. Und du bist jetzt doch mit hineingeraten.« Sie seufzte und wickelte sich einer seiner Locken um den Finger, wie sie es schon immer getan hatte, als sie noch Kinder gewesen waren.

»Vielleicht war es ein Fehler, dich davon abzuschotten. Es wäre besser gewesen, du hättest das alles mehr miterlebt. Dann wäre es jetzt nicht so ein Schock für dich.«

»Es ist kein Schock«, log er. »Ich ... kann nur noch nicht so souverän damit umgehen. Immerhin weiß ich jetzt, dass *alles* vergiftet sein kann. Macht einen auch nur ein *ganz kleines bisschen* paranoid.«

»Viele Sachen kann man riechen«, bemerkte Alessia und er spürte, wie sie sein Gesicht musterte. Lag Mitleid darin? Machte sie sich Sorgen?

»Vermutlich wird Damien mir da noch einen Kurs geben.«

Sie nickte. »Ich denke, du wirst sicher bei ihm sein. Es liegt in seinem Interesse, dass du lebst.«

Tja, ob mit oder ohne Gliedmaßen, dachte Luca bei sich, sprach es aber nicht aus. Vorhin hatte er noch unbedingt darüber reden wollen, aber jetzt war es ihm wichtiger, Alessia keinen Anlass für weitere Sorgen zu geben.

Überhaupt mit ihr zu reden, hatte schon viel geholfen. Er war jetzt ruhiger.

»Du bist jetzt nicht nur mit unseren eigenen Feinden konfrontiert, sondern auch mit denen der Valentis. Aber es geht auch Macht mit eurer Verbindung einher. Es wird vermutlich nicht lange dauern, bis wir den einen oder anderen Konkurrenten aus dem Weg räumen können. Damien hat jede Menge gute Leute an allen möglichen Schnittpunkten. Nicht nur Soldaten, sondern auch Spione und Manipulatoren. Du musst dich nicht schwach fühlen, Luca. Im Gegenteil. Du bist in einer sehr mächtigen Position, sobald du gelernt hast, dieses Spiel zu spielen.«

Er hob die Schultern und stieß ein kurzes, freudloses Lachen aus. Mächtig fühlte er sich wirklich nicht.»Kannst du mir ein Youtube-Tutorial dazu empfehlen? Oder ein Buch, wenns sein muss?« So hatte er sich im Schrauben weitergebildet.

Alessia bedachte ihn mit einem verständnisvollen Lächeln.»Du wirst es schaffen. Beobachte Damien und lerne von ihm. Es geht viel um Andeutungen. Und Ausstrahlung ist wichtig. Du musst immer stark und selbstbewusst wirken. Wenn du Schwäche zeigst, ist das immer ein Nachteil, es sei denn, du tust nur so, um deinen Feind in eine Falle zu locken.«

Einmal mehr dachte er, dass Alessia diese Rolle viel besser gespielt hätte als er. Aber der verdammte Kerl hatte ja anscheinend unbedingt ihn gewollt. Warum eigentlich? Nur weil er schwul war? Ihm musste doch klar sein, dass er ... oder war es ihm egal? Würde er sich das einfach von ihm nehmen, wenn ihm danach war?

Es wäre wohl erneut sehr naiv, einfach davon auszugehen, dass Damien ihn nicht zum Sex zwingen würde. Nein, ein Mafiaprinz würde vermutlich nicht viel Wert auf sein Einverständnis legen.

Luca überlief ein Schauer und er trank den Rest seines Kaffees aus, in der Hoffnung, dass es davon besser werden würde.

»Wir hätten es damals zusammen lernen können«, sagte Alessia. Sie war immer noch bei dem Spiel.

Luca nickte.»Mit dir wäre es leichter gewesen.«

»Auch für mich. Es war manchmal sehr hart, dass ich nicht mit dir darüber reden konnte. Du warst immer mein engster Vertrauter, mein bester Freund. Aber unsere Welten haben sich an dem Punkt gespalten.«

Sie hatte so Recht. Und er hatte es all die Jahre nicht erkannt. Nicht verstanden, warum sie sich mit der Zeit voneinander entfernt hatten, obwohl in seinen Augen nichts vorgefallen war. Er hatte das Erwachsenwerden dafür verantwortlich gemacht, dabei war der Grund viel simpler gewesen.

»Tut mir leid. Ich habe mein sorgloses Leben gelebt und war einfach nur froh, dass man mich in Ruhe lässt. Ich habe gar nicht darüber nachgedacht, wie es dir damit geht.« Das hatte er wirklich nicht. Mit sechzehn nicht, mit achtzehn auch nicht. Und irgendwann war es zur Normalität geworden.

Ich hätte für sie da sein sollen, dachte Luca grimmig. Er hatte sich von seiner Familie abgespalten und das nie für etwas Negatives gehalten. Wenn sie wüsste, dass er plante, noch viel weiter zu gehen. Die Gewissensbisse deswegen waren noch nie so stark gewesen wie in diesem Moment.

»Ich habe dir längst verziehen. Vor Jahren schon. Ich war froh, dass du glücklich bist. Aber letztendlich hat es nicht so viel gebracht. Du bist nun auch hier angekommen und musst alles nachholen.«

»Doch, es hat was gebracht. Ich hatte eine sorglosere Jugend. Auf deine Kosten.«

»Lass uns nicht mehr darüber reden. Das ist Vergangenheit.«

Er nickte und atmete durch. Der Kaffee hatte seine Sinne belebt und Luca spürte frische Energie in sich ... nur ohne zu wissen, wohin er sie lenken sollte. Vorhin war er noch fest entschlossen gewesen, an seinen Plänen zu arbeiten. Jetzt fragte er sich, ob seine Schuld nicht zu groß war, ob er nicht einiges gutzumachen hatte.

Vielleicht sollte er wenigstens eine Weile an dieser Allianz arbeiten, damit seine Familie davon profitieren konnte. Wenn sie mit Damiens Hilfe ein paar ihrer Feinde loswurden, würde das auch Alessias Leben leichter machen. Im Gegensatz dazu: Wenn er schnell die Fliege machte, würde das möglicherweise Damiens Zorn auf Alessia und seine Eltern lenken. Vor allem, wenn er wusste, dass er sich zuvor oft mit ihr getroffen hatte.

Luca seufzte innerlich. Er hasste dieses Gefühl. Diese unsichtbaren Ketten, die sich um sein Herz schlangen. Wahrscheinlich war das Leben viel einfacher, wenn man so kalt wie Damien war. Dann gab es keine Ketten, nur die absolute Freiheit, ein Arschloch zu sein.

Ich werde versuchen, etwas für euch zu tun. Etwas zurückzahlen, bevor ich gehe, beschloss er im Stillen. Und es fühlte sich wie die richtige Entscheidung an, auch wenn es bedeutete, sich Damiens verdammten Befehlen zu unterwerfen und die Regeln eines Spieles zu lernen, das er nie hatte spielen wollen.

»Angenommen dein neuer Mafia-Ehemann zwingt dir bestimmte Dinge auf ...«, begann er. Ein Crashkurs von Alessia, wie sie Damien an seiner Stelle händeln würde, wäre ein guter Anfang.

KAPITEL 10

Damien

ALS DER WAGEN vorm Haus hielt, und Damien das Licht durch die Vorhänge leuchten sah, regte sich ein ungewohntes Gefühl in seinem Magen. In seinem früheren Leben hätte es Gefahr bedeutet, wenn er nach Hause zurückkehrte und dort jemanden antraf. Doch der Eindringling war höchstwahrscheinlich sein neuer Ehemann. Hoffentlich hatte er das Haus nicht in ein Schlachtfeld verwandelt. Bilder von vollkommen verwüsteten Räumen zuckten durch seinen Kopf. Leere Bierflaschen, die über den Boden rollten, Verpackungsreste, schmutzige Unterwäsche, Motoröl auf seinen Polstermöbeln ... Damien schüttelte den Kopf und griff sich an die Stirn. Er hatte ja keinen Straßenhund adoptiert, sondern ein DeRossi-Söhnchen geheiratet. Seine Drohung von heute Morgen sollte genug Eindruck gemacht haben, damit er sich benahm. Die Erinnerung an den Schock in Lucas Augen war noch frisch. Luca hatte sich in diesem Moment mit der Klinge an seinem Oberschenkel schon vorgestellt, wie das Messer in seine Haut schnitt - das hatte Damien deutlich in ihm gelesen.

Angst war die stärkste Kette. Das war eine Lektion, die Damien früh gelernt hatte. Es gab viele Arten von Kontrolle. Manche ließen sich mit Argumenten und Logik in die richtige Richtung dirigieren. Andere mit Schmeicheleien und Versprechen. Aber Furcht schnitt immer am tiefsten, blieb am stärksten in Erinnerung. Und Luca ... nun ja, er war vermutlich nicht intelligent genug, um durch Logik gelenkt zu werden und nicht schwul genug, um sich von ihm verführen zu lassen.

Er stieg aus dem Wagen, warf die Tür zu und atmete die kühle Nachtluft. Als er die Tür öffnete, war er auf alles vorbereitet. Der Flur sah unberührt aus und zumindest roch es nicht nach Verbranntem. Damien legte die Jacke ab und betrat das Wohnzimmer, wo das Licht brannte.

Luca saß in der Mitte des Sofas, die Arme über die Lehne ausgebreitet, als würde das Haus ihm gehören. Er hob den Blick und hatte nichts mehr von dem Mann heute Morgen in der Küche.

»Was gibt es zum Abendessen?«, fragte Damien und scannte den Raum. Es war eine rhetorische Frage. Ihm war selbst klar, dass Luca nicht an Tag Eins den perfekten Hausmann spielen würde. Im Gegenteil, es hätte sein Misstrauen erregt, einen gedeckten Tisch mit einer Mahlzeit vorzufinden.

»Hast du vergessen, dem Koch bescheid zu sagen?«

»Du bist doch jetzt hier. Ich habe gehört, du machst eine ganz gute Pasta.«

Luca nahm die Arme von der Sofalehne und setzte sich anders hin. »Früher mal.« Ein nachdenklicher Ausdruck legte sich auf sein Gesicht, verflüchtigte sich aber schnell wieder, als er zu ihm hochsah.

»Wir müssen darüber sprechen, was hier von dir erwartet wird«, bemerkte Damien und wedelte mit der Hand etwas Staub vom Tisch. Wahrscheinlich hatte Luca da vorhin seine Füße abgelegt.

»Da du die meiste Zeit zu Hause sein wirst, obliegt dir der Haushalt. Sorge für Ordnung und Sauberkeit. Die Hilfsmittel dafür findest du im Flurschrank. Es ist außerdem deine Aufgabe, ein Abendessen vorzubereiten und die Lebensmittelvorräte im Blick zu behalten.«

»Klingt, als wäre ich eine Hausfrau aus den Siebzigern oder so. Soll ich mir auch Lockenwickler ins Haar drehen?«

»Das überlasse ich dir.«

Luca schnaubte. »Haushalt und Essen – sonst noch irgendwelche wichtigen Punkte?«

Dass er diese beiden Aufgaben einfach so hinnahm, verwunderte Damien, doch er sprach weiter. »Kein Besuch, den ich nicht abgesegnet habe. Vor allem keine Fremden.«

»Dann muss ich zwielichtige Fremde also weiterhin draußen treffen?«

»Wir wissen ja, wie gut das beim letzten Mal lief.«

»Da hatte ich zu wenige Informationen.«

»Du gehst am besten nur mit mir auf irgendwelche Treffen.«

»Das ... könnte unangenehm werden. Für dich, meine ich.«

»Inwiefern?«

»Willst du danebensitzen, wenn ich mich mit Frauen *treffe*?«

Damien schüttelte den Kopf. »Du wirst keine Frauen *treffen*. Du bist verheiratet.«

»Ja, mit dir«, erwiderte Luca.

»Erinnerst du dich an das Eheversprechen?«

»Erinnerst du dich daran, dass die ganze Sache nur ein Geschäft ist? Ein Handel?«

»Ich werde es trotzdem nicht dulden, wenn du dich woanders vergnügst. Das würde unserem Ansehen schaden.«

Luca stieß ein etwas hilflos wirkendes Lachen aus und fuhr vom Sofa hoch. »Du meinst das ernst, oder?«

Damien neigte den Kopf. »Natürlich.«

Das bemühte Pokerface fiel von Luca ab und offenbarte wieder eine Mischung aus Wut und Hilflosigkeit. Beeindruckend, dass er das überhaupt so lange hatte verstecken können. Wahrscheinlich hatte er den ganzen Tag dafür geübt.

Er stapfte ein paar Schritte durch den Raum. Dann drehte er sich um, als wäre ihm plötzlich ein Gedanke gekommen. »Das gilt dann auch für dich. Kein Fremdgehen.«

Damiens Mundwinkel zuckten belustigt. »Tatsache. Du kannst dir meiner Treue gewiss sein, Darling.«

Sie maßen sich mit Blicken. Luca schien abzuwägen, ob er ihn veralberte oder es ernst meinte ... und was das für ihn bedeuten würde. Damien sah das Weiß in seinen Augen, eine gewisse Angst, die mit diesen Worten verbunden war. Überraschenderweise war da aber kein Abscheu. Dabei kannte Damien sämtliche Facetten davon. Er wusste, wie es aussah, wenn Männer sich vor ihm ekelten. Luca tat das nicht. Und auch das konnte er nicht verbergen. Interessant.

Damien spürte, wie ein Grinsen auf seinem Gesicht wuchs und als Luca das entdeckte, wurde er kurz blass um die Nase. Fast rechnete er damit, dass er gleich die Flucht ergreifen würde, aber er blieb stehen.

»Zum Glück hast du ja zwei gesunde Hände«, sagte Luca.

»Und ich auch.«

Damit verließ er das Wohnzimmer und stieg die Treppen hinauf.

Damien blieb zurück und bereitete sich ein Essen aus den Zutaten im Kühlschrank zu. In keinem Aspekt seines Lebens war er auf Luca angewiesen, aber auf Dauer wäre es angenehm, wenn sie dennoch einige Aufgaben teilen könnten. Ihre gemeinsame Sicherheit und finanzielle Stabilität war seine Verantwortung. Die häuslichen Dinge überließ er Luca. Jeder sollte doch seine Stärken ausspielen können, nicht wahr? Und Lucas Stärken lagen wohl eindeutig nicht im Business. Das musste selbst er erkennen. Schon bald würde ihm hier im Haus so langweilig werden, dass er von selbst anfing, die Aufgaben zu erfüllen.

Luca

Es war schwieriger als gedacht, Alessias Tipps umzusetzen.

Lass ihn niemals sehen, wenn du verunsichert bist oder Angst hast. Du musst dein Pokerface üben. Das wirst du nicht nur bei ihm brauchen. Je leichter man dich lesen kann, umso schlechter für dich. Versuch es erst vor einem Spiegel, irgendwann geht es ins Muskelgedächtnis über.

Weise nicht alles aus Reflex zurück. Manchmal muss man auf Dinge eingehen, damit man ins Gespräch kommen kann. Damit kannst du ihn überraschen und vielleicht Wege finden, die dir sonst verschlossen geblieben wären. Damien ist jemand, dem Kontrolle über alles geht. Ich an deiner Stelle würde ihm vorerst das Gefühl geben, dass er die Zügel in der Hand hält. Währenddessen würde ich nach seinen Schwächen suchen. Bei den meisten Männern ist das ihr Begehren ... Luca seufzte und ließ sich auf das Bett fallen. Das mit dem Pokerface musste er noch üben. Damien schien keine großen Probleme gehabt zu haben, in ihn hineinzusehen. Bei der Sache mit dem Begehren war er sich nicht sicher, ob es wirklich ein guter Weg war ... Was, wenn Damien versuchen würde, seinen Hunger bei ihm zu stillen?

Er hatte ihm zwar nicht damit gedroht, aber Luca traute ihm durchaus zu, dass er auch dazu in der Lage war, jemanden gegen seinen Willen zu nehmen. In seinem Bauch kribbelte es bei dem Gedanken und er dachte schnell an etwas anderes.

Pasta kochen. *Er wusste, dass ich das früher gerne gemacht habe. Er ist wirklich über alles informiert.*

Ja, vielleicht sollte er seine 'Gefangenschaft' tatsächlich dafür nutzen, ein altes Hobby wieder aufleben zu lassen. Und womöglich war leckeres Essen ja auch eine von Damiens Schwächen. Ihn mit Nudeln zu verführen war definitiv weniger gefährlich als seinen Körper dazu einzusetzen.

Am nächsten Morgen weckte ihn ein Klopfen an seiner Zimmertür. Luca gähnte und hob den Kopf. »Was ist denn?«, murrte er. Wenn Damien zur Arbeit musste, sollte er doch einfach gehen. Er brauchte keine Verabschiedung.

»Komm raus.«

Liebenswürdig wie immer. Aber er musste wohl schon froh darüber sein, dass der Herr des Hauses nicht einfach hineingestürmt war und ihn unter der Decke hervorgezerrt hatte.

Widerwillig stand Luca auf und ließ die Schultern kreisen. Dann tapste er zur Tür und öffnete sie. »Was ist denn?«, wiederholte er.

Damien stand auf dem Flur, keine Müdigkeit mehr in seinen Augen. Zweifellos war er schon wieder seit einer ganzen Weile wach und bereit für den Tag. Wie spät war es? Die Sonne leuchtete noch nicht mal ins Fenster, wie Luca mit einem Blick über die Schulter feststellte. Sie war wohl gerade erst aufgegangen.

»Wir haben etwas vor. Zieh deine Sportsachen an.«

Sportsachen? Luca wischte sich über die Stirn und fuhr sich massierend über die Kopfhaut. Er war doch noch halb am Schlafen.

»Muss das sein?«

»Ich gehe davon aus, dass du überleben willst.«

»Und deswegen muss ich Frühsport machen?«

»Zieh dich um. Sei in fünf Minuten unten am Trainingsraum.«

Damit wandte Damien sich von ihm ab und Lucas Blick verhakte sich für einen Moment im Anblick seiner muskulösen Oberarme. Die waren ihm bisher noch nicht so ins Auge gestochen, weil Damien sonst immer Hemd und Jackett trug – langärmelig natürlich. Die lockere Sportkleidung wirkte beinahe vulgär an ihm.

Luca schüttelte den Kopf und zog sich in sein Zimmer zurück. Fünf Minuten ... sonst was? Ein weiteres, ausgiebiges Gähnen presste sich aus seiner Kehle und Luca streckte die Arme über den Kopf.

Er war wirklich kein Frühaufsteher. Er schlief gerne so lange, bis er eben aufwachte und sich bereit für den Tag fühlte. Ausnahmen waren nur die Tage, an denen er lange Touren mit dem Motorrad plante. Dafür stellte er sich sogar einen Wecker und brach mit Alex auf, bevor die Sonne sich erhob. Aber da wusste er eben auch, wofür er es tat. Das hier ... das war nur für Damien.

Er zog eine Grimasse und zerrte sich das Schlafshirt über den Kopf, tauschte es gegen ein anderes aus. So richtige Sportklamotten hatte er eigentlich nicht. Die Jogginghose, die er sonst trug, wenn er auf dem Sofa hocken und Fernsehen wollte, war seine einzige Option. Dazu schlüpfte er in sein ältestes Paar Turnschuhe.

Als er in den Spiegel schaute, war sein Gesicht immer noch etwas verquollen vom Schlaf. Er fühlte sich wirklich nicht nach Sport, aber gerade als er noch mit sich haderte, hörte er Schritte auf der Treppe. Die fünf Minuten waren wohl um.

Dieses Mal klopfte Damien nicht. Er riss die Tür auf und stürzte sich regelrecht auf ihn. Luca entkam ein Schrei, als sein Ehemann ihn auf das Bett warf und den Unterarm gegen seine Kehle drückte.

Luca wusste gar nicht, wie ihm geschah. Es ging alles so schnell und seine Welt schrumpfte auf die Enge in seiner Kehle und den Wunsch nach Sauerstoff zusammen. Und auf Damiens kalte Augen, die viel zu gelassen in seine schauten. Als bereite es ihm weder Mühe noch irgendwelche Skrupel, ihn zu erwürgen.

»Versuch wenigstens, dich zu wehren, los!«

Aus Reflex wollte Luca schlucken, aber auch das verhinderte Damiens Arm. Er griff mit beiden Händen nach ihm und versuchte, ihn von sich wegzuschieben wie eine Hantelstange. Scheiße, das war beinahe unmöglich.

Seine Finger gruben sich in Damiens kühle Haut und er drückte mit ganzer Kraft, riss die Augen dabei auf, japste nach Luft. Es funktionierte nicht. Er gewann keinen Zentimeter.

»Ist das alles?«, fragte Damien. Immer noch so verdammt ruhig, während er wahrscheinlich schon blau anlief. Dann nahm er den Arm weg und stand vom Bett auf, als sei nichts gewesen. Luca hustete und rollte sich auf die Seite. Sein Körper krümmte sich ganz von selbst zusammen.

»Du verdammtes Arschloch«, würgte Luca hervor. Unvernünftig, das wusste er, aber es war ihm im Moment scheißegal. Seine Kehle brannte unter den schnellen, flachen Atemzügen.

»Du hast gefragt, ob das Training sein muss. Ich habe es dir vorgeführt, weil Worte bei dir nur mäßigen Erfolg haben.« Damien hatte die Hände in die Taschen seiner Sporthose geschoben und stand vollkommen lässig da. Wahrscheinlich hätte er genauso ausgesehen, wenn er ihn tatsächlich umgebracht hätte.

»Ich war schon so gut wie auf dem Weg.«

»Zu langsam.«

Luca schnaubte. Er wollte am liebsten aus Prinzip liegen bleiben, aber er wollte gleichzeitig auch nicht erfahren, was Damien dann tun würde. Also stand er auf und fuhr sich mit der Hand über den Hals. Das würde wahrscheinlich noch den ganzen Tag wehtun.

»Wenn dich jemand überfällt, kündigt er das meistens nicht vorher an. Du musst immer bereit sein. Du musst immer stark sein.«

Es wurmte ihn, dass er Damien körperlich scheinbar gar nichts entgegenzusetzen hatte. Als sie sich an dem Abend in seinem Club erstmals begegnet waren, hatte er zwar seine Größe wahrgenommen und auch, dass er recht sportlich war, aber er hatte sich trotzdem Chancen ausgerechnet.

Dass er sich damals nicht gut hatte zur Wehr setzen können, hatte er auf die Überraschung und den Alkohol geschoben.

Heute musste er sich zähneknirschend eingestehen, dass Damien stärker war als er. Und nicht nur ein bisschen. »Komm jetzt. Wir haben schon zu viel zeit verplempert.« Er ging und Luca folgte ihm.

In den Trainingsraum hatte er bei ihrer Führung nur einen kurzen Blick geworfen und sofort wieder vergessen, was er gesehen hatte. Jetzt nahm er den riesigen Raum in seiner ganzen Pracht wahr.

Er war grau und lang und rechteckig und voller Stationen, an denen man seinen Körper bearbeiten konnte. Der Geruch von Gummi lag in der Luft, ohne dass Luca sagen konnte, wovon genau der ausging. An den Wänden erhoben sich waagerechte und senkrechte Stangenkonstrukte, die wohl für Klimmzüge und alle möglichen anderen Übungen taugten. Zwei drittel des Bodens hier waren mit einem Material ausgelegt, das Luca gar nicht kannte, aber es schien ordentlich abzufedern und als Mattenersatz zu dienen.

In einer Ecke befand sich eine Bank zum Gewichtedrücken, in einer anderen eine Art Rudergerät. Luca kannte sich nicht gut genug aus, um allen Dingen den richtigen Namen zu geben, aber was er sagen konnte war: Dieser Raum war dafür geschaffen, jeden einzelnen Muskel in einem Körper in Brand zu setzen.

Die Fenster im Raum beschränkten sich auf schmale Schlitze kurz unter der Decke. So fühlte es sich beinahe an, als befänden sie sich in einem Keller.

Damien trat an ein Regal direkt neben der Tür, das Luca noch gar nicht wahrgenommen hatte. Darin befanden sich

Trinkflaschen und Handtücher. Er drückte Luca beides in die Hand und stattete sich selbst aus, bevor er ganz hineinging und an einem der Geräte einige Dehnübungen machte.

Ein wenig unschlüssig stand Luca da, hielt das Handtuch und die Flasche an sich gedrückt und verarbeitete noch die Eindrücke. Es hatte zwar auch im Anwesen der DeRossis einen Fitnessraum gegeben, aber der hatte vollkommen anders ausgesehen. Alessia war dort gerne auf dem Laufband gelaufen und manchmal hatte er ihr auf dem Fahrrad Gesellschaft geleistet oder mit den Hanteln trainiert. Das war kein Vergleich mit diesem Überangebot hier gewesen.

»Vom Ansehen wirst du nicht stärker«, sagte Damien. Luca verkniff sich eine bissige Antwort. Er besann sich wieder auf Alessias Worte. Er musste wenigstens versuchen, es so klug wie sie anzugehen. *Überlass ihm die Kontrolle. Gib ihm das Gefühl, dass er dich führen kann.*

»Hast du einen Trainingsplan für mich? Ich schätze, das hier muss ich koordiniert angehen, wenn es was bringen soll.«

Tatsächlich lag ein Hauch von Überraschung in der Art, wie Damien eine Augenbraue hob. »Zuerst wärmst du dich auf. Auf der Stelle zu joggen wäre ein Anfang. Oder orientier dich an dem, was ich mache.«

Luca nickte und imitierte eine der Übungen, die er eben bei ihm gesehen hatte. Seine müden Muskeln ächzten, aber er ließ sich nichts anmerken. Wie ein braver Schüler beugte er den Rücken, streckte die Arme oder drehte den Oberkörper, so wie Damien es vormachte. Warm wurde ihm davon tatsächlich schnell.

»Wenn du einen Plan willst, gebe ich dir heute Abend einen. Du brauchst Muskelkraft, Beweglichkeit und Ausdauer. Es wird keine Muskelgruppe ausgespart. Dicke Arme bringen dir rein gar nichts, wenn du einen schwachen Rücken hast.«

»Ergibt Sinn«, sagte Luca.

»Vielleicht fängst du da an.« Er deutete auf das Gerät, das Luca als Rudergerät abgespeichert hatte. »Trainiert viele Muskeln auf einmal und ist leicht zu bedienen.«

Luca nahm darauf Platz und ließ sich von Damien einweisen. Er spürte Damiens Hand an seinem Bauch, an seinen Schultern, an seinen Händen, an seinen Knien. Nacheinander, immer mit einer Erklärung, wie er sich halten oder wie er sich bewegen sollte.

Die Welt außerhalb dieses Raumes verschwand für einige Minuten hinter seiner Konzentration. Tatsächlich ging das Rudern nicht nur auf die Arme; er spürte es auch im Rumpf und in den Beinen.

»Vorlehnen, dann etwas zurück.« Damien sparte nicht mit Anweisungen, immer mit derselben neutralen Lässigkeit vorgetragen. »Okay.« Das schien das Signal dafür zu sein, dass er jetzt alles richtig machte, denn jetzt entfernte er sich von ihm und setzte sich auf die Bank.

Luca versuchte, sich auf die Bewegungsabläufe zu fokussieren, die er ihm eben eingebläut hatte. Er wollte beweisen, dass er nicht zu blöd für so ein Trainingsgerät war, und gleichzeitig sollte Damien ja das Gefühl haben, dass alles entspannt unter Kontrolle war. Wenn er hier ständig alles falsch machte und wieder seine Anleitung brauchte, würde ihn das eher nerven als entspannen.

Für eine Weile dachte er nur an seinen Körper, an seine Muskeln, an seine Atmung. Aber mit der Zeit, fielen ihm auch Damiens Körper, Damiens Muskeln und Damiens Atmung immer mehr auf.

Zuerst trainierte er so, wie er sich auch im Alltag gab – relativ still und mit unbewegter Miene. Doch mit der Zeit kam er ins Schwitzen und das änderte etwas an seiner Ausstrahlung, das Luca dazu brachte, immer wieder hinzuschauen und ihn studieren zu wollen.

Vielleicht war es die leichte Röte, die seine Haut eroberte, die in einem starken Kontrast zu der Kälte zu stehen schien, die Damien sonst umgab. Vielleicht waren es die angestrengten Atemzüge, die signalisierten, dass dieser Mann eben doch auch mal außer Atem geraten konnte. Vielleicht war es die Kontrolle, die er über sich selbst ausübte. Dabei zuzusehen, wie er mal nicht jemand anderen drangsalierte, sondern sich selbst.

Als Luca merkte, dass sein Blick immer wieder zu Damien wanderte, versuchte er, sich davon abzuhalten. Das hieß aber nicht, dass er nicht mehr hinschaute, sondern nur, dass er es verstohlener tat.

Dabei merkte er kaum noch, wie er sich selbst vorantrieb. Seine Oberarme und die Bauchmuskeln bebten bereits und ihm war ziemlich heiß. Fahrig griff er nach dem T-Shirt und wischte sich damit übers Gesicht und über den Hals, um den frischen Schweiß zu entfernen.

Dann sah er wieder zu Damien und zuckte leicht, als der ihm direkt in die Augen sah. Doch er sagte nichts, stand nur auf und positionierte sich an einem anderen Gerät, um andere Muskeln zu trainieren. Jetzt wandte er ihm halb den Rücken zu, sodass Luca noch einfacher zuschauen konnte, ohne erwischt zu werden.

Warum war das eigentlich wichtig? Nicht erwischt zu werden? Er studierte ja nur, wie die einzelnen Geräte richtig verwendet wurde, lernte vom Zusehen. Außerdem war auch nichts Falsches daran, sich Damiens Muskeln einmal anzusehen – vielleicht half es ihm ja, besser einzuschätzen, wann er es mit ihm aufnehmen konnte.

Sein Herz schlug auf der Stelle noch schneller, als er an die Situation von vorhin dachte. Wie er ins Zimmer gestürmt war und ihn schneller auf das verdammte Bett geworfen hatte, als Luca überhaupt hatte reagieren können. Sein Gewicht auf ihn und dieser erbarmungslose Druck gegen seine Kehle.

Unwillkürlich griff Luca sich an den Hals, rieb darüber und besann sich dann wieder auf das Hier und Jetzt. Nochmal würde ihm das nicht passieren. Wenn Damien je wieder auf die Idee kam, ihn derart zu prüfen, würde er sich wehren können. *Warum hast du ihm nicht in die Eier getreten? Dafür brauchst du kein Trainingsgerät.*

Nächstes Mal, schwor Luca sich. *Er wird dafür büßen.*

Die Liste der Dinge, die er Damien heimzahlen wollte, wuchs.

Irgendwann beendete Damien das Training und wies Luca auf das Badezimmer direkt neben dem Sportraum hin.

Dort wusch er sich den Schweiß vom Körper und aus den Haaren und fasste einen Plan für den Tag. Hinlegen würde er sich jetzt nicht mehr – dafür war er zu wach. Es gab genug Dinge, die er vorhatte.

Damien musste wohl ein anderes Badezimmer benutzt haben, denn sie trafen sich beide frisch angekleidet in der Küche. Sein Ehemann hielt bereits eine Tasse dampfenden Kaffees in der Hand und Luca fluchte innerlich, weil er nicht hatte zusehen können, welche Knöpfe Damien dafür gedrückt hatte.

Gestern war er so lange bei Alessia gewesen und hatte danach viel gegrübelt, da war der Kaffeeautomat aus seinen Gedanken verschwunden. Luca nahm es als Übung für sein Pokerface. Er holte eine Tasse aus dem Schrank, stellte sie unter die Düse und drückte voller Selbstbewusstsein einen anderen Knopf.

Tatsächlich bekam er dieses Mal Kaffee. Luca verkniff sich das erleichterte Lächeln und lehnte sich gegen die Theke. Sein Blick wanderte zu Damien, der wieder in einem seiner Anzüge steckte, heute Dunkelblau mit Nadelstreifen und lavendelfarbener Krawatte. Die kühlen Farbtöne passten gut zu seinen Augen.

»Wie funktioniert das mit den Einkäufen?«, fragte er ihn. »Bringen mich deine Leute zum Supermarkt und tragen mir die Beutel?«

»Du schreibst auf diese Liste, was du haben möchtest, und gibst sie Jonathan. Sei präzise, wenn es eine bestimmte Sorte sein soll. Er ist sehr genau.« Damien deutete auf einen kleinen Schreibblock, der neben dem Kühlschrank lag.

»Welcher ist denn Jonathan? Du hast mir deine Angestellten noch nicht vorgestellt«

»Es ist besser, wenn du nicht alle kennst.« Während er auf dem Handy herumtippte, kam Damien zu ihm herüber und zeigte ihm ein Foto auf dem Bildschirm. »Das ist Jonathan. Er macht unsere Einkäufe und erledigt andere Dienste außerhalb des Hauses. Legale Dienste.«

»Gut zu wissen.« Vielleicht konnte er den guten Mann losschicken, um eine Jahrespackung Viagra für Damien zu kaufen. Aber vermutlich war der Mann zu diskret. So eine Aktion hätte nur Spaß gemacht, wenn er sicher sein konnte, dass viele Leute mitbekamen, für wen das Zeug war. Für Damien musste er sich etwas Besseres ausdenken.

Wenig später war er wieder allein im Haus und machte sich Gedanken darüber, wie er sich am besten vorbereiten sollte. Er hatte ja beschlossen, es noch eine Weile mit Damien auszuhalten, damit seine Familie einen Vorteil daraus ziehen konnte, aber er wollte sich auch nicht herumschubsen lassen.

Er begann damit den Weg zwischen seinem und Damiens Zimmer abzulaufen und einzuschätzen, wie viele Sekunden man von einem Ort zum anderen brauchte, wenn man schlich, normal ging, oder rannte. Dann stellte er sich in die Tür seines Zimmers und überlegte, wo er sich am besten postieren konnte, wenn Damien noch mal so einen Überfall probte. Er spielte verschiedene Szenarien durch. Die meisten scheiterten am Ende daran, dass er Damien im Kampf Mann gegen Mann unterlegen war, aber zumindest fand er Möglichkeiten, nicht sofort umgetackelt zu werden. Wenn er Damien das nächste Mal überraschen und ihm eine Waffe an den Kopf halten konnte, wäre das ein großer Triumph. Bis er ein Armdrücken gewann, konnte er nicht warten. Er musste auf Schnelligkeit und Vorbereitung setzen. Und auf Alessias Tipps.

Er schrieb eine Liste für Jonathan. Ja, er würde kochen. Er würde Damien Valenti ein Abendessen servieren, auch wenn sich bei dem Gedanken an dessen selbstgefälligen Blick alles in ihm verdrehte.

Es war nur ein Spiel. Es ging nur darum, ihn glauben zu lassen, dass er ihn unter Kontrolle hatte. Zu seinem Vorteil.

Das Haus verließ er nur, um dem Angestellten die Liste zu geben. Dann kam er artig zurück und besah sich die Kammer mit den Reinigungsmittel und Putzgeräten. Darauf hatte er noch weniger Bock, aber Alessia hatte gesagt, dass er diese Aufgaben ideal nutzen konnte, um unauffällig Damiens private Räume auszuspionieren.

'Ich könnte auch einfach reingehen, wenn er nicht da ist', hatte er zu seiner Schwester gesagt. 'Der Mann hat Kameras in seinen vier Wänden, Brüderchen. Sei dir sicher, dass das auch für dein Zimmer gilt. Und für alle Bäder.' Wenn er mit dem Staubsauger durch Damiens Schlafzimmer lief, war das definitiv weniger auffällig, als wenn er einfach so hineinging. Aber irgendwelche Dokumente lesen würde wohl trotzdem schwierig werden.

Na ja, es zu versuchen war besser, als gar nichts zu tun und ein wenig im Haushalt zu arbeiten, stärkte seine Position in diesem Spiel. Er war artig, fügsam, ungefährlich. Ja, die Sache heute Morgen hatte so großen Eindruck auf ihn gemacht, dass er alles tun würde, was Damien verlangte.

Luca schnaubte amüsiert. Der Kerl würde sich noch umsehen.

Natürlich fand er nichts Auffälliges in Damiens Zimmer und wagte es auch nicht, sich zu offensichtlich danach umzuschauen. Dennoch fühlte es sich gut an, in sein Schlafzimmer einzudringen. In seinen privaten Bereich.

Das Bett war unverhältnismäßig groß und eine königsblaue Tagesdecke ruhte darauf. Auf dem Nachtschrank lagen zwei Bücher, irgendwas mit Geschichte und Politik. Unordnung gab es keine. Nicht mal eine Socke oder ein Taschentuch irgendwo. Der Raum wirkte eher wie ein Hotelzimmer.

Luca saugte den Boden und ging weiter. Nachdem er die gesamte obere Etage und das Erdgeschoss gesaugt und das Gerät entleert hatte, sank er auf dem Wohnzimmersofa zusammen und holte den fehlenden Schlaf von heute Morgen nach. Es war kein bewusster Entschluss – es passierte einfach.

Später erwachte er, rieb sich murrend den Nacken und schaute auf die Uhr. Sein Magen knurrte. Er hatte heute Mittag zwei Hotdogs und einen Joghurt gegessen, Sachen von seiner Einkaufsliste, aber das hatte nicht lange satt gemacht. Es war an der Zeit, etwas Richtiges zuzubereiten. Mal sehen, ob er das noch konnte. Luca entdeckte eine Schürze an einem Wandhaken und band sie sich um. Davon belustigt beschloss er, dass auch Musik nicht schaden könne. Wenn er hier schon schuftete, dann konnte er dabei auch Spaß haben. Das machte es sicher auch überzeugender.

Als draußen das Licht hinter den Dächern versickerte, erwartete Luca seinen Ehemann. Im ganzen Haus roch es nach Pasta, ein vertrauter Geruch, der die Räume für Luca erst richtig wohnlich machte. Er erinnerte ihn an seine Großeltern und eine Geborgenheit, die er nie wieder so gefühlt hatte wie damals mit ihnen.

Damien hütete sich besser, irgendetwas Negatives über das Gericht zu sagen.

Eigentlich wollte er deswegen nicht nervös sein, aber Luca spürte dennoch die Anspannung in sich. Damiens Urteil sollte ihm sowas von egal sein. Was irgendein Arschloch über seine Pasta dachte, spielte gar keine Rolle ... theoretisch. Aber dennoch spürte er ein Kribbeln im Bauch und in den Fingern, als er den Kerl durchs Fenster aufs Haus zu laufen sah.

Das Essen war bereit. Luca hatte länger gebraucht, als es normalerweise dauern sollte und sich danach bemüht, es warmzuhalten. Es war nicht perfekt gelungen – er hatte die Nudeln zu lange gekocht, sodass sie etwas zu weich waren, und die Soße war nicht so seidig in der Textur geworden, wie er es sich gewünscht hatte. Dennoch fand er es für den ersten Versuch seit vielen Jahren verdammt lecker.

Als er Damien im Flur hörte, das Rascheln seiner Jacke und das leise Rumpeln, als er die Schuhe wegstellte, hätte er ihm am liebsten zugerufen, dass er nicht trödeln sollte, aber er verkniff es sich. Zum Pokerface gehörte auch, es sich nicht anmerken zu lassen, wenn er ungeduldig oder euphorisch war.

Endlich erschien der Mann in der Tür zur Küche. Der Blick wachsam wie immer, die Züge scharf und der Anzug knitterfrei.

Luca sah ihm ins Gesicht. »Hey«, sagte er. Das klang unaufgeregt. Gut so.

»Hey«, gab Damien zurück und sah sich um. »Lass uns essen.«

Es klang recht neutral. Luca fand weder Überraschung noch Freude darin. Aber was hatte er auch erwartet?

Mit aufeinandergepressten Kiefern wandte er sich dem Küchenschrank zu und nahm zwei Teller heraus. Sorgsam stellte er beide ab und belud sie nacheinander mit Nudeln. Ihm lief das Wasser im Mund zusammen. Er hatte zwar schon ein bisschen genascht, aber den größten Hunger hatte er sich aufbewahrt.

Damien trat neben ihn. Beinahe rechnete Luca damit, dass er ihm die Kelle aus der Hand nehmen würde, aber er beließ es dabei, aus nächster Nähe zuzusehen. Der Geruch seines Aftershaves strich kurz um Lucas Nase, ehe sich wieder der Pastageruch in den Vordergrund drängte.

Die Berührung an seinem Arm war ausnahmsweise einmal nicht grob, um ihn irgendwohin zu schieben oder sonst was, sondern wirkte beinahe familiär.

»Danke.«

Luca merkte, wie ihm sein Pokerface kurz entglitt, aber er riss sich schnell wieder zusammen. Manchmal bedanke man sich schließlich auch bei Bediensteten. Dass Damien sich das Mindeste an Höflichkeit für ihn abrang, war nichts Besonderes. Es war auch nicht das Wort, bemerkte er in Gedanken. Es war dieser seltsame, kurze Moment, als er neben ihm stand und ihn anfasste. Doch bevor Luca das weiter analysieren konnte, waren die Teller fertig befüllt und er lief zum Tisch, um sie abzustellen.

Besteck lag schon dort. Er hatte genug Zeit gehabt, um alles vorzubereiten, damit sie sofort essen konnten.

Damien und er saßen sich gegenüber, atmeten den Pastageruch und drehten Nudeln auf ihre Gabeln. Verstohlen beobachtete Luca die Züge seines Gegenübers, als der den ersten Bissen nahm. Hatte er eigentlich keine Angst, von ihm vergiftet zu werden? Hatte er das Essen unauffällig überprüft? Oder traute er ihm so etwas nicht zu?

Er wirkte ganz entspannt beim Essen und leerte seinen Teller komplett. Ein Urteil gab er nicht ab und Luca überlegte, ob er nachfragen sollte. Würde Alessia nachfragen? Wahrscheinlich schon. Es würde Damiens Gefühl verstärken, hier derjenige zu sein, um den sich alles drehte. Aber Luca kämpfte noch mit dem Gefühl der Unterordnung. Er wusste, dass die Pasta geil war. Er brauchte Damiens Bestätigung nicht.

Während er so angestrengt grübelte, merkte er nicht, dass er ihn immer noch ansah. Erst, als Damien zurückschaute, wurde ihm das bewusst. »Du hast da was.«

»Was?«, fragte Luca irritiert.

»Da.« Damien deutete auf seinen eigenen rechten Mundwinkel und Luca griff schnell nach der Serviette, um sich die Stelle abzuwischen.

Dann stand sein Gegenüber auf und räumte seinen Teller weg. »Die Nudeln hätten etwas bissfester sein können, aber es hat trotzdem gut geschmeckt.«

Luca starrte auf seinen Rücken.

KAPITEL 11

Luca

IN DEN NÄCHSTEN Tagen lief es ganz ähnlich ab. Jeden Morgen machten sie gemeinsam Sport. Damien wies ihn darauf hin, dass er den Fokus auf die Muskelgruppen abwechseln sollte, weil die Ruhephasen wichtig seien, und er korrigierte ihn, wenn er ein Gerät falsch oder nicht optimal benutzte. Danach war Duschen angesagt, dann Frühstück, dann verschwand Damien und kehrte erst am Abend zurück.

Luca verbrachte die meiste Zeit im Haus oder auf dem Hof, wo sein Motorrad stand, hielt es aber nicht ganz durch, zu Hause zu bleiben. Mehrmals wies er Damiens Männer an, ihn in den Wald zu fahren, und machte Spaziergänge. Einmal besuchte er Alessia. An jedem Tag juckte es ihn in den Fingern, die Maschine zu nehmen und wegzufahren, aber sein Ehrgeiz, das Spiel so gut wie möglich zu spielen, hielt ihn davon ab.

Am Abend kochte er verschiedene Gerichte. Er machte Pizza, verschiedene Nudelgerichte, Salate und Steak. Damien ließ sich kein einziges Mal aus der Reserve locken – auch nicht, als Luca absichtlich eine Menge Chili auf den Nudeln verstreute. Lediglich die leichte Röte auf seinen sonst so blassen Wangen verriet, dass er die Schärfe schmeckte.

Der Mann war wirklich ein Meister der Kontrolle. Luca hatte das Gefühl, in allen, was er lernte, viel zu langsam zu sein. Aber er musste das ja auch nicht für immer machen. Nur einige Wochen.

Vorsichtig begann er bei den Abendessen, sich nach dem Stand der Dinge zu erkundigen, nach den Geschäften, und führte als Begründung an, dass er auch darüber im Bilde sein sollte. Damien stimmte ihm nach kurzem Zögern zu und gab einige oberflächliche Informationen preis.

»Wenn du irgendetwas planst, selbst wenn es in meinem Interesse ist – rede vorher mit mir. Keine Alleingänge«, wies er ihn an.

Luca nickte. »Keine Alleingänge bei irgendwelchen Geschäften.«

Auf Alessias Rat hin, hielt er sich noch einige Tage länger zurück, was seinen Freiheitsdrang betraf. Was schwer genug war, weil Alex ihm dauernd Bilder und Videos von seiner Reise schickte und Luca den Wind förmlich in den Haaren fühlen konnte, wenn er sie betrachtete.

Es schmerzte ihn, nicht dabei sein zu können. Außerdem vermisste er das Gefühl des Sattels unter sich, das Dröhnen des Motors, die Griffe der Maschine in seinen Händen, das Fahrgefühl beim Beschleunigen oder beim In-die-Seite-legen.

Eine Weile behalf er sich damit, online nach Teilen zu suchen. Es gab noch ein paar Elemente, die er austauschen wollte, um seine Traummaschine zu erschaffen, aber manche von denen waren unheimlich schwer zu bekommen. Gerade jetzt konnte er es sich eigentlich auch nicht leisten – er brauchte jeden Dollar für seinen Ausstieg ... es war unvernünftig, aber als das Angebot plötzlich vor ihm auftauchte, konnte er nicht anders.

Er verabredete ein Treffen mit dem Händler. Das Glücksgefühl, das dessen Bestätigungsnachricht bei ihm auslöste, hatte er dringend gebraucht. Wie neu geboren putzte er das Haus, machte Essen, spielte seine Rolle.

Dann kam der Tag, an dem sie verabredet waren und Luca hoffte, dass alles nach Plan laufen würde. Er wartete, bis Damien fort war, und zog seine Motorradsachen an. Gott, er liebe diese Jacke. Sie war wie eine zweite Haut, kühl und anschmiegsam. Eins der besten Gefühle der Welt.

Mit einem breiten Grinsen ging Luca auf den Hof und schob die Maschine nach vorn zur Straße. Natürlich war er sich der Blicke von Damiens Sicherheitspersonal bewusst, die genau beobachteten, was er tat. Sie würden die Motoren starten, sobald er losfuhr.

Die größte Hürde des heutigen Tages würde es sein, sie abzuhängen. Aber eigentlich war er darin gut. Bei den Cops war es ihm schließlich auch schon oft gelungen und die Männer hatten einen entscheidenden Nachteil ihm gegenüber.

Euphorie durchflutete ihn, erhitzte sein Blut. Luca ließ den Motor dröhnen und drückte die Schenkel fest an die Maschine. Sie trug ihn weg. Weg von Damiens Villa. Weg von seiner Gefangenschaft.

Er sah die Verfolger im Rückspiegel. Sie gaben sich gar nicht erst die Mühe, unauffällig zu sein, auch wenn sie einen kleinen Abstand wahrten. Gleich zwei schwarze Karossen mit ernst aussehenden Männern darin.

Luca merkte sich die Kennzeichen und probierte es mit einem Zickzack-Kurs durch die Stadt. So leicht ließen sie sich allerdings nicht abschütteln. Es waren immer nur wenige Sekunden, die er aus ihrem Blickfeld verschwand, dann sah er sie wieder und verzog das Gesicht.

Na gut, er wärmte sich ja gerade erst auf.

Luca bog in einen Weg ein, der nicht für Fahrzeuge freigegeben und für Autos definitiv auch zu schmal war. Mit der Maschine passte er allerdings gut hindurch. Diesen Schleichweg hatte er schon oft benutzt und wusste daher genau, wo er herauskommen und wie er dann vom Radar verschwinden konnte, bevor seine Verfolger den Umweg gefahren waren.

Er gab Gas, wich einigen Radfahrern aus, die sich lauthals beschwerten, überquerte in Windeseile eine kleine Kreuzung und verschwand dann in einer weiteren schmalen Straße, die zur Rückseite eines Gerichtsgebäudes führte. Eigentlich war auch das kein öffentlicher Weg, aber bevor dieser auf den Hinterhof der Behörde führte, bog Luca verkehrt herum in eine Einbahnstraße ab. So schnell konnte kein PKW, der sich an die Regeln hielt, das Stadtviertel kreuzen.

Luca hielt sein Tempo und überfuhr einige gelbe Ampeln, bis er den Stadtrand erreichte und sich sicher war, keine Verfolger mehr am Arsch zu haben. Der Rückspiegel bestätigte seinen Erfolg. Damiens Leute hatten ihn verloren.

Mit einem kleinen Freudenschrei auf den Lippen fuhr er weiter. Die Verabredung mit dem Händler fand etwas abseits statt. Es war einer dieser Rastplätze, auf dem man sich gerne für abseitige Geschäfte traf. Luca hatte hier schon öfter Teile gekauft. Auch jetzt gerade herrschte Betrieb, obwohl es noch Vormittag war. Eine bunte Mischung von Autos parkte kreuz und quer. Luca betrachtete das Bild stirnrunzelnd. Er wollte nicht wieder in eine Falle laufen, deswegen zögerte er, beim Anblick dieser Seltsamkeit.

Aber dann sah er den Kleintransporter, auf dessen offener Ladefläche eine leicht bekleidete Frau saß. Er schätzte sie auf Anfang vierzig ... ihre Besucher waren eine bunt gemischte Gruppe, von Teenager bis Senior alles dabei.

Luca schnaubte und wandte den Blick ab. Sollten sie ihren Parkplatzsex haben, solange er seine Ware bekam. Vielleich war es sogar ganz gut, dass hier gerade dieses kleine »Event« stattfand. Diese Leute sahen nicht aus, als gehörten sie zu irgendeiner Bande. Sie würden nicht plötzlich Waffen ziehen und ihn einkreisen. Nein, einer öffnete bereits seine Hose, andere zogen ihre Handys und filmten. Das war echt.

Er fuhr einen Bogen, um nicht zu nahe an die Gruppe heranzukommen und ließ sich dann auf das andere Ende des Parkplatzes rollen, wo noch ein weiterer Wagen stand, der nichts mit dem Sextreffen zu tun hatte. Es war ein silberner SUV, aus dem jetzt ein Mann mit zurück gegelten, blonden Haaren ausstieg.

Luca stieg ab und schob das Visier seines Helmes nach oben.

Der Händler begrüßte ihn mit einem Handschlag. Er bewunderte Lucas Motorrad, machte ihm einige Komplimente dazu und kam dann direkt zur Sache. Das Teil war echt. Aufgeregt betastete Luca das Metall, drehte und wendete es und nickte schließlich zur Bestätigung, dass er es kaufen würde.

Sie wickelten die Zahlung über ihre Mobiltelefone ab.

Es ging recht schnell, aber trotzdem schaute Luca immer wieder über die Schulter, behielt die Straßen im Blick. Sein letzter Coup war ihm noch allzu lebhaft in Erinnerung. Doch diesmal schien alles okay zu sein. Ein echter Handel. Der blonde Mann bedankte sich und klopfte ihm auf die Schulter. Dann stieg er wieder ein und Luca befestigte seinen Einkauf auf dem Gepäckträger. Freude durchflutete ihn. In den letzten Wochen hatte er fast vergessen, wie sich das anfühlte. Als hätte er gar nicht richtig gelebt.

Er konnte es kaum erwarten, das Teil einzubauen. Und dann würde er Alex ein Foto schicken. Oder gleich ein Video, die ganze Maschine abgefilmt. Dafür würde er sie auch nochmal polieren.

Während er sich das alles ausmalte, stieg er auf und fuhr vom Parkplatz. Ob Damien wohl auf der Suche nach ihm war? Oder würde er abwarten, um ihn dann heute Abend zurechtzuweisen?

Kurz stellte Luca sich vor, einfach wegzubleiben. Die Verlockung war groß, aber seine Vernunft siegte. Es würde nichts bringen. Er war noch nicht bereit.

Bäume und Felder flogen am Rand seines Blickfeldes vorbei. Bald schon würde er wieder in den Wald der Hochhausfassaden eintauchen, aber noch nicht.

Die Straße war recht übersichtlich und der Verkehr dünn. So konnte er sich beim Fahren entspannen, durchatmen, bevor er sich wieder in Damiens Kontrolle begab.

Er reagierte zu langsam. Das Auto war auf einmal da, es musste von einem der Erdwege gekommen sein. Luca wollte ausweichen, doch es war zu wenig und zu spät.

Seine Maschine knallte gegen das Hindernis und er wurde weggeschleudert.

Harter Asphalt. Ein Dröhnen in seinem Kopf. Diffuse Schmerzen in seinem Köper. Adrenalin. Sehr viel Adrenalin. Sein Herz raste, sein Blick schwirrte. Was war passiert? Verdammt, er hatte einfach kein Glück.

Luca versuchte, sich aufzurichten, spürte etwas Klebriges an seinem Ellbogen und dann ein Brennen. Aufgeschürft. Blut. Seine Jacke war durch. Eine Mischung aus Husten und Schluchzen drang aus seinem Hals. Er sah sich nach seiner Maschine um. Dort. Immerhin war sie noch als Motorrad erkennbar, aber ... das sah nicht gut aus. Lucas Kehle wurde eng. »Scheiße. Scheiße, verdammte!«, schrie er.

Dann fuhr der PKW einfach weg. Der Wichser, der in ihn reingefahren war. Wut schoss in ihm auf wie glühende Lava. Luca sprang auf die Beine, wollte dem Wagen hinterherlaufen, aber der Schwindel war so übermächtig, dass er hinfiel.

Die Buchstaben und Zahlen des Kennzeichens verschwammen vor seinen Augen.

Er würgte. Wie viel schlimmer konnte es noch werden? Seine Maschine war Schrott, Damien tobte vermutlich gerade, weil er seinen Leuten entschlüpft war und er lag blutend auf einer Straße.

Wo war sein Handy? Luca tastete an seiner Jacke herum, musste aber damit aufhören, bevor er das Telefon fand, weil seine Muskeln derart schmerzten, dass er weiße Blitze zucken sah.

Das Lärmen eines Motors näherte sich. Scheiße. Er ... musste wohl hier weg. Am Rande seines Bewusstseins streifte ihn der Gedanke, dass er sich eigentlich auch überfahren lassen konnte, wenn seine Maschine hin war, aber er ließ sich davon nicht überwältigen. Ächzend kroch er an den Rand der Straße, halbwegs in Sicherheit, und versuchte, sich zu beruhigen.

Es gelang ihm nicht. Sein Blut brodelte, sein Herz galoppierte. Er wollte weinen und schreien und dem Schicksal mit erhobener Faust drohen, weil es ihm so derart beschissen mitspielte.

Er ließ die Tränen raus. Es war sowieso egal. Schmerz und Verzweiflung liefen als warme Tropfen über seine Wangen. Er weinte wie ein Kind und hasste sich dafür.

Irgendwann hielt ein Wagen bei ihm. Nicht der, der ihn angefahren hatte, das erkannte Luca an der Farbe.

»Bist du in Ordnung?«, rief der Mann, der sogleich ausstieg und mit großen Schritten auf ihn zukam. Er war ungefähr dreißig, hatte braunes Haar und einen Dreitagebart. Sah aus wie irgendein Büroangestellter auf dem Weg zur Arbeit.

»Ich weiß nicht«, krächzte Luca. »Meine Maschine hat es auf jeden Fall schlimmer erwischt.«

»Hast du einen Krankenwagen verständigt?« Der Mann zog ein Telefon hervor.

»Was? Ach ja ... nein. Nein, nicht anrufen.« Er hob die Hände und war froh, als der Fremde zögerte. »Es wäre besser, wenn das nicht an die große Glocke gehängt wird.«

Nun traf ihn ein unerwartet verständnisvolles Lächeln. »Ah, verstehe. Dann behandeln wir das diskreter.« Er ging neben ihm in die Hocke. »Wie heißen Sie?«

»Luca«, sagte er.

»Und kannst du meinen Finger sehen?«

»Ja. Meinem Hirn geht es gut. Denke ich.«

»Okay, aber du hast dir was aufgeschrammt. Auf dem Asphalt ist Blut. Wir sollten dich auf jeden Fall hier wegbringen und untersuchen. Ich kenne mich da ein bisschen aus. Soll ich dich mitnehmen, oder willst du selbst jemanden rufen?«

Luca kam es vor, als seien seine Gedanken langsamer als sonst. Wahrscheinlich der Schock. Jedes Mal, wenn er wieder an seine Maschine dachte, überschwemmten ihn so viele Gefühle, dass er sich nicht wirklich sammeln konnte. Der Mann hatte Recht. Er konnte nicht hier rumsitzen.

»Das ist sehr freundlich«, sagte Luca. »Wie heißt du?«

»Lorenzo«, erwiderte sein Retter und erhob sich. »Kannst du aufstehen? Ich helfe dir.« Er streckte ihm die Hand hin und Luca nahm sie. Das Aufrappeln war kein Problem – nur das Stehenbleiben.

Die Welt geriet sofort wieder ins Wanken, aber Lorenzo war bereit und stützte ihn. Irgendwie gelangten sie zu dem Auto und Luca stieg ein. »Ich versuche, deine Maschine mitzunehmen, okay? Gib mir einen Moment.«

Dankbarkeit durchflutete Luca und er zog sich vorsichtig den Helm vom Kopf, hielt ihn auf dem Schoß fest. Dann beobachtete er durch Windschutzscheibe und Spiegel, wie Lorenzo sich wirklich alle Mühe gab, sein Motorrad hinter das Auto zu rollen und in den Kofferraum zu laden. Die Rückbank hatte er weggeklappt und der Wagen war wirklich groß und geräumig. Es gelang ihm gerade so, die Maschine unterzubringen.

»Danke«, sagte Luca. Es hätte ihm das Herz zerrissen sein Baby im Rückspiegel kaputt auf der Straße liegend, verschwinden zu sehen.

Luca lehnte sich an und schloss für einen Moment die Augen. Lorenzo hatte ihn gerettet. Der Gedanke war gerade dabei, in ihn einzusickern, als eine stechende Frage sich meldete: *Was, wenn das auch wieder eine Falle ist? Wenn du gerade vom Regen in die Traufe gerätst? Wer würde denn einfach so nett zu einem völlig Fremden sein?*

Er schluckte und betrachtete Lorenzo unauffällig aus dem Augenwinkel. Er sah ganz normal aus, wie ein ganz durchschnittlicher Typ, und er trug keine Waffe.

»Tut mir leid, dass du wegen mir jetzt nicht zur Arbeit kannst ... oder wo du gerade eigentlich hin wolltest«, sagte Luca, um mehr über Lorenzo herauszufinden.

»Oh, ich habe gerade Urlaub, deswegen ist es nicht schlimm. Ich war drüben bei meiner Mum. Zu Besuch. Gerade wieder auf dem Weg nach Hause. Da kann ich auch eben einen Verletzten und sein Motorrad einsammeln.«

»Und du bist Arzt?«

Lorenzo schüttelte den Kopf. »Nicht direkt. Aber ich habe eine Weile in einer Ambulanz gearbeitet und kenne mich etwas aus. Ich bin eigentlich Lehrer.«

»Lehrer«, murmelte Luca. Klang nicht gerade nach einer Mafia-Laufbahn. Vielleicht hatte er nach dem ganzen Scheiß auch einfach mal Glück.

Eine Weile kehrte Ruhe ein, aber die Zweifel ließen ihn trotz Lorenzos bereitwilliger Antworten nicht los, sodass er immer weiter fragte. Nach seiner Familie zum Beispiel und warum er das Risiko eingegangen war, ihn einfach mitzunehmen, statt auf einen Krankenwagen zu bestehen ... oder einfach weiterzufahren.

Lorenzo atmete aus. »Ich bin keine Gefahr für dich, Luca. Ich weiß, wer du bist, und ich bin ein Freund.«

Bei diesem Geständnis überlief es ihn kalt. Lorenzo war also doch kein bloßer Samariter. Er wusste, wer er war und war deswegen bereit, ihm zu helfen. Dass er ihn anscheinend nicht umbringen wollte, war ja schon mal gut, aber ...

Luca rutschte trotzdem unruhig auf dem Sitz hin und her.

Am liebsten wäre er ausgestiegen und gegangen, aber da war auch noch das Motorrad und dieses verdammte

Schwindelgefühl in seinem Kopf. Im Moment war er auf Hilfe angewiesen. Er konnte nur hoffen, dass Lorenzo das hier tat, um seine Gunst zu gewinnen und nicht, um ihn zu erpressen.

Sie fuhren in die Stadt zurück und Luca versuchte, sich die Straßen zu merken, durch die sie fuhren. Lorenzo parkte den Wagen in einer privaten Garage neben einem Wohnhaus. Es war ein ruhiges Viertel, unaufgeregt, unauffällig.

»Komm, Luca. Langsam. Ich helfe dir.« Lorenzo stützte ihn beim Laufen und sie betraten das Haus durch eine Seitentür innerhalb der Garage. Die Inneneinrichtung war simpel und sauber. Im Wohnzimmer lag ein Teppich mit orientalischem Muster. Die Deckenlampe wirkte ein bisschen kitschig. Ansonsten war alles stinknormal.

Lorenzo breitete eine Decke auf dem Sofa aus, und half ihm dann, sich dort hinzusetzen und die Jacke auszuziehen. Seine Schultermuskeln brannten bei diesen Bewegungen, aber irgendwie schaffte er es doch, das Kleidungsstück loszuwerden. Lorenzo untersuchte ihn mit konzentriertem Blick und vermittelte ihm mit seiner Ruhe und Aufmerksamkeit doch irgendwie, dass er sich um ihn sorgte.

Diese ganze Mühe hätte er sich ja wirklich nicht machen müssen, wenn er vorhatte, ihn in einer Minute mit dem Tod zu bedrohen, oder?

Vorsichtig legte Lorenzo Hand an ihn, bewegte seinen Arm mal in diese, mal in jene Richtung und fragte ihn, ob das wehtat. Luca verneinte.

»Gut, es scheint nur aufgeschürft zu sein. Darum kümmern wir uns gleich.«

Er tastete auch seinen Kopf und den Nacken ab, redete dabei leise mit ihm und erzählte von seiner Arbeit in der

Ambulanz. Die Geschichte schien zu stimmen – oder er war wahnsinnig gut auf diese Rolle vorbereitet.

»Du hast keine Kopfverletzung, aber Schwindel und Übelkeit sind Hinweise auf eine Gehirnerschütterung«, sagte er dann und verschwand kurz. »Du solltest Wasser trinken.« Er drehte eine Flasche auf und stellte ein Glas vor ihn hin, in das er einschenkte.

Luca beobachtete, wie die klare Flüssigkeit hinein lief und erinnerte sich an vergifteten Wein. Er zögerte, roch an dem Getränk, bevor er davon nippte und kostete. Nein, schmeckte normal. Und Lorenzo brauchte ihn auch nicht vergiften – er hatte ihn ja bereits in seiner Hand.

Das Wasser tat gut. Luca trank das ganze Glas aus und schenkte sich selbst trotz schmerzender Arme und Schultern nach, damit er mehr trinken konnte.

Lorenzo kam wieder zu ihm und hatte ein kleines Fläschchen sowie Pflaster und Verbandszeug bei sich. »Ich desinfiziere das, Moment.«

Es brannte wie Feuer, aber Luca biss die Zähne zusammen. Sein Ellbogen glühte und prickelte durch die Berührung mit dem Alkohol, aber es war wohl besser, als eine Entzündung zu riskieren.

Sobald er fertig war, klebte Lorenzo eins dieser großen, eckigen Pflaster auf und befestigte es so, dass es nicht bei der ersten Bewegung wieder abfiel.

»Danke«, sagte Luca. Wobei er fand, dass das Wasser ihm mehr geholfen hatte als das Pflaster.

Lorenzo nickte und musterte ihn von der Seite. Nicht nur sein Gesicht und seinen Ellbogen, sondern auch den Rest von ihm.

»Um sicherzugehen, dass da nicht noch mehr ist, sollten wir dir auch die Stiefel ausziehen.«

Ehrlich gesagt hatte Luca keinen Bock darauf, aber er wusste, dass der Schock einiges verdrängen konnte, also stimmte er zu und ließ zu, dass Lorenzo die Riemen öffnete und ihm die Schuhe auszog.

Dann kniete er vor ihm auf dem Boden und bewegte seinen Fuß locker am Gelenk, fragte wieder:»Tut das weh?« Luca schüttelte den Kopf. Es war ihm unangenehm, dass ein fremder Mann sich so mit ihm beschäftigte.»Alles gut.«

»Okay.«Lorenzo lächelte und stand auf.»Dann scheinst du wirklich glimpflich davongekommen zu sein. Deine Maschine ließ Schlimmeres erahnen.«

Sofort sank Lucas Stimmung wieder in den Keller.»Und der Wichser ist abgehauen. Hat sie demoliert und ist abgehauen.«

»Das ist beschissen«, pflichtete Lorenzo ihm bei.»Es gibt leider eine Menge Ungerechtigkeit in der Welt. Ich kann sehen, dass das Motorrad dir viel bedeutet, aber ich bin trotzdem froh, dass sie der Totalschaden ist und nicht du.«

Luca konnte sein Lächeln nur schmal erwidern. Im Grunde wusste er aber, dass es stimmte. Für Alessia wäre es schlimm gewesen, von seinem Tod zu erfahren. Ja, er war froh, dass er sich nur den Kopf gestoßen und den Ellbogen aufgerissen hatte. Trotzdem ... er fühlte sich gleichzeitig, als hätte er etwas Wichtiges verloren und wusste gar nicht so richtig, was er tun sollte.

Damien würde es ja nur recht sein, dass er die Maschine nicht mehr fahren konnte. Wenn er sich dessen Grinsen nur vorstellte, ballten sich seine Hände zu Fäusten. Die Vorstellung, jemand könnte Freude darüber empfinden, dass sein Motorrad hinüber war ...

»Du siehst unglücklich aus. Kann ich noch irgendwas für dich tun?«

Luca stieß ein freudloses Lachen aus. »Nur, wenn du die Maschine wieder heil zaubern kannst.«

»Tut mir leid.« Lorenzo schüttelte den Kopf.

»Schon gut. Ich hab's selbst verbockt. Ich hätte ihn sehen und rechtzeitig ausweichen müssen. Aber er kam aus dem Nichts. Ich kann mir das nicht erklären.«

»Es gibt an der Straße einige Forst- und Landwirtschaftswege, über die manche Leute fahren. Und wenn die neben der Hauptstraße abfallen, ist es schwer, den Wagen vorher zu sehen. Vor allem bei dieser Geschwindigkeit.«

Es war nett, dass Lorenzo ihm damit die Schuld abnahm, aber viel änderte das nicht.

»Danke nochmal für die Hilfe.«

»Wenn du dich etwas ausgeruht hast, bringe ich dich gerne nach Hause.«

Luca nickte, auch wenn er wirklich nicht 'nach Hause' wollte.

Eine Weile schwieg Lorenzo und sie saßen nur still beieinander, bis er den Fernseher einschaltete. Die Atmosphäre im Raum war recht locker. Luca spürte keine Gefahr. Vielleicht war Lorenzo wirklich ein Freund – oder könnte einer sein.

»In welcher Beziehung stehst du zu Damien?«, fragte Luca nach einer Weile. Das schien ihm das Klügste zu sein. Wenn Lorenzo sich von Damien eine Prämie oder etwas in der Art erwartete, wollte er das wissen. Denn dann würde er Lorenzo darum bitten, eine andere Geschichte über den Vorfall zu erzählen.

Lorenzo gab ein nachdenkliches Brummen von sich. Er stellte den Fernseher leiser und wandte sich ihm zu. »Ich will ehrlich zu dir sein, Luca. Keine Spielchen, meinerseits, okay? Damien macht vielen Menschen Probleme. Seine Organisation unterdrückt und blockiert die Geschäfte anderer. Auf Angebote, zu teilen, geht er nicht ein. Er will alles für sich und er hat eine sehr ... dominante Art, sich durchzusetzen. Früher hat man ihm mal eine gewisse Rafinesse und Subtilität nachgesagt, aber inzwischen löst er die meisten Konflikte mit Waffen. Ich vermisse da ein bisschen den guten Stil, aber ich schweife ab.« Lorenzo musterte ihn. »Du hattest das Vergnügen, ihn zu heiraten. Ist er privat genauso oder ganz anders?«

»Ziemlich genauso«, murmelte Luca. Unterdrücken, blockieren, Konflikte mit Waffen lösen – ja, ja und ja.

»Das hatte ich vermutet. Du hast dir bestimmt etwas anderes für deine Zukunft vorgestellt, bevor dein Vater dich an ihn verschachert hat, oder?«

»Das habe ich.« Lorenzo verstand ihn, und das noch auf eine andere Art als Alessia. Es tat gut, das zu fühlen. Jemanden, der ganz und gar seine Perspektive sah, ohne sich von den Belangen der DeRossis beeinflussen zu lassen. Er warf Alessia das natürlich nicht vor. Aber sie war eben auch in dieses Netz verwoben.

»Den Nachtclub hat er dir weggenommen, oder? Ich war mehrmals dort, aber in letzter Zeit habe ich dich nicht mehr gesehen.«

Luca schnaubte. »Das hat er gleich am ersten Tag gemacht. Direkt nachdem mein Vater ihm die Zusage gegeben hat. Er hat einen Geschäftsführer eingesetzt und mir mehr oder weniger verboten, mich dort blicken zu lassen. Zu gefährlich. Außerdem trinke ich zu viel.«

Dass ihm der Genuss inzwischen sowieso ein wenig vergangen war, behielt er für sich. Er wusste nicht, ob er jemals wieder so gelassen wie früher eine Flasche öffnen und aus ihr trinken könnte.

»Was hat dir an dem Club am besten gefallen?«

Luca überlegte einen Moment. »Die Freiheit, die er verkörpert. Die Musik trägt dich weg. Du kannst tanzen und trinken und Spaß haben, bis tief in die Nacht oder bis früh am Morgen. Das ist als Besucher schon genial, aber wenn dir so ein Ort gehört, dann fühlt sich das nochmal besser an, finde ich. Weil ich anderen diese Freiheit schenken kann.«

Er wusste nicht, ob er es gut erklären konnte, aber Lorenzo nickte. »Ich verstehe. Du bist mit Leidenschaft dabei. So etwas versteht Damien nicht, schätze ich.«

»Da könntest du recht haben. Der Kerl ist eiskalt. Für Leidenschaft bräuchte man Feuer.«

Lorenzo lehnte sich vor und und musterte ihn nochmals. Er schien über etwas nachzudenken. »Wirst du nicht eingehen, wenn du länger unter seinem Einfluss bleibst? Wenn jemand über dich bestimmt, der so wenig versteht, wer du bist und was du brauchst? Und der es dir wahrscheinlich auch dann nicht geben würde, wenn er es begreifen würde?«

Luca befeuchtete seine Lippen. Er fühlte ein Kribbeln im Magen. Seinen Plan zu verraten wäre riskant, aber … Lorenzo würde ihn nicht verraten. Er verstand ihn. Vielleicht ahnte er es sogar schon. Und vielleicht konnte er ihm sogar helfen. Die Worte kamen schnell und leicht aus seinem Mund.

»Ich habe nicht vor, so lange zu bleiben.«

»Das habe ich mir fast gedacht. Du bist niemand, der sich auf Dauer unterordnet. Und das wüsste er auch, wenn er sich mal deine Maschine angesehen hätte. So ein Baby fährt man, wenn man wild und frei sein will.«

Ein Lächeln wuchs auf seinem Gesicht. Es war schön, wie Lorenzo von seinem Motorrad redete. Das erinnerte ihn an Alex. Wild und frei.

»Tue ich dir dann überhaupt einen Gefallen, dich wieder zu ihm zu bringen?«

»Ich muss noch einiges vorbereiten«, erklärte Luca zerknirscht. »Der Unfall hat mich in meinem Plan zurückgeworfen.«

»Hör mal, ähm ... Ich würde dir gerne etwas anbieten. Ich bin ja auch nicht nur Lorenzo. Hinter mir steht auch eine Organisation, Männer und Frauen mit Mitteln. Wir sitzen zwar nicht so wie Damien am Hebel, aber machtlos sind wir auch nicht. Ich kann Dinge für dich tun. Und du könntest im Gegenzug Dinge für mich tun. Eine Hand wäscht die andere. Wenn du möchtest.«

Von einer Sekunde auf die andere fühlte Luca sich wacher. Suchend blickte er in Lorenzos Augen. Wo war der Haken?

»Was für Dinge kannst du tun? Und was soll ich dafür liefern? Ich ... habe keinen allzu großen Einfluss auf Damien.«

»Ich könnte Sachen für dich erledigen, von denen er nichts erfahren soll.«

»Das hört sich gut an. Ehrlich gesagt, habe ich schon vor ihm geplant, abzutauchen. Ich will ganz raus. Raus aus allem.«

»Aus allem? Oh ... du brauchst einen Ausstieg. Eine neue Identität? Ich verstehe. Dann ist es vielleicht einfacher, als ich dachte. Dann musst du gar nicht heimlich etwas gegen Damien aufbauen, sondern nur einige Dinge vorbereiten und dann abhauen.«

»Ja, aber diese Vorbereitungen sind auch schon schwierig genug zu managen. Vor allem, wenn man kein Geld hat und ständig verfolgt wird. Heute bin ich seinen Leuten entkommen und fast draufgegangen.«

»Du hattest ein bisschen Pech. Aber andererseits auch Glück, oder? Immerhin sitzen wir beide jetzt hier.« Er grinste. »Lass mich mal überlegen. Wir brauchen einen Ort, an dem wir uns treffen können. Dein Club wäre gut dafür gewesen, aber den hast du nicht mehr und er will dich dort auch nicht sehen. Wie wäre dann eine Werkstatt? Es wäre nicht verdächtig, einen Motorradfan wie dich regelmäßig dort zu sehen, oder?«

Luca runzelte die Stirn. Das klang so einfach. Aber das war es bestimmt nicht, oder? Lorenzo würde einfach so die Vorbereitungen seines Ausstiegs für ihn treffen? Das wäre perfekt. Damien würde nichts davon mitbekommen.

»Ich habe allerdings kaum eigene Mittel. Ich hatte gerade einen ganzen Batzen investiert.« Er seufzte und knetete seine Finger. »Also ...«

»Du kannst mich anders bezahlen. Deine Währung sind Informationen und ein paar Schubser, wenn ich sie brauche.«

»Schubser?«

»Vielleicht kommt es einmal dazu, dass ich dich bitte, deinen werten Ehegatten auf eine bestimmte Feier zu lotsen oder an einen anderen festgelegten Ort. Es ist so schwer, einen Termin bei ihm zu bekommen ... deine Hilfe hätte da unschätzbaren Wert, verstehst du? Ob du ihn mit Worten überzeugst, oder anders, bleibt dir überlassen.«

Luca runzelte die Stirn. Das könnte zur Herausforderung werden, aber Lorenzos Hilfe war unschätzbar wertvoll.

»Was für Informationen wären das, die du haben willst?«, fragte er weiter.

»Im Grunde alles, was du auftreiben kannst. Am liebsten natürlich über seine Pläne und Termine. Aber auch Insiderwissen über seine Gewohnheiten kann hilfreich sein. Schwächen, Wünsche ... Offiziell ist er unangreifbar, aber das ist nur eine Maske. Auch Damien ist ein Mensch unter dieser Schicht aus Eis. Er hat Punkte, an denen man ihn treffen kann. Und die wüsste ich gerne.«

Luca war sich nicht sicher, wie schnell er an irgendetwas davon herankommen konnte, aber im Grunde spielte ihm das ja in die Karten. Er wollte schon für Alessia und seinen Vater etwas herausfinden, da konnte er auch ein paar Brocken für Lorenzo abzweigen. Zwei Fliegen mit einer Klappe.

»Ich denke, das kann ich machen. Aber es wird etwas Zeit brauchen. Damien ist extrem wachsam. Ich muss es langsam machen und bin noch dabei, sein Vertrauen zu gewinnen.«

Lorenzo nickte. »Natürlich. Du schaufelst dir deinen Weg zu den Informationen, die ich suche und hilfst mir, Damien zu lenken – und ich kümmere mich darum, dass dir eine neue Identität, ein Plan und ein gewisses Startkapital zur Verfügung stehen. Sobald du den Gegenwert dazu erbracht hast, verschwindest du aus der Unterwelt und führst ein freies Leben, so wie du es dir vorgestellt hast. Wie klingt das?«

Luca blickte auf die Hand, die Lorenzo ihm entgegenstreckte.

»Ich ... habe ganz schöne Kopfschmerzen. Kann ich vielleicht einen oder zwei Tage darüber nachdenken?«

KAPITEL 12

Luca

LORENZO HATTE ZWAR nicht begeistert davon gewirkt, dass er nicht sofort eingeschlagen hatte, aber sich dennoch absolut verständnisvoll gezeigt. Wenig später hatte er ihn in Damiens Viertel gefahren und ihm die Adresse der Werkstatt gegeben, die ihr Treffpunkt für spätere Gespräche sein würde. Das Motorrad wollte er auch dort abliefern.

Benommen taumelte Luca über den Gehweg. Er verstand, warum Lorenzo ihn nicht zur Tür hatte begleiten können – trotzdem wünsche er sich jemanden an seiner Seite. Aber es war keiner da, also musste er mit den Zäunen vorlieb nehmen, die hier jedes Grundstück umrahmten. Stück für Stück ging es voran und als er die weiße Fassade und die schmalen Fenster erblickte, durchflutete ihn Erleichterung.

Ja, das Haus war so etwas wie ein Gefängnis, aber es versprach auch Ruhe und Sicherheit. Luca schleppte sich so gut es ging voran. Sein Kopf klopfte und dröhnte und in ihm wuchs eine Übelkeit, die immer mächtiger wurde. Irgendwann musste er stehen bleiben, weil alles sich drehte. Sich sammeln. Da näherten sich Schritte und jemand ergriff seinen Arm, bevor er auch nur zurückzucken konnte. Nicht Damien. Auch kein Angreifer. Es war einer der Angestellten im Anzug. Immerhin kam er ihm zu Hilfe.

So schaffte Luca es ins Haus und in sein Bett. Dort schlief er einfach ein, bekam nur am Rande noch mit, dass der Mann eine Nachricht in sein Handy sprach. Wahrscheinlich gab er dem Suchtrupp, den Damien nach ihm ausgeschickt hatte, Entwarnung.

Als er wieder zu sich kam, hielt er die Augen geschlossen. Sein Kopf fühlte sich besser an, solange er sich nicht bewegte. Die Gedanken tanzten für einen Moment durcheinander, vermischten den Unfall mit Lorenzos Angebot und der Trauer um seine Maschine. Dann ging ihm auf, dass er wieder bei Damien war und sich wahrscheinlich gleich eine ordentliche Zurechtweisung würde anhören dürfen.

Dafür war er noch nicht bereit. Er war erschöpft, durcheinander, traurig und irgendwie auch wütend. Gleichzeitig war da auch Hoffnung, aber ... dieses Chaos überforderte ihn. Er hätte es mit Weiterschlafen versucht, aber sein Magen war so unfassbar leer, dass er wehtat.

Vorsichtig blinzelte er und erschrak, als er Damien direkt neben dem Bett sitzen sah. Damien selbst. Nicht irgendein Angestellter. Er saß einfach da, in seinem pikfeinen Anzug, mit der perfekt dazu passenden Krawatte ... nein, nicht ganz so pikfein, da waren ein paar Knitter im Stoff. Und seine Haare waren durcheinander. Nur ein bisschen, aber auf der Damien-Skala war das immens.

»Du bist wach«, stellte er fest. Es klang überraschenderweise nicht anklagend oder wütend, nicht mal besonders laut oder bedrohlich leise. Nur eine einfache Feststellung, in der sogar so etwas wie Erleichterung mitzuschwingen schien. Aber wahrscheinlich war er nur so neben der Spur, dass er sich das einbildete.

»Wie fühlst du dich?«

Luca war sich sicher gewesen, dass die erste Frage hätte lauten müssen: »Bist du eigentlich des Wahnsinns, meine hochheiligen Regeln zu brechen?« Aber es blieb bei der Erkundigung zu seinem Wohlbefinden.

»Zermatscht«, sagte Luca. »Und hungrig.« Er hustete, um die Heiserkeit aus seiner Stimme zu verbannen.

»Es gab einen Unfall auf der Landstraße unweit der Stadt. Totalschaden an einem Motorrad, dessen Beschreibung mir bekannt vorkam. Der Fahrer des PKW ist flüchtig und der des Motorrads ist für kurze Zeit verschwunden.«

Luca legte sich eine Hand aufs Gesicht, strich sich über die Stirn. Woher wusste Damien das? Woher wusste das überhaupt irgendjemand? Wie lange hatte er nach dem Crash eigentlich auf der Straße gelegen oder gesessen? Wahrscheinlich hatte ihn doch irgendjemand gesehen.

»Du warst in keinem Krankenhaus.«

»Ich wollte nicht. Wollte nicht, dass dir das irgendwie Ärger macht. Dachte auch nicht, dass es so schlimm ist.« Von Lorenzo durfte er ihm nichts erzählen, aber es war auch keine Lüge, was er stattdessen sagte.

Damien schnaubte. »Du wolltest mir also keinen Ärger machen, bist aber mit voller Absicht meinen Leuten entschlüpft.«

Luca stöhnte und berührte vorsichtig mit den Fingerspitzen seine Kopfhaut. Er wollte nicht diskutieren, sich nicht rechtfertigen. Überhaupt nicht reden. Vor allem nicht mit Damien.

Und der ... wollte es anscheinend gerade auch nicht, denn er stand auf und verließ den Raum. Seltsam. Luca entspannte sich und streckte sich ein wenig auf dem Bett aus. Die Decke war warm und weich und das Kissen roch frisch gewaschen. Als er ein wenig daran zupfte, fiel ihm auf, dass Pflaster auf seiner Haut klebten, die vorhin noch nicht da gewesen waren. Lorenzo hatte nur seinen Ellbogen verbunden. Zwei waren um seinen Finger gewickelt, ein anderes haftete am Unterarm.

Luca betrachtete sie. Er hatte vorhin Handschuhe getragen. Bei dem Unfall. Vorsichtig drehte er sich. Bei Lorenzo hatte er die Sachen gewechselt. Hoffentlich bekam er sie wieder, wenn er sich mit ihm bei der Werkstatt traf. Es hingen Erinnerungen an diesen Sachen.

Auf dem Stuhl lagen jetzt das Sweatshirt und die Hose, die Lorenzo ihm überlassen hatte. Woher kamen nochmal die Verletzungen an den Händen? Luca dachte nach, aber seine Kopfschmerzen wurden davon noch unangenehmer.

»Alles beschissen«, grummelte er und wollte sich wieder auf den Rücken legen, aber da fielen ihm die Tabletten auf dem Nachtschrank auf. Zwei Schmerztabletten auf einem kleinen Tablett und daneben ein Glas Wasser.

Während er dieses Angebot noch musterte, näherten sich Schritte. Damien kam zurück. Die Tür klappte und Luca stand der Mund offen. Er hatte Essen dabei! Richtig leckere, warmes, dampfendes Essen.

Der Teller landete zuerst auf dem Schreibtisch am Fenster. Dann zauberte Damien eine Art Minitisch hervor, den er über seinem Körper auf dem Bett abstellte. Mit großen Augen sah Luca dabei zu und setzte sich auf.

Essen im Bett? Das war ja regelrecht romantisch ... im mindesten aber eine sehr rücksichtsvolle Geste. Und das von Damien Valenti.

Luca hätte den Kopf vor Unglauben geschüttelt, ließ es aber sein, um seine Schmerzen nicht zu verschlimmern. Auf dem Teller, den Damien jetzt auf den Bett-Tisch stellte, lagen Spaghetti und die Soße sah verdächtig nach Bolognese aus. Lecker. Damien reichte ihm Löffel und Gabel und Luca schlug sofort zu.

Ohne, dass Damien eine Frage stellte oder irgendein Wort sagte, vertilgte Luca die Mahlzeit. Sein Körper jubilierte. Wahnsinn, wie ausgehungert man sich fühlen konnte. Wie spät war es eigentlich? Hinter dem Fenster war es dunkel und im Zimmer brannte Licht. Aber Luca wollte nicht fragen. Er wollte kein Gespräch beginnen. Er aß einfach nur, stärkte sich, genoss den Geschmack von Nudeln, Tomaten, Hackfleisch und Kräutern. An Käse hatte Damien gespart. Zu schade.

Damien saß auch jetzt bei ihm. Wahrscheinlich wartete er darauf, dass er fertig wurde, damit er ihn befragen konnte. Aber schon das war mehr, als er erwartet hatte. *Rücksicht* und *Empathie* hätte er bisher nicht auf die Liste von Damiens ihn auszeichnenden Eigenschaften gesetzt.

Dennoch wuchs in Luca die Anspannung. Irgendwann musste der Knall ja kommen. Allerdings fand er die Vorstellung schon seltsam, dass Damien ihn ruhig essen ließ, um ihn danach anzuschreien. Nein, wahrscheinlich würde er nicht schreien. Aber ... trotzdem irritierte ihn das alles hier.

Er wischte sich mit der Serviette den Mund ab und legte sie auf den leeren Teller. Dann sah er Damien in die Augen. »Danke für das Essen. Das hat gut getan.«

149

»Die Tabletten sind gegen Schmerzen und Übelkeit.« Damien nahm den Teller weg und deutete auf den Nachtschrank.

Luca nahm das Glas und warf sich die Medikamente in den Mund. Was das betraf, vertraute er Damien. Der setzte sich wieder auf den Stuhl neben dem Bett und sah ihn an. »Hättest du jetzt die Güte, mir zu erzählen, was heute los war?«

Und Luca erzählte. Er erzählte davon, dass er sich nach dem Gefühl des Motorradfahrens gesehnt hatte und deswegen diese Spritztour unternommen hatte. Dass es ein Spiel gewesen war, seine Leute auszutricksen, dass ihn die Unvernunft geritten und die Herausforderung gekitzelt hatte ... und dass er die Freiheit hatte spüren wollen. So ehrlich konnte er sein.

Von dem Handel mit dem Ersatzteil erzählte er nichts, beließ es dabei, dass es eine ausgedehnte Spazierfahrt sein sollte. Dann schilderte er den Unfall – das, was er davon noch wusste, und dass ein Fremder auf er Durchreise ihn eingesammelt, zu sich gebracht und erste Hilfe geleistet hatte.

Damien fragte zwar nach dessen Identität, aber Luca konnte sich mit dem Schock und seine Gehirnerschütterung herausreden, versicherte nur, der Mann habe nichts weiter getan, als ihm zu helfen. Grummelnd musste Damien sich damit zufriedengeben. Wahrscheinlich würde er Nachforschungen anstellen. Luca hoffte nur, dass er dabei nicht auf Lorenzo stieß. Lorenzo, dessen Angebot noch in seinem Kopf herumschwirrte.

So weit hatte Damien such alles in Ruhe angehört. Jetzt fuhr er sich durchs Haar, eine Geste, die Luca sonst nie bei ihm sah. Damien war niemand, der nervös an sich herumzupfte oder so. Er musste wirklich angespannt gewesen sein. Aber er sollte sich da nichts vormachen – es ging dabei sicher weniger um die pure Sorge um sein Wohlbefinden, sondern eher darum, dass er ihn als Werkzeug verloren hätte, wenn er gestorben oder verschwunden wäre.

»Tut mir leid, wenn ich dich mit meiner Aktion beschäftigt habe«, fügte Luca an seine Erzählung an. Damien wirkte im Moment relativ zugänglich, so als würde er tatsächlich zuhören. Vielleicht sollte er das nutzen. »Eventuell wäre es gar nicht passiert, wenn ich nicht so eingepfercht wäre.«

»Motorradfahren ist verdammt gefährlich. Es gibt hunderte Tote jedes Jahr.«

»Und wie viele Schusswaffentote gibt es in deinem Metier jedes Jahr?«

»Ich versuche, die Gefahren zu minimieren. Motorradfahren lässt sich umgehen. Meine Arbeit nicht.«

»Motorradfahren ist meine Leidenschaft. Das gehört zu mir. Verstehst du wahrscheinlich nicht. Zu dir gehört es nur, eiskalt zu sein und in Anzügen zu stecken. Ich kann das nicht einfach sein lassen, nur weil es etwas riskanter ist als Spazierengehen.«

Wahrscheinlich war es unvernünftig, so zu reden, aber es kam einfach aus ihm heraus. Damien bedachte ihn dafür nur mit einem Blick. Er schien heute wirklich nachsichtig gestimmt zu sein.

Luca seufzte tief und wandte den Blick ab. »Sie ist sowieso am Arsch. Sie wird nie wieder fahren. Brauchst dir also keine Gedanken mehr darum machen.«

»Das tut mir leid.«

Luca schnaubte, schluckte die Worte aber herunter, die ihm dazu einfielen. Er hasste es, dass sie hinüber war, und er hasste es, dass Damien so tat, als hätte er sowas wie Empathie. Besaß er überhaupt etwas, das ihm so wichtig war, dass man es vergleichen könnte? Luca fiel wirklich nichts ein.

Eigentlich hatte er sich dafür bedanken wollen, dass Damien sich anscheinend doch irgendwie Sorgen um ihn gemacht hatte. Dass er seine wertvolle Zeit opferte, um sogar bei seinem Bett zu sitzen. Aber er schaffte es nicht. Und wahrscheinlich wäre die Mühe sowieso verschenkt gewesen.

Eine Weile schwiegen sie einander an. Dann sagte Damien:»Wir sind demnächst auf eine Feier eingeladen. Bis dahin schonst du dich. Ich brauche dich dort.«

Er brauchte ihn bei einem Termin. Das erklärte dann auch die Sorgen.

»Alles klar«, sagte Luca so neutral wie möglich.»Ich sage meiner Gehirnerschütterung, dass sie sich bis dahin verpissen soll.«

»Bleib in den nächsten Tagen im Bett, wenn du dich schlecht fühlst. Tabletten liegen in deinem Badezimmer. Ich kümmere mich um alles. Können wir uns darauf einigen, dass du deine Gesundheit bis dahin nicht weiter aufs Spiel setzt? Bitte?« Er betonte das letzte Wort ganz besonders und sein Blick lag ernst und eindringlich auf Luca.

Der seufzte leise. Es war für Alessia. Und für den Plan. Und immerhin hatte Damien sogar 'Bitte' gesagt.

»Klar. Keine Spiele auf dem Fensterbrett, kein Rutschen auf dem Treppengeländer, kein Besäufnis mit deinen Putzmitteln. Roger.«

KAPITEL 13

Luca

NACH EINIGEN UNFASSBAR langweiligen und ereignislosen Tagen war Luca regelrecht dankbar dafür, endlich auf diese Feier zu dürfen, die Damien ihm angekündigt hatte. Die einzige Freiheit, die er sich in dieser Zeit zugestanden hatte, waren seine Träume. Wenn er die Augen geschlossen hatte, war er auf lange Spritztouren gegangen ... am Morgen allerdings war er stets entmutigt und bedrückt aufgewacht, weil es am Ende nie die Realität war.

Inzwischen hatte sich die Sache mit seinem Kopf gebessert. Ihm wurde nicht mehr übel, sobald er sich bewegte und auch die Schmerzen hatten sich nach und nach verflüchtigt. Die Schürfwunden waren ebenfalls größtenteils verheilt. Er war wieder gesellschaftsfähig.

Der Wagen hielt vor einem Gelände, das von einer weißen Mauer umgeben war. Luca fragte sich, was wohl nötig war, um diesen Farbton zu erhalten. Weiße Dinge wurden so schnell grau, selbst wenn man sie pflegte. Wahrscheinlich hatte jemand so viel Geld, dass er es sich leisten konnte, diese Mauern täglich reinigen zu lassen.

Runde Torbögen öffneten sich für sie. Schick gekleidetes Personal begrüßte sie und leitete sie ins Innere der Villa. Es war eins dieser modernen, sehr eckigen Gebäude, bei denen man Angst haben musste, sich irgendwo zu schneiden, weil sie aus so viel Glas und scharfen Kanten bestanden.

Die Teppiche waren cremefarben, darunter graues Holz mit einem leichten Karamellstich. Auf kleinen Tabletts wurde Champagner serviert. Die Gäste waren genauso sauber und gestriegelt wie das Personal.

Zu seiner Überraschung kannte Luca einige der Anzugträger. Es waren Beamte und hohe Politiker. Leute, die auch bei ihm zu Hause manchmal ein und aus gegangen waren. Ein wenig überrascht lächelte und grüßte er sie. Hier vermischte sich seine alte Welt mit seiner neuen.

Deswegen brauchte Damien ihn. Er wollte bei diesen Leuten landen.

Luca tauschte einen Blick mit ihm.

»Bei wem willst du landen?«

Damien leitete ihn zum Rand eines der Salons und neigte den Kopf, damit er leise sprechen konnte. »In letzter Zeit kommen viele meiner Lieferungen nicht mehr durch den Zoll. Meine Sachen landen überraschend oft in den Netzen irgendwelcher Stichprobenkontrollen.«

Interessant. Ob jemand anders an den Schrauben gedreht hatte, um es Damien schwerer zu machen? Wahrscheinlich glaubte Damien nicht an Zufälle.

»Also jemand beim Zoll«, murmelte Luca.

»McMahon steht schon lange auf meiner Liste, aber bisher hat er mich immer höflichst zurückgewiesen.« Gerade in diesem Moment lief besagter Mann durch ihr Blickfeld, allerdings einige Meter entfernt. Er war betagt, sicherlich über siebzig, ein schlanker Herr mit weißem Schnäuzer, der sich immer noch um einen geraden, aufrechten Gang bemühte, obwohl es ihn sichtlich anstrengte. Den edlen Spazierstock in seiner Hand versuchte er, nur wenig zu benutzen.

McMahon. Luca kramte in seinem Gedächtnis. Dann klingelte es. Die Tochter hatte geheiratet und hieß jetzt White. Er kannte deren Söhne. Zwillinge. Mit David hatte er sich früher manchmal Autorennen im Fernsehen angeschaut. Der andere war immer nahe bei seiner Mum geblieben, eher ein ruhiger Jugendlicher.

»Meine Familie pflegt freundschaftliche Beziehungen mit seiner.«

»Ich weiß.« Natürlich wusste er das. Alles reine Berechnung. »Er ist enorm wählerisch mit seinen Kontakten. Ich konnte das Eis bisher nicht brechen.«

»Hast du es mit deinem Blick aus Eis und teuren Geschenken versucht? Wie konnte er deinem Charme da nicht erliegen?«

Damien bedachte ihn bloß mit einem genervten Blick.

»Okay, wir nutzen also meine sympathische Ausstrahlung, um ihn für dich zu gewinnen«, sagte Luca, dem es gefiel, so etwas wie Macht gegenüber Damien zu spüren. Ein Geschäftspartner bei dem sein toller Ehemann nicht hatte landen können? Spannend.

Luca setzte ein Grinsen auf und ging los. Damien schnappte nach Luft, als hätte er dringend noch etwas sagen wollen, verkniff es sich aber und kam ihm nach. Mit wenigen großen Schritten erreichte Luca den Mann.

»Schön, Sie zu sehen, Mister McMahon«, sagte Luca. »Wie geht es Eleanor?«

Der Angesprochene drehte sich zu ihm und wirkte einen Moment lang sichtlich irritiert. Doch die Ansammlung von Falten zwischen seinen buschigen, weißen Augenbrauen löste sich schnell wieder auf.

»Ist das Luca?« Er lachte knapp. »Da schaut man kurz nicht hin und auf einmal sind sie erwachsene Männer.«

Luca schmunzelte und schüttelte McMahon die Hand. »Ich glaube, wir haben uns eine ganze Weile nicht gesehen. Was machen ihre Enkel? Ist David immer noch besessen davon, Rennfahrer zu werden?«

»Nein, zum Glück studiert er inzwischen. Raumfahrt. Das ist beinahe dasselbe.«

Die Stimmung zwischen ihnen beiden war sofort eine angenehme. Allerdings beachtete McMahon Damien auch überhaupt nicht, obwohl der fühlbar nahe bei ihm stand. Ihre Arme berührten sich.

»Mister McMahon, darf ich Ihnen meinen Ehemann vorstellen? Das ist Damien.«

Nun wanderte der Blick aus den etwas glasigen Augen des ehemaligen Zollbeamten doch zu ihm. Luca konnte sehen, wie seine Mimik etwas an Herzlichkeit verlor.

»Ehemann? Dann gratuliere ich Ihnen beiden herzlich.« Er schüttelte Damien die Hand und klopfte Luca auf die Schulter. »Noch eine Sache mehr, die passiert, wenn man kurz nicht hinschaut.«

»Wir sehen uns einfach zu selten«, hakte Luca ein. »Vielleicht sollten Sie mal zu Besuch kommen. Kennen Sie noch meine Schwester Alessia?«

Einige Minuten später hatte er McMahon so weit, dass er zugesagt hatte, ihn und Damien im Valenti-Anwesen zu besuchen, wenn Alessia auch dort war, um einen Kaffee zu trinken. Er versprach, auch seinen anderen Sohn mitzubringen, Vigo, der in der Behörde in seine Fußstapfen getreten war. Als das Gespräch schließlich endete, war Luca zufrieden mit sich. Und Damien seiner Miene nach ebenfalls.

»Das lief besser als erwartet.«

»Besser als *du* erwartet hast. Ich *wusste*, dass er mich mag. Die meisten Menschen halten mich für liebenswürdig.«

Damien rollte mit den Augen, widersprach ihm jedoch nicht. »Gute Arbeit.«

»Warum nur fühle ich mich bei dir immer wie ein Angestellter?« Luca angelte sich ein zweites Glas Champagner von einem der Tabletts, die vorbeigetragen wurden. Auf Damiens Blick hin sagte er: »Ich habe mir ja wohl ein bisschen Alkohol verdient. Du hast bekommen, was du wolltest, fändest du es da nicht fair, wenn ich auch was davon habe, hier zu sein?«

Tatsächlich gab Damien ein Brummen von sich, was Luca als Zustimmung quittieren konnte. Es fühlte sich gut an, sich nicht immer nur unterbuttern zu lassen. Vielleicht würde es öfter so sein, wenn er richtig in das Spiel einstieg. Richtig lernte, seine Karten einzusetzen. Dann könnte er sich öfter so fühlen, wie jetzt. Stark, überlegen. Das war auch eine Art von Freiheit. Eine Geschmacksrichtung davon.

Vielleicht hatten Damien und er doch etwas gemeinsam. Lucas Weg, das zu fühlen war sein Motorrad. Damiens Weg waren Macht und Überlegenheit. Beides sorgte auf seine Art dafür, dass man fliegen konnte.

Er trank seinen Champagner und schlenderte durch die Räume. Jetzt, da sein Hauptjob hier erledigt war, entspannte er sich und sprach ganz locker mit denen, die er kannte. Eine Weile stand Damien noch dabei, aber irgendwann löste er sich von ihm und kümmerte sich um seine eigenen Kontakte. Das war Luca nur Recht.

Für eine Weile fühlte er sich wie ein normaler Mensch auf einer Feier für Reiche und Mächtige. Es war zwar immer noch etwas seltsam, auf einmal richtig dazuzugehören, aber viele der Leute hier gaben ihm nicht das Gefühl, als spiele das Geld oder der Mafiakram eine Rolle. Die Scherze waren dieselben wie früher.

Dann rempelte ihn ein junger Mann an, der sich aber sogleich freundlich entschuldigte und ein Tuch hervorzauberte, mit dem er den verschütteten Champagner von Lucas Jackett zu tupfen versuchte.

»Es tut mir so leid!«, versicherte er und stellte sein Glas auf einen Schrank neben sich. »Ich bezahle die Reinigung.« Dann fügte er etwas leiser hinzu. »Würden Sie kurz mit mir kommen, damit ich Ihnen den Scheck ausstellen kann, Mister?«

Luca schlüpfte aus dem Jackett und legte es sich über den Arm. Dann musterte er den Mann fragend.

»Lorenzo schickt mich.« Noch leiser.

Jetzt verstand er. Und vorhin hatte er noch gedacht, das Spiel langsam besser zu beherrschen ... ihm hätte schon bei dem Rempler klar sein müssen, dass das kein Unfall war. Er nickte kurz und folgte dem Fremden ins Nebenzimmer.

»Haben Sie sich schon entschieden?«, fragte er dann.

Luca zögerte, dann schüttelte er den Kopf. »Ich musste mich erst mal von meiner Gehirnerschütterung erholen. Ich habe die meiste Zeit seit unserem Treffen geschlafen.«

Das war genug Wahrheit, um verschleiern zu können, dass er sich noch nicht sicher war.

Der andere nickte. »Ich verstehe. Können wir denn noch etwas tun, um Ihnen die Entscheidung zu erleichtern?«

»Es wäre gut, wenn er keinen Verdacht schöpft.« Luca war einen Seitenblick auf Damien, der sie gerade ins Auge gefasst hatte und langsam auf sie beide zukam. »Das mit dem Anzug wird er durchschauen.«

Sein Gegenüber lächelte. »Du hast Recht. Aber wir können ihm etwas liefern, das ihn von dem wahren Grund meiner Kontaktaufnahme ablenkt.« Damit trat er näher auf ihn und tat so, als würde er Lucas Kragen richten. »Lächle mich an. Jetzt. Wir flirten miteinander. Vertrau mir.«

Bevor Luca abwägen konnte, ob das eine gute Idee war und wohin das führen würde, reagierte sein Körper einfach. Das Lächeln seines Gegenübers war ansteckend und die plötzliche Nähe zwischen ihnen irritierte ihn.

»Gut so. Okay, ich werde Lorenzo also ausrichten, dass du noch Bedenkzeit brauchst. Kein Problem. Aber vergiss uns nicht.« Die Finger des jungen Mannes spielten an seinem Kragen herum und er war auf einmal so dicht vor ihm, dass Luca kurz befürchtete, der Kerl würde ihn für sein kleines Schauspiel küssen. Doch er tat es nicht.

»Werde ich nicht.«

Lorenzos Abgesandter steckte ihm den ausgefüllten Scheck in die Gesäßtasche. Eine Berührung, die Luca leicht zucken ließ. Noch ein Lächeln. Dann verschwand er. Gerade noch rechtzeitig, bevor Damien sie beide erreicht hatte.

»Was war das gerade?« Er bemühte sich zwar um eine neutrale Stimmlage, aber Luca hörte Zorn heraus. Interessant. Stirnrunzelnd studierte er Damien. War das Eifersucht? Nicht wirklich, oder?

»Er hat Champagner auf meinem Jackett verschüttet.« Luca hob das Kleidungsstück leicht an, das er unterm Arm gefaltet hatte. »Und mir einen Scheck für die Reinigung ausgestellt.«

»Und dazwischen?«

War das der Plan? Es als einen Flirt zu tarnen, damit Damien nicht tiefer nachforschte? Clever.

»Bist du eifersüchtig?«

»Wir haben eine Absprache.«

»Du meinst das Treueversprechen.« Luca grinste. »Aber wir haben doch gar nichts gemacht, Darling. Nur geredet.«

»Lass dich nicht von irgendwelchen Typen einwickeln, die über dich an mich herankommen wollen.«

Nun musste er lachen, obwohl Damien sich so bedrohlich vor ihm aufbaute und eiskalt wie eh und je wirkte. »Denkst du nicht, es könnte auch an meinem guten Aussehen liegen, wenn Leute mit mir flirten? Es dreht sich nicht alles nur um dich. Manche von uns wollen auch ein bisschen Spaß haben.«

Damien verengte die Augen. »Du bist zu leichtsinnig.«

»Und du bist zu kalt.«

Ein halber Schritt und auf einmal stand Damien so dicht vor ihm, dass Luca zurückweichen musste. Aber da war nicht viel Platz. Er spürte die Wand bereits im Rücken.

»Du hast die heißen Stellen nur noch nicht entdeckt«, sagte Damien und stützte einen Arm neben ihn an die Wand. Sein Blick ging tief, und das Funkeln im Eisblau seiner Augen wirkte, als hätte er es von einer Raubkatze gestohlen.

Lucas Nackenhärchen stellten sich auf. Er hatte nicht damit gerechnet, dass Damien die Flucht nach vorn antreten würde. *Er testet dich. Er kennt das Spiel. Er glaubt, dass du dich zurückziehen wirst, wenn er nur genug Druck ausübt. Und dann fällt deine Flirtgeschichte in sich zusammen.* Luca fuhr sich mit der Zungenspitze über die Lippen und hielt Damiens Blick stand. Dieses Mal nicht. Dieses Mal würde er mindestens ein Unentschieden herausschlagen.

»Ist das ein Angebot?« Er legte die Hand an Damiens Gesicht, mutiger als er sich selbst zutraute. Der wich nicht mal zurück, ließ ihn sich anfassen. Luca spürte die Stoppeln seines Dreitagebarts und ließ sich tiefer in seine Rolle sinken. Seine Rolle in diesem Spiel. Hoffentlich merkte Damien nicht, dass er den Atem anhielt, als er den Daumen über seine schmale Unterlippe streichen ließ. Noch immer kein Rückzug. Na gut. Luca grinste und schob ihm Zeigefinger und Mittelfinger zwischen die Lippen, vor und zurück. Dann packte Damien sein Handgelenk und drückte es neben seinem Kopf an die Wand.

Entfernt spürte Lucas das kühle, feuchte Gefühl an seinen Fingern.

»Ich dachte, du wolltest mir eine heiße Stelle zeigen. Warum bist du noch nicht auf den Knien, Darling?« Er wusste nicht, woher er diese Tollkühnheit nahm, aber es hatte wahrscheinlich etwas mit dem Kitzeln in seiner Magengegend zu tun. Es machte zu viel Spaß, Damien zu überraschen. Und hier auf der Feier konnte er auch nicht mit einem Messer an ihm herumspielen ... die Maschine war fort, also fehlte ihm auch dieses Druckmittel. Wenn sie einfach nur zwei Männer auf neutralem Boden waren, konnte er ihn tatsächlich herausfordern. Und es machte sogar Spaß.

»In den Genuss wirst du nicht kommen.«

Diese seltsame Spannung zwischen ihnen hatte etwas von Gefahr, aber sie roch nicht nach Blut.

»Warum nicht? Wir sind doch verheiratet. Es ist quasi deine Pflicht.«

Damien schnaubte und Luca spürte seinen Atem auf dem Gesicht. Sein Herz begann zu wummern ... nein, es klopfte die ganze Zeit schon so laut. Damien war ihm viel zu nah und sein misstrauischer Blick, in dem gleichzeitig eine seltsame Neugier lag, brannte auf seiner Haut.

»Weil du nicht geben kannst, was du einforderst.« Damien neigte den Kopf und auf einmal waren seine Lippen so dicht vor seinen, dass höchstens noch ein Haar dazwischen gepasst hätte. Beinahe konnte er schon den Champagner auf Damiens Mund schmecken. »Ihr Heteros seid alle gleich.«

Nein, das war kein Sieg und auch kein Unentschieden. Damien gewann. Er wusste, wie weit er gehen konnte. Er wusste, wo Lucas Grenzen lagen. Zumindest bis jetzt.

Luca schloss die Augen und lehnte sich vor. Ein bisschen nur. Was war schon ein Kuss gegen das Gefühl des Triumphs? Lippen waren Lippen, oder nicht? Ganz sachte küsste er Damien. Es war kaum der Rede wert.

Zumindest, bis der Mafiaprinz sich regte. Auf einmal war da eine Hand an seinem Kinn, die ihn zwang, den Kopf zu heben. Kalte Finger, aber warme Lippen und eine heiße Zunge, die auf einmal in ihn wollte.

Luca stockte der Atem. Er keuchte überrascht auf, verhinderte aber nicht, was geschah. Damiens Kuss schickte heiße Schauer über seinen Rücken und seine Arme, bis in seine Handflächen hinein spürte er das Kribbeln.

Fuck, konnte er nur denken. *Fuck*.

Der Kerl wusste genau, was er tat. Wie er ihn gegen die Wand drückte, wie er ihn seinen Körper spüren ließ. Wie er ihn in Besitz nahm. Luca fühlte all das und spürte, wie ihm die Knie davon weich wurden. Er hasste diese mühelose Dominanz, die aus diesem Mann herausströmte und seine Sinne vergiftete. Ja, vergiftete. Normalerweise reagierte er so nicht auf Männer. Und die Tatsache, dass es ausgerechnet Damien war, der ihm gerade diese Hitze in den Schoß jagte, wurmte ihn noch mehr.

Der Kuss endete, aber die Nähe nicht. Damien sah ihm wieder in die Augen, dann kurz auf seine Lippen. Bestimmt schlug sich die Hitze, die Luca im Gesicht spürte, auch auf seinen Wangen nieder. Er schluckte.

Wortlos ließ Damien ihn frei und fuhr ihm mit der Hand durchs Haar. Die Geste hatte etwas viel zu Vertrautes, aber wahrscheinlich tat er das nur für das verstohlen zusehende Publikum.

Luca wollte irgendeinen kecken Spruch bringen, aber ihm fiel keiner ein. Sein Kopf war leer. Seine Gefühle umso voller. Scham vermischte sich mit Verwirrung, vermischte sich mit Wut und einem Teil Amüsement. Am Ende kam er zu dem Entschluss, dass er das Spiel immerhin nicht verloren hatte. Er hatte Damien definitiv überrascht, das hatten die ersten Sekunden dieses Kusses gezeigt.

Dann ... hatte er ein bisschen die Kontrolle verloren. Mehr als ein bisschen. Aber bedeutete das, dass er verloren hatte? Bestimmt hatte Damien vermutet, dass er nach ihm treten, sich den Mund abwischen und ihn mit zornigen Blicken durchbohren würde, wenn er ihn zurück küsste. Aber Luca war geblieben, hatte keinen Rückzieher gemacht.

Das war mindestens ein Unentschieden, beschloss er. Der Gedanke räumte das Chaos weit genug auf, dass er es beiseiteschieben konnte. Was er dabei empfunden hatte, war egal. Was zählte, war, dass der Plan aufgegangen war. Damien hatte den Namen auf dem Scheck sicher schon vergessen. Und das war ja alles gewesen, worum es gegangen war.

KAPITEL 14

Luca

LUCA VERSUCHTE, SICH normal zu verhalten. Es war ja auch nichts passiert. Er hatte nur das Spiel gespielt. Trotzdem fühlte er sich etwas befangen, als sie wieder im Valenti-Anwesen ankamen und in die Stille und Dunkelheit des Hausflures eintauchten. *Was, wenn er hier weitermachen will, wo wir aufgehört haben?* In seinem Kopf entfalteten sich alle möglichen Szenarien, aber dann ging doch nur jeder zu seinem Zimmer und klappte mit der Tür.

Luca ging duschen, putzte die Zähne und setzte sich erschöpft aufs Bett.

Nachdenklich berührte der seine Lippen mit den Fingerspitzen. Dieser Kuss war nur eine Art Wetteinsatz gewesen. Nichts Echtes. Nichts Romantisches. Und wenn er sich das beweisen wollte, musste er schleunigst aufhören, darüber nachzudenken.

Am nächsten Morgen gab er sich Mühe, sich normal zu fühlen und sich normal zu verhalten. Damien sprach die Sache nicht an. Er war so still und grummelig wie sonst auch. Das half. Luca schwieg sich durch den Morgen und entspannte sich, als Damien das Haus verließ.

Dann offenbarte sich ihm die eigentliche Herausforderung des Tages: Langeweile. Monströs große Langeweile. Seine Maschine war Schrott. Das, was davon übrig war, konnte er mit etwas Glück in Lorenzos Werkstatt besichtigen, aber ... er wusste erstens nicht, ob er Damiens Leute bitten konnte, ihn dort hinzufahren, ohne dass es zu auffällig wurde und auch nicht, ob er sich überhaupt bereit dafür fühlte.

Das Schrauben fehlte ihm.

So sehr, dass er eine geschlagene Stunde nur auf dem Sofa saß und sich am Handy Fotos und Videos anschaute, von der Zeit als alles noch heil und in Ordnung gewesen war. Himmel, er vermisste sie.

Als ihm das Herz zu schwer wurde, sank er auf die Liegefläche und machte ein Nickerchen, obwohl er gar nicht müde war. Später am Tag putzte er, einfach nur, um irgendetwas zu tun. Dann kümmerte er sich um das Abendessen, damit Damien ihn dahingehend nicht kritisieren konnte.

Nicht dass er eine ausbleibende Mahlzeit als Anlass nahm, um einen Kommentar über die Sache auf der Feier abzulassen. Luca seufzte und kam zu dem Entschluss, dass er sich darauf vorbereiten musste. Das Spiel pausierte sicher nicht, nur weil er es wollte. Das hätte Alessia ihm auch gesagt.

Also ging er mögliche Dialoge durch, während er Hackfleisch briet, Nudeln kochte und Soße anrührte. Was könnte Damien sagen, was würde er erwidern? Wie könnte er ihn treffen? Was wäre unerwartet? Es fiel ihm schwer, sich Gespräche mit dem Kerl vorzustellen. Erstens, weil Damien und er noch nicht allzu viele echte Gespräche geführt hatten und zweitens, weil er sich nur schwer in ihn hineinversetzen konnte. Sein Ehemann war sehr anders als andere Leute, mit denen er sich normalerweise immer umgeben hatte.

Er hätte wohl zu Alessia fahren sollen. Mit ihr zu reden hätte geholfen. Er hatte bereits sein Handy hervorgeholt und den Daumen auf dem Bildschirm, um sie anzurufen, als ihm klar wurde, dass er in dem Fall erzählen musste, dass er Damien geküsst hatte und ... wie sich das angefühlt hatte.

Nein, dafür war er definitiv nicht bereit. Alessia würde lachen und ihn tiefer dazu befragen. Andeuten, ob aus ihrer geschäftlichen Ehe nicht doch noch eine aus Leidenschaft werden könnte. Diese Witze wollte er lieber auf morgen verschieben. Oder auf niemals.

Damien kehrte mit spürbar guter Laune heim. Die Signale waren klein – er war nicht der Typ Mann, der breit grinsend durchs Zimmer tänzelte, aber Luca sah die Hinweise. Eine etwas entspanntere Haltung der Schultern, ein nicht ganz so eisiger Blick, generell eine andere Atmosphäre, die ihn umgab.

Bedeutete wahrscheinlich, dass seine Pläne aufgingen. Gute Entwicklungen seiner Geschäfte. Luca fragte nicht nach. Aber als der Zustand mehrere Tage anhielt, sprach er etwas anderes an: »Mir ist totlangweilig.«

Damien blinzelte und sah ihn an, als hätte er nicht mit so einer Aussage gerechnet.

»Ja, selbst, wenn ich hier die Hausfrau und den Koch spiele. Es gibt hier nichts für mich. Und ich kann auch nicht den ganzen Tag Sport machen. Also wunder dich nicht, wenn ich Ausflüge unternehme.«

»Solange du nicht wieder vom Radar verschwindest...« Luca schnaubte. »Ich bin ein Mensch, weißt du? Kein Hamster.«

»Was soll mir das sagen? Dass du nachtaktiv bist?«

»Hä?«

»Hamster werden gerne als Haustier für kleine Kinder gekauft, obwohl sie dafür recht ungeeignet sind – unter anderem, weil sie nachtaktiv sind und tagsüber ruhen.«

»Also ich ruhe tagsüber nicht. Ich würde gerne irgendwas machen. Aber es gibt hier ja nichts. Abgesehen davon würde ich es bevorzugen, nicht wie ein Haustier betrachtet zu werden.«

»Das mit dem Hamster hast du ins Spiel gebracht.«

»Weil ich mir so vorkomme. Ich bin irgendwo zwischen unbezahlter Arbeiter und Haustier.«

»Okay«, sagte Damien.

»Okay?«

Sein Gegenüber zuckte mit den Schultern.

Am nächsten Tag brach Damien nicht zu seiner gewohnten Zeit zur Arbeit auf.

»Ich verstehe einfach nicht, inwiefern das entspannend oder unterhaltsam sein soll.«

Luca stützte die Ellbogen auf den Tisch und starrte auf das Schachbrett, als würde es ihn persönlich provozieren. Er schob eine Figur vor – irgendeine –, und lehnte sich zurück. »So, fertig. Dein Zug.«

Damien hob eine Braue. »Du hast gerade deinen Läufer geopfert. Für nichts.«

»Opfer sind manchmal notwendig«, konterte Luca mit einem übertrieben bedeutungsschweren Ton. »Große Helden sterben jung.«

Damien bewegte seine Dame. »Und dumme sterben unnötig.«

»Du solltest echt Motivationstrainer werden.«

Luca seufzte, rieb sich über die Stirn und lehnte sich mit dem Stuhl zurück, bis er auf zwei Beinen balancierte. »Wie oft hast du in dem Spiel eigentlich schon gewonnen?«

»Gegen dich?« Damien legte bedächtig eine Figur zur Seite. »Neun von neun. Zehn in wenigen Minuten«

»Richtig gut für mein Selbstwertgefühl.«

»Du bist derjenige, der weiterspielen wollte.«

»Weil ich keine Lust habe, in deinem finsteren Haus an Langeweile zu sterben. Und Netflix hast du ja offenbar auch nicht.«

Damien schwieg.

Luca schielte zu ihm. »Warum eigentlich nicht? Kann ja keine Geldfrage sein.«

»Ich investiere in nützliche Dinge.«

»Zum Beispiel antike Holzspiele, bei denen man nur gewinnt, wenn man sich benimmt wie ein Computer mit Daddy Issues?«

Damien blickte auf und sein Mundwinkel zuckte.

»Wenn du möchtest, dass ich dir helfe, besser zu werden, musst du dich vielleicht etwas netter ausdrücken. Und vielleicht mal ein bisschen nachdenken, bevor du ziehst.«

Luca schnitt eine Grimasse. „Ist mir so egal, wie gut oder schlecht ich Schach spiele.« Das war vielleicht nicht zu hundert Prozent die Wahrheit. Da war schon ein Teil von ihm, der sich wünschte, Damien wenigstens einmal zum Nachdenken zu bringen, wenn er ihn schon nicht schlagen konnte. Zu beweisen, dass er klüger war, als Damien dachte.

Ein kurzer Moment des Schweigens trat ein, nur begleitet vom Ticken der alten Standuhr im Hintergrund.

Dann nahm Luca seinen Springer und setzte ihn mitten ins gegnerische Feld.

Damien blinzelte. »Das ist kein gültiger Zug.«

»Doch. Ich nenne es… den kreativen Vorstoß.«

»Der Springer zieht in einem L. Eins vor, eins seitlich. Du hast ihn gerade wie eine betrunkene Dame bewegt.«

»*Kreative Dame* dann eben.«

Damien lehnte sich zurück, verschränkte die Arme und sah ihn schweigend an.

Luca hielt stand. Dann schob er die Figur demonstrativ wieder auf das alte Feld. »Fein. Du darfst diesmal gewinnen. Aber nur, weil ich gnädig bin und meine revolutionären Spielzüge nicht einsetze.«

Damien beugte sich über das Brett, setzte seinen König um einen Zug – und sagte kühl: »Schachmatt.«

Luca blinzelte.

»Wie ist das überhaupt möglich?«

»Du hast meinen Turm übersehen. Mal wieder.«

Luca starrte das Brett an, dann Damien.

»Du bist wie ein verdammtes Orakel mit Sixpack.«

»Und du bist wie ein wildgewordener Terrier mit Höhenangst.«

Luca grinste. »Terrier ist besser als Hamster, soll ich das als Kompliment nehmen?«

»Nein.«

»Aber es klang beinahe nett.«

Damien schüttelte mit dem Kopf. »Noch eine Runde?«

Entweder machte es ihm mehr Spaß, als er zugab, oder er

erhoffte sich irgendetwas davon. Vielleicht glaubte er, es sei wie beim Sport und er würde damit Lucas geistige Muskeln trainieren.

Luca streckte sich und gähnte. »Nur, wenn du diesmal mit verbundenen Augen spielst.«

»Das wäre zumindest etwas herausfordernder.«

»Ernsthaft?«

»Warum nicht. Aber glaub nicht, dass du mich hereinlegen kannst.«

Luca lachte leise. Das wollte er sehen. Wie Damien sich mit verbundenen Augen ans Schachbrett setzte und seine Züge blind machte. Tatsächlich stand er auf und holte ein Seidentuch. Warum er sowas überhaupt besaß ... er hatte Damien noch nie eins tragen sehen, auch wenn der Kerl sich durchaus recht modisch kleidete.

Er wirkte ernst und entschlossen auf eine seltsam private Weise, als er sich wieder hinsetzte und sich das Tuch über die Augen legte. Eine Weile fummelte er hinter seinem Kopf herum, ehe Luca aufstand und hinter seinen Stuhl trat.

»Moment.«

Damiens Finger wollten nicht sofort von ihrer Arbeit ablassen, aber Luca setzte sich durch und übernahm die Kontrolle über die beiden Stoffenden. Vorsichtig verknotete er sie, wohl darauf bedacht, nicht an Damiens Haaren zu ziehen, und den Knoten weder zu fest noch zu locker zu machen.

»So okay?«, fragte er.

Damien gab ein zustimmendes Brummen von sich und Luca setzte sich wieder hin. Die Figuren standen bereits wieder auf ihren Startpositionen. Weit waren sie zuvor ja sowieso nicht gekommen. Die meisten hatten sich gar nicht wegbewegt.

»Also gut«, sagte Luca. »Ich fange mit einem Bauern an. Wie ein echter Schachprofi.« Er las die Buchstaben und Zahlen am Feldrand ab und sagte Damien die Koordinaten. Der streckte gleich danach die Hand aus und prüfte das Feld, indem er seinen Bauern berührte.

Luca schnaubte leise. »Also Buchstaben und Zahlen vorlesen kann ich noch.«

»Gut«, sagte Damien nur und machte ungerührt seinen eigenen Zug. Er konnte die Ansage machen, ohne die Felder abzulesen, und demonstrierte damit mal wieder ganz subtil seine Überlegenheit. Luca zog eine Grimasse. Das konnte er im Moment ja eh nicht sehen.

Na gut, das war jetzt seine Chance, wenigstens einmal länger als zwölf Züge im Spiel zu bleiben. Konzentriert lehnte er sich vor und massierte sich mit zwei Fingern die Stelle zwischen seinen Augenbrauen.

Vorhin war er zeitig mit dem Läufer vorgeprescht und hatte ihn direkt verloren. Vielleicht sollte er dieses Mal etwas anderes versuchen. Er rückte einen anderen Bauern und sagte Damien den Zug an.

Eine Weile ging es so hin und her und Luca erwischte sich dabei, wie er sowohl das Spiel ernster nahm als auch Damien musterte, in dem Wissen, dass der ihn dabei nicht sehen konnte.

Er studierte die Form seiner Nase, seiner Kiefer, und seiner Lippen, versuchte, auszumachen, was es war, das Damien so ein Charisma verlieh. Aber es schien nicht nur ein bestimmtes Merkmal zu sein, sondern das Zusammenspiel aus Haltung, Körperspannung, Mimik, Gestik und Stimme. Es war Damien insgesamt, nicht nur sein Blick.

Als Damien seine Dame schlug, zögerte Luca einen Moment. Was, wenn er die Dame lautlos um ein Feld verschob und Damien einredete, er hätte sich einen falschen

Standort eingeprägt. Er hatte die Hand schon angehoben, ließ sie dann aber wieder auf seinen Oberschenkel sinken. Erstens waren die Erfolgsaussichten dieser Aktion gering, weil sein Gegenüber bereits bewiesen hatte, wie gut sein Gedächtnis war ... und andererseits wollte Luca nicht schummeln. Der Sieg wäre nichts wert, wenn er ihn so erreichte. Ein kleiner, süßer Moment wäre es sicherlich, Damiens Überraschung und Irritation zu sehen und ihn damit aufziehen zu können. Aber es wäre nicht echt.

Luca ließ zu, dass Damien nach der Figur fasste und sie neben das Brett stellte.

So ging es weiter. Damien gewann die Partie, aber immerhin dauerte sie ein paar Züge länger.

»Schon wieder verloren«, murmelte Luca, als Damien seinen König umkippte, um das Matt zu demonstrieren.

»Etwas besser war es«, erwiderte Damien. Es klang beinahe wie ein Lob.

»Durch die Augenbinde.«

Kopfschütteln. »Die Augenbinde macht mich langsamer. Die Partie lief besser, weil du sie ernster genommen hast.«

Luca verengte die Augen, und taxierte Damien durch die Augenbinde hindurch. »Okay, dann lass mich dir jetzt noch die Hände verbinden.«

»Was?« Damien lachte knapp. »Wie soll ich dann setzen?«

»Mit dem Mund.« Er grinste breit. Die Vorstellung war zu witzig.

»Vergiss es.« Sein Spielpartner schob sich das Seidentuch von den Augen und fuhr sich ordnend durchs Haar. Kurz studierte er das Spielbrett, dann sah er ihn an. Plötzlich wieder dem Blick seiner blauen Augen ausgesetzt zu sein, jagte Luca einen kleinen Schauer über den Rücken.

»Ich muss los.« Damit stand Damien auf und verließ den Salon.

Von jetzt an nahm sich der Hausherr öfter Zeit dafür, mit ihm Schach zu spielen. Es war zwar nicht der Inbegriff der perfekten Freizeitbeschäftigung, aber irgendwie wurden diese Matches trotzdem eine Art Anker, an dem Luca sich festhielt, und der ihm half, nicht wahnsinnig zu werden.

Immer wieder überlegte er, ob heute nicht der richtige Tag wäre, um zu der Werkstatt zu fahren, aber dann befürchtete er doch, dass Damien Verdacht schöpfen und die Situation bei der Feier in einem anderen Licht sehen könnte, wenn er es mitkriegte. Deswegen zögerte er.

Und dann passierte etwas, mit dem Luca absolut nicht gerechnet hatte.

KAPITEL 15

Luca

DAMIEN KAM AN diesem Tag früher zurück. Normalerweise ein Zeichen für besonders gut oder besonders schlecht gelaufene Geschäfte.

»Ich habe gerade erst angefangen«, rief Luca von der Küche aus in den Flur.

»Gut, dann mach den Herd nochmal aus. Ich muss dir etwas zeigen.«

Verwirrt schaltete Luca die Hitze ab und ging zu Damien. Womit sollte er rechnen? Er klang relativ entspannt, aber das konnte auch Berechnung sein. Vielleicht hatte er etwas herausgefunden. Die Wahrheit hinter seinem Ausflug von vor einigen Wochen. Innerlich spannte Luca sich wie eine Bogensehne, suchte nach Hinweisen auf Gefahr in Damiens Mimik, entdeckte aber keine.

Mit einer lockeren Geste winkte er ihn hinter sich her Richtung Garten. Luca folgte ihm, ließ seine Deckung aber nicht herab. Er überlegte bereits, was er sagen könnte, wenn Damien ihn mit seinem Wissen konfrontierte.

Aber als er sah, was hinter dem Haus wartete, vergaß er alles wieder, was ihm eben noch durch den Kopf gegangen war.

»Das ... das kann nicht sein«, sagte er. Sein Hals war trocken und irgendwie fehlte auf einmal die Verbindung von seinen Augen zu seinem Hirn. Er konnte nicht verarbeiten, was er da sah. Seine Maschine. Nein. Dasselbe Modell. Nicht sein Baby, aber ... es war trotzdem ...

Vorsichtig ging er näher heran, so als wäre es im Rahmen des Möglichen, dass das Motorrad nur eine Seifenblase war, die zerplatzen würde, sobald er sie berührte, oder auch nur zu intensiv atmete.

»Dieses Modell ist heutzutage extrem selten. Es wurden nicht viele gebaut. Und wer so ein Baby hat, verkauft es nicht. Deswegen ist es auch so schwer, an Ersatzteile zu kommen. Wie ... wie hast du ...?« Kopfschüttelnd musterte er sie, ehe er sich zu Damien umdrehte.

In seinen Gedanken kreiste nicht nur die Frage nach dem Wie, sondern auch das Warum. Warum hatte er sie hierhergebracht? Warum hatte er sein Geld und vermutlich auch seine Kontakte benutzt, um ihm sein Baby zurückzugeben? Oder ... eben einen Ersatz?

»Es war nicht ganz einfach, aber mit den richtigen Kontakten ist fast alles möglich.« Er zögerte. Luca war sich nicht sicher, ob er die Worte wirken lassen wollte, oder ob ihm irgendetwas an der Situation unangenehm war. »Das Motorrad war dir wichtig und ich nehme an, dass dir der Unfall eine Lehre war.«

Ja, verdammt, die Maschine war ihm wichtig gewesen! Aber er war fest davon ausgegangen, dass es Damien scheißegal war, was ihm wichtig war. Das hier passte nicht dazu. Er hatte sich vielleicht doch getäuscht.

Oder war das keine nette Geste, sondern ein Spielzug? Hing das mit dem Kuss zusammen? Was erhoffte er sich davon, ihm das Motorrad zu besorgen?

»Ich kann es nicht bezahlen. Die Einnahmen aus meinem Club sind ...«

»Es ist ein Geschenk.«

Luca befeuchtete seine Lippen und wandte sich wieder der Maschine zu. Er wollte weiter ergründen, was Damien damit bezweckte, aber der Drang, sie zu berühren war noch größer. Himmel, ihr Verlust hatte ein so tiefes Loch in seine Seele gerissen. Nächtelang hatte er kaum schlafen können und seine Träume waren durchzogen gewesen von den Erinnerungen an sie.

»Das ist verdammt nett von dir«, sagte Luca. »Bist du sicher, dass das nicht an irgendeine Gegenleistung geknüpft ist? Weil das wäre ja die Definition von *Geschenk*.«

Damien schnaubte. »Ja. Du darfst sie sogar fahren.«

»Das wäre meine nächste Frage gewesen.«

»Warum?«, fragte Luca nun ganz direkt. »Was hat dich dazu bewogen?« Er kam zurück zu Damien und sah ihm offen in die Augen. Noch vor einer Weile hatte er das Gefühl gehabt, ihn besser einschätzen, besser vorhersehen zu können. Jetzt aber kam es ihm so vor, als müsse er alles neu bewerten, wieder bei null anfangen.

»Wir brauchen eine bessere Basis. Vertrauen. Gegenseitigen Respekt.«

Luca schluckte. Das klang beinahe, als würde Damien nun doch so etwas wie eine richtige Beziehung zu ihm aufbauen wollen. Aber natürlich steckte darin nichts Romantisches. Es ging um eine Geschäftsbeziehung, vielleicht erweitert um so etwas wie eine kumpelhafte Komponente. Wahrscheinlich hatte er sich seinen Hamstervergleich zu Herzen genommen und erkannt, dass es seinen Plänen helfen würde, wenn er ihm ein besseres Gefühl gab?

Wie auch immer ... Luca wollte für den Moment aufhören, sich die Freude zu zerdenken. Er schüttelte ungläubig den Kopf und wandte sich wieder der Maschine zu. Dann warf er die Arme in die Luft, stieß einen Freudenschrei aus und umarmte das Motorrad. Er hatte nicht damit gerechnet, nie wieder so ein Baby sein Eigen nennen zu können. Damien hatte keine Ahnung, wie viel ihm das wirklich bedeutete.

»Hier.« Auf einmal baumelte etwas vor seinem Gesicht. Damien hielt ihm den Schlüssel hin. Luca blinzelte die Freudentränen weg, die sich in seine Augenwinkel gesetzt hatten, und nahm ihn ehrfürchtig entgegen. »Den Papierkram habe ich drinnen in einer Mappe.«

Er meinte das also wirklich komplett ernst. Er wollte sie ihm überlassen, ganz offiziell. Luca wusste nicht, wie er sich bedanken wollte, und aus dem spontanen Gefühl heraus umarmte er Damien einfach.

Wie einen ganz normalen Menschen. Wie einen Freund.

Er roch Damiens Parfüm und spürte seine Verwunderung. Fast hatte er damit gerechnet, dass Damien ihn wegschieben würde, aber tatsächlich erwiderte er die Umarmung, wenn auch nur knapp.

Lucas Welt war jetzt wieder deutlich heller. Er fühlte einen ganz neuen Schub von Energie in sich, Tatendrang, frische Ideen für seine Pläne und auch mehr Zuversicht. Damien ließ sogar zu, dass er wieder in den Club fuhr, nur als Besucher und mit dem Versprechen, sich nicht zu betrinken, aber hey – er konnte tanzen! Und er tat es. In der Bar und jetzt auch in Damiens Haus.

Natürlich spürte er den eisblauen Blick dabei auf sich, aber statt eines Kommentars ging er einfach zu ihm und zog deinen Ehemann mit sich.

»Hey«, brummte der, und wollte sich losmachen.

»Wenn ich Schach lerne, dann kannst du auch mal deine Hüften lockermachen.«

Die Dinger waren tatsächlich enorm steif. Luca legte die Hände an seine Seiten und brachte ihn dazu, sich zu bewegen. »Schach ist nützlich für deine kognitiven Fähigkeiten. Tanzen ist …«

»Wichtig, falls du mal besonders elegant einem Kugelhagel ausweichen willst.«

Damien schnaubte, wehrte sich aber doch weniger, als möglich gewesen wäre. Luca war schon mit ihm aneinandergeraten, er wusste genau, dass Damien längst in einem anderen Raum sein könnte, wenn er gewollt hätte.

Aber er ließ sich hierzu animieren, blieb bei ihm.

Der Gedanke kribbelte ganz seltsam hinter seiner Stirn. Er hatte bestimmt zwei Tage nicht mehr an den Kuss gedacht, aber jetzt kam die Erinnerung wieder hoch. Jetzt, als sein Körper wieder so nahe vor seinem war, sein Gesicht beinahe in Reichweite.

Es würde natürlich keine Wiederholung geben. Warum auch? Der Kuss war nur ein Wetteinsatz gewesen, ein Beweis, dass er sich traute. Dass er in der Lage war, Damien zu überraschen. Er war immer noch stolz darauf, diesen Kampf nicht verloren zu haben. Aber dass er beinahe jeden Tag daran dachte, machte ihm klar, dass er damit auch irgendwie sich selbst getroffen hatte.

Dass er jetzt darüber nachdachte, es wieder zu tun … war nicht Teil des Plans gewesen. Damien war ein Kerl. Und nicht nur irgendeiner. Ein Mafia-Prinz. Sein verdammter Ehemann. Zu mächtig, um es sich mit ihm zu verscherzen. Und zu stark, um ihn sinnlos zu provozieren. Und sinnlos wäre es auf jeden Fall. Luca wollte keinen Mann küssen. Und erst Recht nicht mehr als das. Wahrscheinlich war er nur zu lange abstinent gewesen und irgendwie hatte es ihn gereizt, Damien aus der Fassung zu bringen. Das hatte aber nichts mit Romantik zu tun. Und auch nichts mit sexueller Anziehung. Ganz sicher.

Aus dem Radio drang irgendein Popsong. Damien trug noch seinen Anzug und die Krawatte, sah aber aus, als sei er auf dem Weg ins Bett – der Knoten war bereits etwas gelockert, was irgendwie verführerisch an ihm aussah.

Nein, nicht verführerisch, nur ungewohnt. Luca tanzte und grinste und drehte sich vor Damien, um ihm zu zeigen, wie es ging und was er drauf hatte. Seinen Blick zu spüren, fühlte sich in diesen Tagen nicht mehr gefährlich an. Entweder hatte er sich daran gewöhnt, oder Damien sah ihn inzwischen anders an.

Nein, nicht mehr gefährlich, im Sinne von Gleich-habe-ich-eine-Messerklinge-am-Bein wie damals in der Küche. Aber als er sich jetzt wieder zu ihm umdrehte und seinen Blick auffing, war da trotzdem ein Prickeln, eine knisternde Anspannung, die ihn kurz die Luft anhalten ließ.

»Hauch mich mal an«, sagte Damien.

Luca lachte knapp. »Ich habe nur ein Bier getrunken. Eins. Ein kleines. Oder hörst du mich lallen? Schau, ich kann ...« Damien griff sein Handgelenk, bevor er ihm vormachen konnte, dass er in einer geraden Linie laufen und problemlos auch auf einem Bein stehen konnte. Er zog ihn zu sich.

»Mach einfach.«

Luca sah ihn die kühlen Augen und tat ihm den Gefallen. Wie genau er da jetzt die Promille feststellen wollte, war ihm schleierhaft und außerdem fühlte er sich bereits nüchterner durch seinen ernsten Blick.

»Ich hab einfach nur gute Laune. Manchmal bin ich dann etwas ausgelassener.«

Er machte sich von Damien los und ging zum Radio, um es auszuschalten. Seine Hand prickelte dort, wo Damien ihn gerade angefasst hatte. Er rieb sich mit den Fingern über die Stelle.

»Ich gehe dann gleich ins Bett, damit ich für unseren Morgensport fit bin«, versprach er und lief die Treppe hoch. Oben angekommen huschte er unter die Dusche und lag bald unter der warmen Decke.

Sein Körper war müde genug, um einen schnellen Schlaf zu garantieren, aber seine Gedanken waren zu wach. Sie schlichen sich ständig zu Damien hinüber. Was hatte ihn geritten, ihn zum Tanzen aufzufordern? Und warum hatte er mitgemacht, obwohl es ihm nicht lag? Hatte das was mit ihren Schachpartien zu tun? Oder mit etwas anderem?

Wieder führte ihn seine Erinnerung zurück zu der Feier in dem modernen weißen Häuschen mit dem Pool davor. Wieder zu der Situation, in der Damien ihm so nahe gekommen war. Als wäre dieser Moment die Antwort auf jede einzelne Frage.

Es war nur Teil des Spiels, sagte er sich wie jedes Mal. Sie hatten beide hoch gepokert und dann ihr Blatt gezeigt. Keine Rückzieher. Mehr war es nicht gewesen.

Oder? Ein einzelnes, kleine, unschuldiges Wort. Zwei Silben. Oder? Oder was? Hatte Damien nicht am Anfang dieser Farce durchscheinen lassen, dass er sich auch ein Eheleben vorstellen konnte? War das Gerede von ihrer Exklusivität mehr als nur Gerede gewesen?

Luca schluckte.

Er hatte den Kuss zwar provoziert, aber ... war Damiens Reaktion nicht mehr gewesen als eine Lektion? Mehr als ein Austesten, wie ernst es ihm damit war?

»Du hättest mich nicht *so* geküsst, wenn es nicht um Eifersucht gegangen wäre« flüsterte Luca in die Stille seines Zimmers hinein. Eifersucht. Und er hatte ihm die Maschine geschenkt. Das Loch in seinem Herzen gefüllt. Einfach so?

Ein Spielzug oder vielleicht doch mehr als das?

Die Blicke beim Sport. Die waren doch eher dazu da, um zu überprüfen, ob er die Übungen korrekt ausführte. Oder? Da war es wieder. Der Zweifel.

Konnte es denn sein, dass Damien Valenti ... ausgerechnet an ihm Interesse hatte? An ihm der nicht mal auf Männer stand. Sein Herz pochte stärker bei dem Gedanken, so als würde er sich einer gefährlichen Wahrheit nähern.

Wahrscheinlich würde er ihn auslachen, wenn er seine Gedanken jetzt lesen könnte. Es war sicher nur Einbildung. Damien war ein eiskalter Geschäftsmann. Die Vorstellung, dass er sich bei irgendetwas von rohen Gefühlen statt von kalter Berechnung leiten lassen würde, kam Luca absurd vor.

Vielleicht ist es Wunschdenken. Vielleicht fühlst du dich mehr zu ihm hingezogen, als du zugeben willst. Luca vertrieb die ketzerischen Gedanken. Damien war ... auf seine Art faszinierend und es reizte ihn, ihn aus der Fassung zu bringen, ihn zu überraschen. Beim Schachspiel, beim Tanzen, überall. Aber das war nur menschliche Neugier. Genau. Es gehörte zu seiner Analyse von Damien Valenti und die Erkenntnisse daraus dienten seinem Plan. Das war alles.

KAPITEL 16

Luca

ES WAR NICHT mehr viel übrig. Das Dach war beinahe komplett in sich zusammengefallen und die Wände schwarz vom Ruß. Es roch nach verbanntem Holz, verkohltem Stein, Asche und Staub. Luca stand still da und starrte auf seinen ehemaligen Club, während um ihn herum Stimmen redeten und von der Straße her der Verkehrslärm langsam anschwoll. Es war früh am Morgen. Der Brand musste begonnen haben, kurz nachdem er heimgefahren war.

Laut Polizei und Einsatzkräften gab es zwei Verletzte. Es war niemand ernsthaft zu Schaden gekommen. Aber der Club war Geschichte. Luca wusste nicht, was er denken, sagen oder fühlen sollte.

Zwar war er in den letzten Wochen nicht mehr so eng mit ihm verbunden gewesen, aber es war eben doch sein

Club gewesen. Etwas, das er aufgebaut und gepflegt hatte. Etwas, mit dem Erinnerungen verbunden waren.

Jetzt war es fort. Genau wie seine alte Maschine.

Das Schicksal schien es gerade auf ihn abgesehen zu haben.

»Du hättest nicht mitkommen müssen.« Das war Damien, der ihm geradezu sanft auf die Schulter klopfte, und sprach, als würde er verstehen, dass es emotional für Luca war.

»Ich musste es sehen.«

»Okay.« Damien entfernte sich wieder, um mit den Leuten zu reden, die sich um die ganze Sache kümmerten. Er hörte das Gemurmel, lauschte aber nicht den Worten selbst. Dafür war er zu benommen.

Hier lag nicht nur ein Stück seiner Vergangenheit in Schutt und Asche, sondern auch seine Einnahmequelle. Der Club war die einzige stetige Geldquelle gewesen, die er hatte. Und damals war es sein Schritt in die Unabhängigkeit gewesen.

Jetzt hatte er nichts mehr. Vielleicht würde die Versicherung etwas zahlen. In dem Fall hätte er vielleicht sogar auf einen Schlag genug Geld, um seinen Plan umzusetzen. Aber wenn nicht ... er wollte nicht zu genau darüber nachdenken.

An diesem Nachmittag fuhr er mit seiner neuen Maschine zu der Werkstatt, die ihm Lorenzo genannt hatte. Damien würde verstehen, dass er an so einem Tag einen Ausflug machen musste.

Tatsächlich hob es seine Laune ein wenig, im Sattel zu sitzen und den Motor zu spüren, doch so richtig lösen konnte er sich von dem Anblick des zerstörten Clubs noch nicht. Vor allem die Erinnerung an den Geruch hielt sich hartnäckig. So rochen zerstörte Träume.

Die Werkstatt sah aus wie jede andere. Sie war mittelgroß und verströmte den Flair von etwas sehr Altem, Bodenständigem. Die Mitarbeiter trugen Latzhosen und rochen nach Öl und Leder, wie es sich gehörte.

Luca schaute sich suchend nach Lorenzo um. Dann warf er einen Blick über die Schulter. Damiens Aufpasser schienen ihm heute nicht ganz so dicht auf den Fersen zu sein. Vielleicht hatte er die Fesseln ein wenig gelockert. Noch so eine Veränderung, die er nicht verstand. Im Moment passierte so viel und er hatte das Gefühl, gar nicht hinterherzukommen.

Drinnen begrüßte ihn ein junger Mann mit raspelkurzen Haaren und Luca fragte nach Lorenzo. Etwas am Blick seines Gegenübers veränderte sich und er musterte ihn genauer, ehe er knapp nickte und ihn zu einer Tür hinüberwinkte.

Mit einem dankbaren Nicken ging er hindurch und fand sich in einem mehr als vollgestopft wirkenden Büro wieder, das eher wie eine Rumpelkammer wirkte. Die Aktenordner in den Regalen pressten sich so fest aneinander, dass Luca daran zweifelte, dass man einen davon herausziehen konnte.

Lorenzo saß hinter dem Schreibtisch. Seine Miene hellte sich sichtbar auf, als er Luca erkannte. »Hey, hallo mein Freund, lange nicht gesehen!« Er erhob sich und schüttelte über den Tisch hinweg seine Hand. Warm und freundschaftlich.

»Hat dich die Trauer über deinen Verlust ferngehalten?«, fragte er mit besorgter Miene.

»Eher die Angst, aufzufliegen«, erwiderte er. »Mein Verlust wurde kompensiert.«

»Oh, das freut mich zu hören. Auch, dass du vorsichtig bist.« Lorenzo deutete auf den Stuhl, der vor dem Tisch stand und Luca nahm Platz.

»Kaffee? Bonbons?« Er schob ihm eine Schale hin, die mit bunten Bonbons gefüllt war, sie aussahen, als seien sie aus Glas.

»Kein Kaffee nötig, danke«, sagte er und ließ auch die Bonbons, wo sie waren. Es war zwar unwahrscheinlich, dass Lorenzo ihn vergiften würde, aber das Erlebnis auf der Hochzeit hatte ihn geprägt. Wirklich entspannt konnte er nur noch in Damiens Haus essen.

»Geht es dir ansonsten gut? Deinem Kopf?«

»Die ersten Tage nach dem Unfall waren anstrengend, aber inzwischen fühle ich mich so gut wie vorher.«

»Sehr schön. Du hattest auch wirklich Glück. Einen Schutzengel, könnte man vermuten.« Lorenzo lächelte ihm aufmunternd zu und blätterte dann in einem Notizblock herum, der vor ihm lag und mit einer kurvigen Handschrift vollgeschrieben zu sein schien.

»Hast du über meinen Vorschlag nachgedacht? Bist du deswegen hier?«

Luca nickte zögerlich. Auf dem Weg hierher war es ihm noch klarer geworden: Er hatte nichts mehr. Und das, was er hatte, hatte er durch Damiens Gunst. Das war zwar freundlich, aber es lag auch eine Abhängigkeit darin, die sich gefährlich anfühlte. Einerseits, weil sie ihm vorgaukelte, stärker und sicherer zu sein, als es der Realität entsprach und andererseits, weil es einen zu Trägheit verleiten konnte. Das wollte er nicht. Sein Ziel war klar: Freiheit, Unabhängigkeit und ein Ausbruch aus den Gefilden der Mafia. Er würde seine Ketten sprengen. Und Lorenzo wusste, wie er sich diesen Wunsch schneller erfüllen konnte.

»Wunderbar. Ich freue mich, dass wir ins Geschäft kommen. Hast du dich übrigens in der Werkstatt umgesehen? So eine könntest du dir aufbauen, wenn du den Absprung geschafft hast. Das wäre sicher genau dein Ding, oder?« Lorenzo lachte. »Also zuerst richten wir dir ein Konto ein und dann führe ich dich in einem meiner Unternehmen als Mitarbeiter. Ich überweise dir jede Woche ein Gehalt. Und Bonuszahlungen, wenn du etwas besonders Gutes beschaffst. Als Anreiz.«

Ein verstecktes Konto – das war ideal.

»Ich muss aber noch wissen, was genau ich tun soll«, erinnerte er Lorenzo, der sich begeistert seinem Computermonitor zugewandt hatte.

»Kleinigkeiten«, versprach Lorenzo. »Ungefährliche Kleinigkeiten. Hier ein Blick, da eine Notiz oder ein Foto. Hin und wieder ein Gefallen außer der Reihe – ich tue ja auch alles für dich, Luca.« Lorenzo lächelte. »Ich habe auch schon jemanden an der Hand, der deinen Ausstieg durchplant. Einen der Besten, darauf kannst du vertrauen. Deine neue Identität wird wasserdicht sein und du verschwindest von der Bildfläche wie das verdammte Bernsteinzimmer. Niemand wird dich wiederfinden.«

Das klang genau nach dem, was er wollte. Und diese Dinge, die Lorenzo dafür von ihm verlangte, würde er schon irgendwie gebacken kriegen. Damien schien ihm langsam zu vertrauen. Es war der perfekte Zeitpunkt.

»Okay, dann sind wir im Geschäft.« Er schüttelte Lorenzos Hand, die deutlich wärmer war als Damiens.

Als er ins Haus zurückkehrte, wollte sein Körper sich ducken. Seine Schultern wollten herabsinken, und sein Rücken sich krümmen. Er wollte sich hineinschleichen wie ein gesuchter Verbrecher. Aber das war genau die falsche Herangehensweise. Wenn Damien nichts merken sollte, musste er sich so verhalten wie immer. Schwierig nur, wenn man irgendwie überzeugt davon war, dass nichts hinter Damiens Rücken passierte. Dass er immer über alles Bescheid wusste. *Tut er nicht,* sagte Luca sich in Gedanken. *Er kennt nicht jedes Geheimnis.*

Damien war nicht allmächtig. Er war stark und hielt viele Fäden in der Hand, aber er war nicht perfekt. Auch nicht in seiner Rolle als Mafiaprinz.

Also versuchte Luca, sich nichts anmerken zu lassen. Er hatte nur eine Spritztour mit der neuen Maschine gemacht. Sie beide mussten sich ja kennenlernen. Und er hatte eine Werkstatt besichtigt – es schadete ja nicht, Kontakt mit anderen zu haben, die sich mit der Technik auskannten. Daran war nichts Verdächtiges.

Und jetzt war er pünktlich wieder zurück, um einen neuen Versuch mit der Pasta zu wagen. Irgendwann würde sie ihm wieder perfekt gelingen. Das wollte er am liebsten noch schaffen, bevor er seinen Abgang machte. Damit Damien einmal in den Genuss kam, das zu schmecken. Als Dankeschön für das neue Motorrad.

KAPITEL 17

Damien

EIGENTLICH LIEF DAS genau in die Richtung, die er anfangs hatte vermeiden wollen. Keine Romantik. Kein Beziehungskram. Erst Recht kein Ausflug in ausgerechnet den Unterschlupf, der als lauschige Hütte in einem Wäldchen stand.

Aber Luca hatte ihn irgendwie dazu überredet. Die Argumente waren nachvollziehbar gewesen. Sie sollten sich die Zeit nehmen, sich noch besser kennenzulernen. Abseits von den täglichen Terminen. Und Luca war ja auch lernwillig. Er hatte in den letzten Wochen und inzwischen Monaten keinen Tag sein Fitnessprogramm ausfallen lassen, erledigte die Aufgaben, die er im auftrug, kochte Essen, das aufwändiger war, als es hätte sein müssen. Er war sogar im Schach etwas besser geworden. Und seine Ausflüge nahmen keine Ausmaße mehr an, über die Damien sich Sorgen machen musste. Sie hatten sich arrangiert. Vielleicht mehr als das. Es kam ihm vor, als ... hätte Luca tatsächlich Interesse daran, mitzuarbeiten.

Das wiederum hatte einen Funken in Damien geweckt. Er war ein Einzelkämpfer gewesen, seit er das Erbe seines Vaters angetreten hatte. Im Gegensatz zu Luca hatte er keine Geschwister, die ihm zur Seite stehen konnten. Von Anfang an war klar gewesen, dass er das allein bewältigen würde. Schon seit er klein gewesen war, hatte man ihn darauf vorbereitet, ihn ausgebildet und abgehärtet.

Aber anscheinend hatte keine der Geschichten seines Vaters über Verrat und Hinterlist, kein Boxkampf und keine Hinrichtung es vollständig geschafft, den Wunsch nach einem Partner auszulöschen. Wahrscheinlich war das einfach zu grundlegend, zu menschlich, als dass er sich das hätte austreiben können.

Wenn es jemanden gäbe, der hin und wieder seine Lasten teilen könnte. Auf den er sich wirklich verlassen könnte ... die Vorstellung davon war wie sanfter Regen auf seiner Haut. Wie ein weiches Bett nach einem harten, langen Tag. Wie selbstgemachte Pasta, nachdem man jahrelang hauptsächlich Müsliriegel und abgepackten Salat mit Putenstreifen gegessen hatte.

Luca hatte ihm bewiesen, dass er nicht nur »Keine Last« sein konnte, sondern vielleicht mehr. Vielleicht ein echter Partner. Mit dem er zufällig verheiratet war. Es wäre perfekt. Wenn er ihm vollständig vertrauen könnte. An dem Punkt knackte es. Damien wusste nicht, ob er das konnte. Ob er es jemals wieder können würde. Und ob er es *sollte*.

Aus dem Augenwinkel musterte er den Mann neben sich. Luca wirkte gut gelaunt, ein Lächeln auf dem Gesicht und wie immer ein wenig unruhig, was er auf seine Vorfreude schob. Damien hatte in den letzten Wochen öfter versucht, ihm ein Pokerface beizubringen, aber es war eben nicht nur sein Gesicht, um das er sich kümmern musste. Luca sprach mit dem ganzen Körper, wenn er etwas fühlte. Und der war deutlich schwerer zu maskieren.

Langsam, aber sicher wurden die Straßen schmaler, bis es nur noch Wege waren. Damien war lange nicht mehr zu diesem Unterschlupf gefahren. Trotzdem ließ er sich noch gut erreichen, wenn man die Strecke kannte. Seine Leute hatten unauffällig dafür gesorgt, dass der Weg nicht zuwucherte. Der Wald war hier so dicht, dass die Sonne nur noch Lichtpunkte auf den Boden warf. Ein paar Sprenkel blendender Helligkeit unter einem kühlen, dunkelgrünen Dach. Damien mochte es hier, aber gleichzeitig fühlte er sich im Wald immer ein wenig ungeschützt. Als könnten sich in den Schatten der Bäume Feinde verstecken, die hinter Häuserecken keine Chance gegen ihn hätten.

Luca ließ den Blick schweifen. In seinem Fall schien das aber nichts mit Vorsicht zu tun zu haben, sondern mit purer Neugier. Damien atmete durch und entspannte sich. Sie waren nicht auf der Flucht.

Natürlich musste er im Grunde immer mit Angriffen rechnen. Wenn für ihn irgendetwas gut lief, gab es immer andere, denen genau das missfiel. Aber es gab zumindest momentan keinen akuten Anlass, ein Fadenkreuz auf ihn zu richten. Außerdem waren ja auch seine Leute da. Er hatte drei Aufpasser mitgebracht, die die Umgebung des Unterschlupfes im Auge behalten würden.

»Das ist ja ein Traum«, sagte Luca, als die Hütte in Sicht kam. Sie besaß ein Steinfundament, war aber ansonsten aus Holz gebaut und fügte sich gut in das Bild des Wäldchens ein. Definitiv der kleinste Unterschlupf in seinem

Repertoire. Es gab nur zwei Zimmer und eine Kammer mit Toilette und winziger Dusche.

Die Fenster waren klein und eckig und mit dunkelgrünen Vorhängen versehen. Damien erinnerte sich an den Geruch, noch bevor sie auch nur aus dem Auto gestiegen waren. Immer ein bisschen muffig, ein bisschen alt, wie aus der Zeit gefallen. Aber genau das war es auch, was ihn irgendwie zu dem Häuschen hinzog. Vielleicht die Erinnerung an frühere – an *sehr viel frühere* – Zeiten, als seine Großeltern noch gelebt hatten. Die Erinnerung war eher ein Schatten als eine wirklich greifbare Sequenz in seinem Kopf.

Sie stapften vom Wagen aus zur Hütte. Luca hatte wie er nur einen Rucksack dabei. Wechselkleidung und Kulturbeutel, das war alles. Sie hatten ja kein Wellness-Wochenende geplant, sondern wollten reden, Zeit miteinander verbringen, sich auf den jeweils anderen konzentrieren.

Klang wie etwas, das ein überbezahlter Paartherapeut vorschlagen würde.

Damien ging voraus, schloss die Tür auf und trat ein. Der vertraute Geruch umhüllte ihn sofort. Die Dielen knarrten ein wenig unter seinen Schritten. Hier und da hing ein Staubfaden. Damien stellte seinen Rucksack auf dem Sofa ab.

Der erste Raum war der größte – eine Mischung aus Wohnzimmer und Küche, mit einem Bücherregal und einigen Kerzen versehen. Außerdem standen hier zwei Schwarzweißfotografien seiner Urgroßeltern. Die hatte er schon fast vergessen.

Luca schloss die Tür und atmete hörbar durch. »Schön hier«, sagte er. »Heimelig.« Sofort öffnete er eine der Türen. »Ah, hier ist das Schlafzimmer.«

»Hinter der anderen ist das Bad«, sagte Damien. »Es gibt keine Führung.«

»Schade. Hoffentlich verirre ich mich nicht.« Luca grinste. »Oh, aber es gibt ein Radio. Wir können also an deinen Tanzkünsten feilen.«

»Es gibt auch Bücher. Du kannst also an deinen Lesekünsten feilen.«

»Dafür sind wir nicht hier«, erinnerte er ihn.

Das stimmte. Aber er wollte dennoch nicht tanzen. Zeit verbringen, sich besser kennenlernen, um einander mehr vertrauen zu können – gut. Aber er wollte nicht unbedingt körperlich noch näher an Luca herankommen.

Seit diesem unsäglichen Kuss hatte er ihn auf dem Radar. Ein Teil von ihm zumindest. Der Teil, der lange nicht mehr zum Zug gekommen war. Aber so war es eben nun. Er war verheiratet und für ihn gehörte zu so einem Bund auch Treue.

Auf die Treue willst du bestehen, aber Liebe ist dir egal, sagte die ketzerische Stimme in seinem Kopf. Nun ja, das war vielleicht oberflächlich ein Widerspruch, aber Liebe war etwas anderes als Sex, deswegen ergab das in seiner Welt dennoch Sinn.

Und Liebe war auch nichts, das man beschließen oder versprechen konnte. Treue schon. Dabei ging es schließlich nur um Disziplin. Eine Eigenschaft, von der Damien ausreichend viel besaß.

»Sind das deine Großeltern? Oder waren die Fotos in dem Bilderrahmen drin, als du ihn gekauft hast?«, fragte Luca, der gerade die Regale unter die Lupe nahm.

Damien wollte sofort erwidern, dass ihn das nichts anging, aber dann besann er sich darauf, dass das albern wäre. Sie waren ja genau deswegen hier. Vertrauen. Gespräche.

Das würde nicht funktionieren, wenn er alles zu verheimlichen versuchte. Er seufzte tonlos.

»Das sind meine Urgroßeltern, väterlicherseits. Ich habe sie nicht kennengelernt.«

Luca nahm eins der Fotos vorsichtig aus dem Regal, drehte sich um und hielt es so in die Luft, als würde er Damien damit abgleichen.

»Du hast dieselbe Stirn und Augenbrauenpartie wie dein Uropa«, stellte er fest. »Genauso aus Stein gehauen. Und genauso gerade.«

Damien wusste nicht, was er darauf erwidern sollte. Deswegen schwieg er einen Moment und spürte dem Gefühl nach, das die Worte in ihm auslösten. Dann sagte er: »Ich habe viel von der väterlichen Seite geerbt.«

»Deine ganze Lebensaufgabe, was?« Luca stellte den Bilderrahmen zurück. »Oder war das deine Wahl? Mafiaprinz zu werden? Hast du als kleiner Junge davon geträumt, die Nachfolge deines Vaters anzutreten?«

Zwar war Lucas Blick offen und er sprach langsam, nachdenklich, als würde er die Fragen wirklich aus Interesse stellen und wie sie ihm gerade einfielen, aber er fühlte sich doch ein wenig verhört.

Damien ging an ihm vorbei in die Küche. Vorgeblich, um nach den Vorräten zu sehen und ob der Strom funktionierte.

»Als Kind hinterfragt man sowas nicht.«

»Hm«, machte Luca. »Ich wusste von Anfang an, dass ich das nicht will. Und die anderen wussten es auch. Es war wohl sehr offensichtlich.«

Damien drehte an einigen Rädchen. Der Ofen sprang an. Alles in Ordnung. In den Vorratsschränken fand er Konservendosen, Nudeln und Reis. Die Gewürze sahen okay aus. Sie würden irgendetwas Essbares damit kochen können.

Und nun? Nun musste er sich mit Luca arrangieren. Seine Fragen beantworten. Oder selbst welche stellen.

»Ich finde es seltsam, dass dein Vater nicht mehr Druck auf dich ausgeübt hat. Ich kenne so einige Familien, die ihre Sprösslinge nicht einfach damit hätten durchkommen lassen, dass sie keine Lust auf die Familienangelegenheiten haben.«

Er schob sich an Luca vorbei, der in die Küche spähte und ging hinüber zum Sofa. Die Fenster waren ihm irgendwie nicht geheuer. Aber wahrscheinlich lag das daran, dass er sich selten in einem Haus so nahe am Boden befand. Sein Herrenhaus stand auf einem recht hohen Fundament, sodass man nicht einfach von der Straße aus hätte in die Räume zielen können.

Aber dafür muss erst mal jemand da sein, der auf dich zielen kann, sagte er sich. Und es war niemand hier. Der Wald lag ganz friedlich da. Damien starrte auf die Bäume, während er Lucas Antwort lauschte.

»Du findest es seltsam, dass man ein Kind oder einen Jugendlichen nicht zwingt, etwas zu sein, das er nicht sein will? Oder an Dingen teilzunehmen, die er nicht erleben will?«

»Kein Kind will erleben, wie Menschen erschossen werden, schätze ich. Im Fernsehen vielleicht, in Videospielen, aber nicht in der Realität, wo es laut ist, wo es nach Blut riecht, wo du ihre Schreie so genau und eindringlich hörst, dass sie dich in deinen wachen Nächten verfolgen.« Er spürte Lucas Blick auf sich, schaute aber weiter nach draußen. »Ein gewisser Zwang gehört dazu, wenn man die Familie zusammenhalten will. Der perfekte Nachfolger wächst nicht von alleine heran. Man muss ihn sich erziehen.«

»Wenn ich Kinder hätte, könnte ich ihnen das nicht antun. Ich würde wollen, dass sie frei und glücklich sind. Ihnen nicht vorschreiben, was sie machen sollen.«

»Das könnte sehr gefährlich für deine imaginären Kinder sein. Je einflussreicher du selbst bist, umso schneller wird dein Nachwuchs zur Zielscheibe, oder zum Druckmittel. Dir bliebe gar nichts anderes übrig, als sie vorzubereiten und in bestimmte Bahnen zu lenken.«

Aus dem Augenwinkel sah er, wie Luca den Kopf schüttelte, aber er widersprach nicht. Nach einer Weile sagte er stattdessen: »Tut mir leid, dass dir das passiert ist.«

»Erziehung?«

»Hinrichtungen. Dinge sehen, die du nicht sehen wolltest. Dinge tun, die du nicht tun wolltest. Jemand werden, der du vielleicht nicht werden wolltest.«

War es das, weswegen sie hergekommen waren? Damit Luca ihn bemitleiden konnte, während er in der Falle saß?

»Ich bin stark geworden«, erwiderte er. »Und jetzt bist du dran. Womit hast du deine Zeit verbracht, wenn sie dich aus allem rausgehalten haben?«

Luca ließ sich auf dem Sofa nieder und erzählte freigiebig von seiner Jugend. Wie er angefangen hatte, sich fürs Motorradfahren zu begeistern, für die Technik, für das Gefühl im Sattel. Er beschrieb ausgiebig die Gerüche, die ihn fasziniert hatten, die Farben, die Leute. Damien hörte zu, aber gleichzeitig driftete er auch ab. Lucas Erzählung klang wie eine Geschichte aus einem Buch oder einer Fernsehserie.

Motorräder bestaunen, Omas Pastarezepte durchstöbern, Streitereien mit der großen Schwester. Das war alles so normal und belanglos, dass Damien sich fragte, wie sie in derselben Welt leben konnten.

Und irgendwie machte es ihn auch wütend, ohne dass er so recht erklären konnte, woran das lag. Vielleicht, weil es sich so ignorant anfühlte. Vielleicht, weil es ihm feige vorkam, dass Luca sich sein Leben lang in Bereichen aufgehalten hatte, die so sicher und beschützt wirkten, ohne je den Preis dafür zu zahlen. Vielleicht war es auch Neid. Neid auf die Nächte, in denen Luca ruhig geschlafen oder von Motorrad-Ausflügen geträumt hatte, während er nicht vom Anblick des toten Gesichts seines Freundes losgekommen war.

»Du kochst«, bestimmte Damien irgendwann ganz unvermittelt.

»Hast du schon Hunger?«

Nein. Er hatte nicht mal Appetit. Aber er konnte diese Gespräche gerade nicht weiterführen. Sein Blick folgte Luca in die Küche und haftete an seiner Silhouette, als er die Schränke durchsuchte.

Der unbeschwerte Jugendliche war erwachsen geworden und obwohl er ihn bereits mit der Realität konfrontiert hatte, der er damals so sehr ausgewichen war, hatte er sich immer noch diesen lässig-frechen Kern bewahrt.

Als Luca irgendeinen Scherz über die Vorräte machte und ihn angrinste, hatte Damien wieder vor Augen, wie provozierend er ihn angesehen hatte, an diesem Nachmittag auf der Feier.

Er hatte keine Sekunde gedacht, dass Luca es durchziehen würde. Diese Story mit dem Flirt. Aber er war nicht davongelaufen. Hatte ihn nicht weggedrückt, keine Flüche oder Beleidigungen ausgestoßen.

Entweder hatte er sich unbemerkt ein besseres Pokerface zugelegt, als Damien ihm zutraute, oder etwas daran
war echt gewesen. An seinen Berührungen. An seinen
Atemzügen. An dem langsamen Schließen seiner Augen.
Bis heute verstand er nicht ganz, was an diesem Tag passiert war. Aber irgendetwas hatte sich entladen. Eine Anspannung zwischen ihnen, eine Anziehung, die gleichzeitig
eine Abneigung war. Distanz, die sich in Nähe verwandelte,
und dann wieder zurück.

Luca hatte ihn damit verwirrt und das allein ärgerte ihn
bereits. Dass er so oft darüber nachdachte, ohne sich sicher zu sein. Ohne zu einem Ergebnis zu kommen. Normalerweise hasste er es, jemanden nicht zu hundert
Prozent durchschauen zu können. Das bedeutete immer
Gefahr. Aber Luca war sein Ehemann. Er war unter seiner
Kontrolle. Damit blieb es irgendwie unangenehm ... sozusagen eine Niederlage, aber immerhin ging davon nicht dieselbe Gefahr aus, als wäre er ein Fremder gewesen.

*Das gehört auch zu unserem Kennenlernen, zu unserem Vertrau-
en,* beschloss Damien. *Herauszufinden, was dahintersteckt. Und
wie weit du wirklich gehen würdest.*

KAPITEL 18

Luca

DAS KOCHEN LENKTE ihn ein wenig ab. In seinem Kopf waren viele unruhige Gedanken, während er die Pfanne schwenkte und den Reis kostete. Die meisten davon befassten sich mit Damien, der Rest mit seinem Auftrag.

Er versuchte, es zu verbergen, und er glaubte, dass es ihm ganz gut gelang, aber es war ein ständiger Kampf. Nicht zu sehr starren, nicht angespannt wirken, nicht zu überdreht – auch das würde ja auffallen.

Seit Damien dem Ausflug zugesagt hatte, fühlte er sich seltsam. Eigentlich hätte er nur erleichtert sein sollen, denn damit hatte er seinen Auftrag erfüllt. Lorenzo würde zufrieden sein. Das Geld würde weiterfließen, sein Plan wurde weiterhin ausgeführt, irgendwann winkte der Ausstieg.

Aber er war nicht erleichtert. Er war gestresst, innerlich angespannt, es fühlte sich wie Angst an. Angst davor, dass

Damien es herausfand und gleichzeitig auch, dass er es nicht herausfand. Dabei hatte Lorenzo ja gesagt, dass es nur um Kleinigkeiten ging. Damien irgendetwas anzutun, war nach seiner Definition keine Kleinigkeit.

Trotzdem ... etwas lag in der Luft und Luca fühlte sich, als hätte er einen Fehler gemacht. *Vielleicht auch nur, weil du zu nett bist. Er hat dir ein bisschen von seiner Vergangenheit erzählt, und jetzt tut er dir leid. Aber die Wahrheit ist, dass er dir im Weg stehen würde, wenn er wüsste, dass du immer noch für deine Freiheit kämpfst. Er wäre doch der erste, der es verhindern wollen würde. Noch vor Alessia und deinem Vater. Du solltest dich entspannen.*

Es war kein Fehler, für seine Freiheit zu kämpfen. Auch, wenn er dafür Dinge tun musste, die sich falsch anfühlten. Sie waren nicht zum Reden hier. Sie waren hier, weil Lorenzo ihn darum gebeten hatte, Damien herzubringen. Dazu zu überreden.

Aber nun musste er die Zeit mit irgendetwas füllen. Mit sich und Damien. Und mit gebratenem Reis. Er hatte ihn mit Gemüse in der Pfanne geschwenkt und ein paar Gewürze darüberstreut. Der Geruch war nicht schlecht und sein Magen knurrte.

»Es ist nicht so gut, wie das, das ich dir zu Hause kochen kann, Darling, aber ich hoffe, du wirst trotzdem zufrieden sein«, rief er ins Wohnzimmer hinüber und teilte die Mahlzeit auf zwei Schüsseln auf. Dann steckte er jeweils einen Löffel hinein und brachte sie hinüber zum Tisch. Zu seiner Überraschung hatte Damien von irgendwoher eine Flasche Bier gezaubert.

Luca hob die Brauen. »Alkohol?«

Damien zuckte mit den Schultern. »Das hier soll doch locker sein.«

Ja, das war ganz nach seinem Geschmack. »Eine Flasche reicht auch eh nicht, um sich abzuschießen. Außerdem ...

bin ich hier bei dir ja auch sicher. Selbst wenn ich komplett abstürze, würde mir ja nichts passieren, oder?«

»Du bist bei mir sicher«, sagte Damien und das war wahrscheinlich das Maximum an Romantik, das Luca erwarten konnte. Er setzte sich neben Damien und wünsche ihm einen guten Appetit.

Sie hauten rein. Nach der langen Fahrt waren sie beide hungrig und das Essen schmeckte gut. Luca hatte nicht an Gewürzen gespart und dieser Wildreis brachte seine ganz eigene Note mit.

Dazu tranken sie Bier und nach einer Weile zauberte Damien eine weitere Flasche hervor. Allerdings nicht, weil Luca so gierig war, sondern weil er selbst Gefallen daran zu finden schien.

Die Stimmung zwischen ihnen lockerte sich. Das leckere Essen hatte den Hunger vertrieben und die Stimmung gebessert. Der Alkohol sorgte für mehr Humor und lockere Mundwerke.

Damien erzählte mehr als sonst. Vor allem von seinen Anfängen als Valenti-Oberhaupt, also aus der Zeit kurz nach dem Tod seines Vaters.

»Ich musste mir Respekt verschaffen. Einigen beweisen, dass ich nicht weniger ernstzunehmen bin, als mein Vater es war. Eigentlich hatte er zu Lebzeiten schon dafür gesorgt, dass man mich respektierte, aber einige wollten mich trotzdem testen.«

»Wie haben sie das gemacht?«

»Manche subtil, manche ganz offensichtlich. Indem sie mich vor Entscheidungen gestellt haben, mir Deals anboten, um zu sehen, wie ich reagiere. Sie wollten wissen, wo meine Loyalität liegt und wo meine Interessen.«

»Aber das ging sicherlich gut für dich aus, sonst würdest du heute nicht da stehen, wo du stehst, nehme ich an.«

»Für mich ging es besser aus als für sie«, sagte Damien und schnaubte. »Konsequent zu sein war eine der ersten und wichtigsten Lektionen, die mein Vater mir beibrachte. Das hat mir geholfen.«

Luca leckte sich den Biergeschmack von der Unterlippe. »Konsequent sein heißt in dem Zusammenhang ... du hast die Männer bestraft, nehme ich an.«

»Es genügte, die beiden hinzurichten, die zu weit gegangen waren. Einer von ihnen war mein eigener Onkel. Darauf war ich vorbereitet. Vater hatte mir erklärt, dass er mein größter Feind werden könnte, sobald er fort sei und er hatte Recht behalten. Er hat andere Familien angestachelt. Nachdem er weg war, kehrte Ruhe ein.«

Eigentlich hätte es Luca nicht überraschen sollen, dass unter denen, die Damien hingerichtet hatte, auch ein Familienmitglied war, aber er musste trotzdem schlucken. Wenn er sich vorstellte, eine Pistole in die Hand nehmen zu müssen, um seinen Vater oder Alessia ... das konnte er nicht. Absolut unmöglich.

»Also stimmen die Gerüchte.«

»Welche meinst du?«

»Dass du skrupellos jeden hinrichtest, der dir in die Quere kommt. Egal, ob Familie, Freund oder Feind.«

»Wer gegen mich arbeitet, ist kein Freund. Er hatte im Geheimen alle Hebel in Bewegung gesetzt, um mir zu schaden. Ich hätte nach und nach alles verloren. Das war dasselbe wie eine Hinrichtung, nur auf eine langsame und unehrliche Weise. Es mit einem einzigen schnellen Schuss zu lösen, ist humaner, findet du nicht?«

Wenn man es so betrachtete, konnte er Damien sogar irgendwie Recht geben. Luca rang sich ein Nicken ab. In der

Welt der Valentis hatte es nur Sieg oder Niederlage gegeben – herrschen oder untergehen. Kein dazwischen. Keine Kompromisse. Langsam verstand er, wie der Mann geformt worden war, der neben ihm saß. Wie er so hart geworden war. Wenn jede kleine Schwäche, jeder Fehler, gnadenlos ausgenutzt wurde und wenn jeder Fehltritt direkt den Absturz bedeuten konnte, dann musste man wohl so rigoros sein, um zu überleben. Um oben zu schwimmen.

»Und jetzt, da wir verheiratet sind, müsste ich dasselbe für dich tun.«

»Was? Was meinst du?«

Damien lehnte sich vor, strich mit den Händen massierend über seine Oberschenkel. Luca sah ihm fasziniert dabei zu. Er hatte ihn noch nie so ... menschlich gesehen.

»Wenn jemand deinem Ansehen schadet, dich in Gefahr bringt, dann müsste er dafür ebenfalls sterben. Weil wir jetzt eine Einheit sind. Ansonsten würden sie eine Schwachstelle darin sehen. Sowieso wird jede Uneinigkeit, die wir offenbaren benutzt werden. Deswegen wollte ich auch nicht, dass du dich mit anderen vergnügst. Das wäre, als würdest du ihnen den Code für die Alarmanlage geben.«

Luca fühlte sich unwohl bei diesen letzten Sätzen. Er hatte Damien bereits ein bisschen verraten. Mit Leuten geredet, die Dinge über ihn herausfinden wollten. Er *war* eine Schwachstelle. Aber auch er musste Entscheidungen treffen. Die Entscheidungen, die die Richtigen für ihn waren. Für seinen Weg in die Freiheit. Auch wenn es ihm gerade nicht mehr ganz so richtig vorkam.

Sein Kopf arbeitete. Er wollte das Thema nicht vertiefen, nicht riskieren, aufzufliegen. Also sagte er das Erstbeste, was ihm dazu in den Sinn kam: »Oh, glaub mir, ich habe mich verdammt lange nicht mehr vergnügt.« Zum Glück war Motorradfahren fast genauso gut wie Sex.

»Braver Junge«, sagte Damien und sah ihn von der Seite her an. »Muss schwer für dich sein.«

»Wieso sagst du das?«

»Ich schätze dich so ein. Du ... bist ein Genussmensch mit viel Energie und Leidenschaft. Das sieht man beim Kochen, beim Sport, beim Thema Musik, und in deiner Beziehung zu deinem Motorrad.«

Luca spürte, wie Hitze in seine Wangen stieg. So von Damien analysiert zu werden ... und auch noch auf eine Art, die sich irgendwie schmeichelhaft anfühlte ...

»Ich ... hatte in letzter Zeit nicht das Bedürfnis, mich nach Frauen umzusehen. Zu viele Veränderungen und Turbulenzen in meinem Leben, mit denen ich erstmal klarkommen musste.«

»Verstehe. Aber du wirst auch zukünftig keine haben können.« Damien hatte sich ein Stück zur Seite gedreht, um ihn besser ansehen zu können und jetzt lag sein Blick so intensiv auf ihm, dass Luca noch unruhiger wurde. Verdächtigte Damien ihn? Hatte er von dem Treffen in der Werkstatt Wind bekommen und nahm an, dass es sich um solche Treffen handelte? Das wäre immer noch besser, als wenn er die Wahrheit kannte, aber ...

»Ich weiß. Ich habe einen Ehemann.« Er rang sich so etwas wie ein schiefes Schmunzeln ab.

Dann fiel ihm etwas auf. In Damiens Miene. In seinem Blick. Er hatte ihn lange genug studiert, um inzwischen mehr in ihm lesen zu können, als andere Leute. Da war viel weniger forschendes Misstrauen in seinem Blick ... nein, eigentlich gar keines. Es war eher ... Neugier. Interesse. Mehr als das.

Lucas Herz schlug schneller. So hatte er das mit dem Sich-besser-kennenlernen nicht gemeint, aber ... wenn er jetzt in Damiens Augen sah und sein Blick zu seinen Lippen abrutschte, dachte er wieder an den Kuss. Und an die vielen Momente zu Hause, im Trainingsraum, wenn er ein wenig zu lange seine Muskeln bei der Arbeit betrachtete. Wenn er seine Schritte auf dem Flur hörte und das Rauschen von Wasser hinter einer Wand.

Irgendwo in ihm war dieselbe Neugier, dasselbe Interesse, das er gerade in seinen Augen sah. Oder vielleicht sogar noch mehr davon. Hinter seiner Stirn prickelte es, als er sich an die Träume erinnerte. Ein oder zwei Mal war er davon aufgewacht ... von Damien in seinen nächtlichen Fantasien. Das hatte er, so gut es ging, verdrängt.

Jetzt kam es ihm so vor, als würde einer dieser verstohlenen Träume Realität werden. Damien und er in einer Waldhütte, irgendwo im nirgendwo. Der Moment schien sein Leben in Zeitlupe laufen zu lassen.

Dann sah er eine Bewegung im Augenwinkel. Irgendetwas im Wald hinter dem Fenster. Unvermittelt legte Luca die Hand an Damiens Gesicht und lehnte sich über ihn. Ihre Lippen fanden sich schnell. So schnell, als habe sein Gegenüber nur darauf gewartet, darauf hingefiebert, dass er genau das tun würde.

Luca handelte, ohne nachzudenken, schob sich auf Damiens Schoß. Was auch immer da draußen gewesen war ... vielleicht nur der Wind, der einen Zweig wippen ließ. Etwas in ihm hatte gerade Angst gehabt. Angst, dass er die falsche Entscheidung getroffen hatte. Angst, dass man ihn belogen hatte.

Oder vielleicht suchte diese Neugier in ihm auch nur eine Ausrede, um zur Tat schreiten zu können. Um Damien näherzukommen, ohne, dass er sich dafür eingestehen musste, dass er es wollte. Dass er einen Mann wollte. Nahe bei sich.

Ja, wahrscheinlich war es eher das.

Es bestand keine Gefahr.

Ein Seufzen drang aus seiner Kehle, als Damiens Zunge in seinen Mund eindrang. Warum machte ihn das so heiß?

Damiens Hand in seinem Nacken, in seinem Haar, wie er ihn zu sich hinunter zwang, als wolle er verhindern, dass er sich ihm wieder entzog, die andere an seinem Oberschenkel.

Lucas Blut wurde wärmer. Seine Lippen pochten. Er küsste Damien zurück. Jetzt war sowieso alles zu spät und er würde mehr erklären müssen, wenn er versuchte, seiner Lage zu entkommen.

Und warum sollte er auch ... fuck ...

Die Hand an seinem Oberschenkel fuhr fest über den Stoff, rieb über die Innenseite, schob sich dann zu seinem Hosenbund, öffnete Knopf und Reißverschluss, alles binnen weniger Atemzüge.

Es musste wahnsinnig umständlich aus Damiens Position sein, aber irgendwie schaffte er es, die Hand unter seinen Bund zu schieben. Als er ihn berührte, merkte Luca erst so richtig, wie scharf er war.

Ein Schmunzeln an seinen Lippen, dann Küsse an seinem Hals, die schnell zu kleinen Bissen wurden. Heiße Schauer liefen ihm über die Schultern. »Zieh die Hose aus und dreh dich um.«

Es mussten magische Worte sein, denn Lucas Körper wollte einfach nur gehorchen. Er stand auf, fühlte überdeutlich, wie weich seine Knie waren. Damien streifte ihm die Hose ab, zog ihn an den Hüften zurück zu sich. Dann saß Luca wieder auf seinem Schoß, mit dem Rücken zu ihm. Es ging verdammt schnell.

Sein Herz raste, pumpte pure Lava durch seine Adern, da war er sich sicher.

Damien schlang beide Arme um ihn. Eine glitt über seinen Oberkörper, hinauf zu seinem Hals, legte sich an seine Kehle, als wolle Damien seine Atemzüge dort spüren. Oder wie sein Kehlkopf hüpfte, wenn er schluckte. Die andere schob sich zwischen seine Beine, umfasste seinen Schwanz und massierte ihn. Fest und präzise, ohne jede Scheu. Ganz Damien. Luca keuchte. Damiens Hand drückte sanft auf seinen Hals. Nicht so fest, dass er nicht atmen konnte, aber doch so, dass er den Druck spürte. Sie waren gar nicht kalt. Das musste das erste Mal sein, dass sie nicht kalt waren. Luca verlor sich in dem Takt, den Damien vorgab. Seine Hüften bewegten sich dem Rhythmus seiner Hand entgegen. Es tat so gut, wie fest er zupackte. Als wüsste er genau, was er gerade brauchte. Stöhnend kam er in Damiens Hand. Die pure Erlösung. Himmel auf Erden. Die warme, kräftige Hand holte alles aus ihm heraus, rieb ihn, bis es anfing, zu schmerzen und Luca sich wand. Dann ließ Damien von ihm ab. Luca wollte aufstehen und sich ins Bad verziehen, aber so weit kam er gar nicht. Seine Beine zitterten zu sehr, sein Körper war absolut noch nicht bereit. Er taumelte zurück gegen Damien, der ihn irgendwie auffing und neben sich auf das Sofa setzte.

Lucas Herz wummerte immer noch und die letzten Ausläufer der Wellen seines Hochgenusses strömten durch seine Venen. Jesus, das hatte so unfassbar gut getan.

Erschöpft hing er auf der Sitzfläche des Sofas und schaute an sich herab. Dann raschelte es neben ihm. Damien hatte eine Box mit Tüchern hervorgezaubert und wischte sich damit die Hand ab. Er hielt sie ihm hin und Luca zupfte sich welche heraus, um sich sauberzumachen.

Fuck, das war wirklich passiert. Wäre es ein Traum gewesen, wäre er bei seinem Orgasmus aufgewacht. Aber er war noch hier und Damien saß neben ihm, war Zeuge dieser ... Sache geworden.

Als ihre Blicke sich trafen, wich Luca reflexartig aus. Als Antwort kam ein Schnauben, dann stand Damien auf und ging.

»Was ... wo gehst du hin?«

»Streng deine Fantasie an.« Damien hatte die Tür des kleinen Badezimmers schon erreicht.

»Warte.«

»Worauf?«

Luca schluckte. Er wusste nicht, was er sagen sollte. Seine Hände kribbelten ganz seltsam und er wusste nur, dass es ihm nicht gefiel, dass Damien wegging. Nun stand er doch wieder auf, aber diesmal waren seine Beine stabiler.

»Lass uns ins Schlafzimmer gehen.«

Etwas an Damiens Blick änderte sich. Die kühle Distanz, die irgendwann nach seinem Orgasmus dort wieder Einzug gehalten hatte, löste sich und etwas Fragendes mischte sich hinein.

Ein langes Zögern. Damiens Hand lag noch auf der Türklinke des Badezimmers. Dann wandte er sich um und betrat den anderen Raum. Luca folgte ihm.

KAPITEL 19

Damien

LUCA VERWIRRTE IHN und das gefiel ihm nicht. Es wäre die richtige Entscheidung gewesen, kurz ins Bad zu verschwinden, den Druck loszuwerden und dann einfach normal weiterzumachen. Stattdessen betrat er nun mit ihm das kleine, gemütliche Schlafzimmer, das viel zu harmlos für das aussah, was gerade passierte.

Er brach seine Vorsätze.

Nach Matts Hinrichtung hatte er sich geschworen, niemandem mehr zu nahe zu kommen. Irgendwann war die Grenze verschoben worden ... One Night Stands waren okay. Nur keine Gefühle, keine echten Beziehungen.

Als er Luca zum ersten Mal gesehen hatte, war er sich sicher gewesen, dass er da eine sichere Wette eingegangen war. Dieser Säufer ... dieser unkontrollierte, wilde Typ. Unmöglich, dass er sich ihm jemals nahe fühlen könnte. Abgesehen davon war der Kerl hetero. Zumindest hatte er das angenommen.

Jetzt stand er mit ihm in diesem Raum mit dem großen Bett. Die Bezüge waren mit Blumenmuster versehen. Unpassender hätte es nicht sein können. Luca war neben ihm, hatte die Tür hinter ihnen geschlossen. Seine Hose hing an seinen Knöcheln. Er wirkte ein wenig verloren.

Damien fuhr sich mit der Hand übers Gesicht. Es war unvernünftig. Verdammt unvernünftig. Er verstieß sonst nie gegen seine eigenen Grundsätze. Aber damals ... damals hatte er nicht in Betracht gezogen, jemals verheiratet zu sein. Jemals in einer Zeit zu leben, in der sein Vater nicht mehr da war.

Vielleicht war das hier die eine Ausnahme. Wenn Luca wirklich sein Partner war, wenn er sich wirklich auf ihn verlassen konnte, wenn sie wirklich zusammenblieben, stark zusammen waren ... dann wäre es perfekt.

Der Gedanke kam ihm naiv vor. So was gab es nicht. Etwas perfektes. Das ganze Leben bestand aus einer Aneinanderreihung von mehr oder weniger beschissenen Situationen. Kompromissen, wie andere es nannten.

Luca bewegte sich und unterbrach damit seinen Gedankenfluss. Er befreite sich von der Hose und ging dann auf das Bett zu. Damiens Blick blieb an seinem Arsch hängen. Gute Vorsätze hin oder her. Er war auch nur ein Mann. Ein schwuler Mann, der lange keinen Sex mehr gehabt hatte. Musste es wirklich ein Fehler sein, wenn er seinen eigenen Ehemann wollte?

Nein, beschloss er. Es kam darauf an, was er daraus machte. Wenn sie zusammenblieben, wenn sie wirklich ... wenn sie dieses Paar sein könnten, würde sie das stark machen. Stärker, als er anfangs erwartet hatte, als er das Ganze nur als Geschäft gesehen hatte. Als er noch davon ausgegangen war, dass er Luca wie einen Angestellten behandeln und kontrollieren würde.

Das hier war ein neuer Weg. Einer, den er nicht in Betracht gezogen hatte und ... seine Feinde womöglich auch nicht. Genau das konnte am Ende ein Vorteil sein. Weil es unerwartet kam. Unerwartet wie Luca selbst.

Damien spürte, wie ein Teil seiner Anspannung aus seinen Muskeln wich und seine Schultern sich lockerten. Okay, wenn sie das hier machten, dann aber richtig. Luca war unerfahren. Er musste ihn führen.

Langsam ging er zu ihm. Unsicherheit stand in Lucas Augen, die sonst immer so selbstbewusst und rebellisch in die Welt schauten. Das gerade eben im Wohnzimmer hatte etwas mit ihm gemacht, hatte eine Barriere niedergerissen, die sonst zwischen ihnen gestanden hatte.

»Zieh mich aus«, sagte er, vertrieb das Schweigen und die seltsame Anspannung.

Luca hob die Hände und öffnete seinen Gürtel. Damien griff nach seinen Handgelenken und führte ihn zu seinem Hemd. »Fang da an.«

Luca leckte sich über die Unterlippe, während seine Finger arbeiteten. Knopf für Knopf öffnete sich und er schob ihm sachte das Hemd von den Schultern. So zaghaft, als hätte er Angst vor ihm.

Damien zog ihm das Sweatshirt aus. Es war bei weitem nicht das erste Mal, dass er seinen nackten Oberkörper mustern konnte. Beim Sport hatte es genügend Gelegenheiten gegeben, auch wenn Damien es sich so gut wie möglich verkniffen hatte, zu genau hinzusehen, wie Lucas Muskeln wuchsen.

»Du hast dich gut gemacht«, sagte er und fuhr mit dem Daumen die Konturen seiner Brustmuskeln nach. Lucas

211

Herz wummerte unter der warmen, weichen Haut. Damien brauchte gar nicht die ganze Hand auflegen, um es zu spüren.

Dann legte er die Hand an Lucas Kinn und küsste ihn. Er machte es sanft, unterdrückte sein Verlangen, auch wenn er Luca am liebsten sofort auf die Matratze gedrückt hätte. Er war bereit, es langsam zu machen. Für Anfänger. Das war er von Luca ja schon in anderen Bereichen gewohnt.

Etwas Mut schien zurückzukehren. Lucas Küsse wurden schnell verspielter, fordernder. Damien griff nach unten und öffnete seine Hose. Er ließ sie hinabgleiten und trat aus ihr heraus, ohne von Luca abzulassen.

Ihre Körper berührten sich kaum. Nur die Hände, die Gesichter. Warmer Atem brandete gegen seinen Mundwinkel, als Luca sich kurz vom ihm löste. Seine Hitze war überall. Es fehlten nur Zentimeter, um Haut auf Haut zu spüren, aber er übertrat die Schwelle nicht, während er an ihnen beiden hinabschaute, die Stirn an Damiens Halsbeuge gelegt.

Er hatte keine Ahnung, was in Luca vorging. Was er dachte, was seine Ängste waren. Vielleicht, dass es *noch schwuler* werden würde, wenn sie sich jetzt anfassten? Der Gedanke brachte einen seiner Mundwinkel zum Zucken.

»Was amüsiert dich?«, fragte Luca und strich über seinen Arm. Eine leichte, beinahe kitzelnde Berührung. Die Finger zogen die Rundungen seiner Muskeln nach, glitten dann hinüber zum Schlüsselbein und von dort aus hinunter.

Damien konnte vor sich sehen, wie Luca Frauen angefasst hatte und wie er gerade versuchte, sich in dieser anderen Sphäre zurechtzufinden. So ganz ohne Titten.

»Nur die Tatsache, dass wir jetzt doch noch so etwas wie eine Hochzeitsnacht bekommen.«

Luca stieß den Atem aus. »Glaub mir, ich habe am wenigsten damit gerechnet.« Er kam näher, küsste seinen Oberkörper. Damien strich ihm über den Rücken. Diese langsame Annäherung sorgte dafür, dass sich die Härchen auf seinen Armen kribbelnd aufstellten. Jedes einzelne. Die letzten Male waren ausnahmslos schnelle Nümmerchen gewesen. Hose runter und los. Hastig und auf das Wesentliche beschränkt. Effizient, hätte man sagen können.

Das hier war ... wie ein Genussmensch es tun würde. Luca.

Und es war, wie Matt es getan hatte. Der Gedanke wälzte Steine von alten, verschütteten Erinnerungen, die tief in seinem Bewusstsein vergraben lagen. Und er räumte Gefühle frei, die weggeschlossen waren. Unerwünscht.

Damien packte Luca und warf ihn aufs Bett.

Das mit Matt war Vergangenheit und auch dieser Schmerz gehörte dorthin, sollte lange fort sein. Vergessen. Vergraben. Genau wie seine Schuldgefühle.

Den Fragen, die plötzlich seinen Kopf bevölkerten, wollte er die Knarre an den Kopf halten, damit sie endlich schwiegen. Aber Fragen ließen sich von so etwas nicht beeindrucken.

Würde er noch leben, wenn du umsichtiger gewesen wärst?

Wie wäre er heute?

War er am Ende wütend auf dich oder hat er es verstanden?

Wird Luca genauso für deine Entscheidungen büßen?

Was wirst du tun, wenn er zum Ziel wird? Ihn opfern, um deine Unabhängigkeit zu beweisen?

Angespannt blickte er auf den Mann unter sich, studierte den leicht trotzigen Ausdruck in Lucas Gesicht, der wohl versuchte, seine Angst zu verbergen, so wie er versuchte, seine Gedanken abzuschalten.

Er stürzte sich in einen weiteren Kuss, ließ sich ablenken von Lucas süßen Lippen und seinen kecken Zähnen. Damiens Hände gingen auf Wanderschaft, erspürten Lucas Brust, die sich unter hitzigen Atemzügen hob und senkte, spürten sein Herzklopfen im Inneren, spürten seine Rippenbögen, als er die Finger tiefer gleiten ließ und er sich ihm entgegen bog wie eine Katze, die gekrault werden wollte.

Ganz ganz langsam begrub er die Erinnerung an Matteo unter den vielen kleinen Eindrücken, die Luca ihm schenkte, und musste sich trotzdem mit Macht an der Realität festklammern, um nicht direkt wieder in die Vergangenheit zu krachen.

»Ist alles in Ordnung? Du siehst so ... angestrengt aus. Genervt.«

Damien wollte sich selbst ohrfeigen. Ausgerechnet jetzt versagte sein Pokerface.

»Mit Jungfrauen ist es ja auch anstrengend«, murmelte er halbherzig zurück.

»Ach ja?«

»Ja.«

»Tja, dann bringen wir es besser schnell hinter uns, damit ich keine mehr bin.« Lag da eine Spur von Verletzung in Lucas Blick oder bildete er sich das ein?

»Romantik wieder 10 von 10 heute«, brummelte er weiter und Damien griff nach seinem Schwanz, um ihn ruhig zu stellen.

Ein Seufzen kam ihm entgegen. Luca war schon wieder bereit für mehr. Er entspannte sich unter ihm und räkelte sich in den Laken. Damien nahm die andere Hand für sich selbst. Für ein paar Sekunden kniete er einfach nur über ihm, massierte ihn und sich und genoss den Moment. Dann regten sich die unerwünschten Gedanken wieder und trieben ihn vorwärts. Wenn er Dinge tat, vergrub er sich weniger tief in sein Inneres. Luca brauchte seine Aufmerksamkeit, das war gut, um ihn abzulenken. Der Sex würde ihm den Kopf schon freipusten.

Er ließ von sich selbst ab und lehnte sich hinüber zu dem Nachtschrank. Das Gleitmittel dort benutzte er sonst nur zum Wichsen, schließlich hatte er in seinen Safehouses sonst nie Besuch. Jetzt hatte er einen Ehemann.

Einen Ehemann, der das hier noch nie gemacht hatte.

Aus großen Augen sah Luca ihm zu, wie er die Tube öffnete und etwas Gel auf seinen Fingern verteilte. Wortlos führte er die Hand zwischen Lucas Beine und schob sie dahin, wo die Feuchtigkeit gebraucht wurde.

»Das ist kalt.«

»Wird gleich warm.« Routiniert verteilte der das Gel. Luca zuckte leicht unter der Berührung. »Willst du das hier wirklich, oder willst du mir nur irgendetwas beweisen?« Er hatte eigentlich nicht mehr reden wollen, aber irgendetwas in Lucas Anblick trieb ihn dazu.

Luca stützte sich auf die Ellbogen und sah ihm offen in die Augen. Sein Gesicht wirkte erhitzt, die Augen ein wenig fiebrig. Sein Mund wirkte verspannt, so als würde er voreilige Worte zurückhalten. Oder als müsse er sich selbst erst überwinden, bestimmte Dinge auszusprechen.

»Ich hätte es bis vor einer Weile selbst nicht geglaubt«, gab er leise zu. »Aber ich will es.« Da war wieder dieser Hauch von Verletzlichkeit, der manchmal durchschimmerte. Vermischt mit einer Spur Trotz – was Damien si-

215

gnalisierte, dass Luca auf eine dumme Antwort vorbereitet war. Auf irgendeinen gemeinen Spruch über Heteros oder Jungfrauen oder etwas in der Art.

Aber Damien war nicht danach. »Gut.« Er schob einen Finger in Luca hinein. Nur einen. Ganz sanft. Anfängerprogramm.

Lucas Augen weiteten sich leicht, aber er wich nicht zurück. »Es wird ... noch seltsamer als das, oder?«

Damien schnaubte. »Es wird hauptsächlich größer.«

»Ich sehe es.«

Er nahm einen zweiten Finger dazu, verteilte das Gel und übte Druck gegen Lucas Inneres aus. »Entspann dich. Es wird nur funktionieren, wenn du locker bist.«

»Ich bin ein Meister des Zen«, murmelte Luca und stellte die Beine neben ihm auf. Zu Damiens Belustigung gab er als Nächstes ein leises »Ommm« von sich – vermutlich seine Vorstellung von einer Entspannungsmeditation.

Vielleicht brauchte er diese kleinen Albernheiten, um mit seiner Nervosität umzugehen. Damien ließ ihm das. Er nahm ein Kondom aus der Schublade und rollte es über seinen Schwanz. Dann brachte er sich in Position, schob seine Spitze gegen Lucas Eingang und verharrte dort.

Die Scherze hatten aufgehört. Luca zog die Unterlippe zwischen die Zähne und eine kleine Falte bildete sich zwischen seinen Augenbrauen. Die wenigsten Menschen konnten sich auf Kommando entspannen. Aber man konnte nachhelfen.

Langsam lehnte Damien sich über ihn, sorgsam darauf bedacht, sein Becken nicht zu bewegen. Keine Gewalt, nur ein Herantasten.

Seine Lippen fanden Lucas. Der Kuss fühlte sich zittrig an. Lucas Atem bebte spürbar. *Ich will es.* Damien küsste seinen Kiefer, dann seinen Hals, die Stelle hinter seinem Ohr.

Mit einem Arm stützte er sich ab, mit dem anderen streichelte er Luca.

Er wollte zwar nicht daran denken, wann und mit wem er es zuletzt auf diese Art gemacht hatte – auf diese langsame, intensive Art, bei der man sich überall berührte – aber es gefiel ihm, es wieder zu tun. Sex wirklich zu einer Begegnung zu machen, zu einem Genuss ... es nicht zu einem reinen Stress-Abbau-Werkzeug zu degradieren.

Lucas Aufregung zu spüren, das Klopfen in seiner Brust, das Zittern der Hände, die seinen Rücken streichelten, das langsame Nachgeben dort unten, wo sie sich trafen ... Das waren so einfache Dinge, doch in diesem Moment wurden sie seine ganze Welt. Luca. Luca. Luca.

Damien entfuhr ein leises Stöhnen, als er eindrang. Luca war eng und heiß und die Aufregung, die Sensation des Neuen, die ihn gerade überkommen musste, übertrug sich direkt auf Damien.

»Fuck.« Ein geflüsterter Fluch an seinem Ohr. Dann ein leises Wimmern. Damien verteilte noch mehr Küsse auf seiner Kehle. Die Stelle, an der man alles spürten konnte ... den Atem, der hindurchfloss, den Puls, der wie verrückt klopfte, die Anspannung ... Die Stelle, die manche am liebsten durchschnitten, wenn sie ein Exempel statuieren wollten, weil es einen so dramatischen Effekt hatte.

Ein Teil von Damien liebte es, seinem Gegenüber beim Sex die Luft abzudrücken, aber jetzt gerade verbot er es sich. Luca hatte mit genug wilden Gefühlen zu kämpfen. Sein Schwanz allein reichte, um seine Atmung flach und rau zu machen.

Er beließ es bei den Küssen, während er bis zum Anschlag eindrang.

Luca atmete schwer. Ein Teil davon war sicherlich Schmerz, aber sein Schwanz war die ganze Zeit hart. Damien hatte nicht aufgehört, ihn zu streicheln. Es war so, wie er es gesagt hatte: Er wollte es.

In den ersten Sekunden war es der langsamste, vorsichtigste Fick der Welt. Ihm war verdammt heiß. Sein Schwanz verstand nicht, warum er sich selbst so quälte, aber das hielt Damien nicht davon ab, genau so weiterzumachen, bis Lucas Körper sich an ihn gewöhnte.

Dieser Körper, den er auch mitgeformt hatte, indem er Luca zum Training motiviert und angeleitet hatte. Ja, sie waren verbunden, auf eine Art, die nichts hiermit zu tun hatte. Hatten sich gegenseitig geformt, ... das musste er sich wohl eingestehen. Irgendwie hatte Luca auch ihn verändert. Sonst wäre das hier überhaupt nie passiert.

Er merkte, dass er ruppiger wurde, bremste sich wieder.

Es war kein Fehler. Er beschloss einfach, dass es keiner war.

Luca war nicht Matteo. Und sie beide waren zwei erwachsene Männer, stark und erfahren genug, um am Leben zu bleiben. Gemeinsam. Er würde alles dafür tun.

Er ließ los. Damien spürte den Moment ganz genau, und als er das tat, schien auch Luca sich mehr fallen lassen zu können. Ihre Körper bewegten sich miteinander, ihre Hitze vermischte sich, ihre Stimmen füllten das kleine Schlafzimmer.

Luca hielt sich an ihm fest, wand sich in den Laken, schwitzte und stöhnte und drängte sich ihm entgegen. Hungrig, genüsslich und voller Leidenschaft. Keine Zweifel in seinem Gesicht, keine Fragen auf seinen Lippen. Nur pure Hingabe.

Und Damien gab ihm dasselbe zurück. Nur für eine Weile. Nur für einige gefährliche, zerbrechliche Sekunden.

Keine Kontrolle, nicht der Druck, alles in der Hand zu haben, alles zu überblicken, immer die Oberhand zu haben. Kein Zwang, alles zu durchdenken, jedes Szenario im Vorfeld dreimal durchgespielt zu haben, kein Misstrauen, keine Angst.

Dann zersplitterte diese Welt aus Kribbeln, Hitze und Schweiß. Sein Höhepunkt traf ihn mit einer Wucht, die Damien nicht erwartet hatte, die er gar nicht mehr kannte. Sein ganzer Körper prickelte, das Gefühl reichte bis in die Haarwurzeln.

Schwer atmend lag er auf Luca, der nur Sekunden vorher erneut in seiner Hand gekommen war. So gut ... es war so verdammt gut, dass Damien beinahe wütend darüber war. Aber dafür fehlte ihm ohnehin die Kraft.

Er rollte sich von Luca herunter und blieb neben ihm auf dem Rücken liegen. Niemand sagte etwas. Sie atmeten nur. Fühlten. Und dann kamen die Gedanken, Erinnerungen und Fragen zurück. Die Zweifel, die er nicht eingeladen hatte.

Damien stand auf und ging sich in dem winzigen Badezimmer waschen. Luca stand schon vor der Tür, als er herauskam, um wohl dasselbe zu tun.

Kurz streiften sich ihre Blicke im Vorbeigehen. Es war seltsam. Verändert. Jeder von ihnen schien jetzt tiefer in den anderen hineinsehen zu können. Als gäbe es tatsächlich eine Art Barriere ... oder als *hätte* es sie vorher gegeben. Er spürte, dass Luca ihn jetzt anders sah. Aber das Schlimme war eigentlich, dass auch er selbst sich anders sah.

KAPITEL 20

Luca

SIE LEGTEN SICH das erste Mal ins selbe Bett, um die Nacht zu verbringen. Dabei wäre die Couch eine Option gewesen. Aber weder nahm Damien sie wahr, noch scheuchte er ihn weg.

Sie krochen einfach beide unter die große, geblümte Decke des Bettes und schmiegten sich an die Kissen, von denen es glücklicherweise mehrere gab.

Obwohl Damien mit dem winzigen Fenster, das ihnen hier zur Verfügung stand, gelüftet hatte, roch es noch ein wenig nach Sex, aber das störte ihn nicht. Es half ihm eher dabei, zu realisieren, dass das wirklich passiert war.

Er hatte Sex mit Damien fucking Valenti gehabt. Und es war geil gewesen. Spätestens jetzt musste er wohl aufhören, so zu tun, als sei er vollkommen hetero. Aber es war im Grunde sowieso egal. Er konnte alles sein. Er musste sich nicht outen. In wenigen Wochen würde er ohnehin ein neues Leben anfangen und da konnte er sein, wer er wollte, konnte sich ganz neu erfinden. Musste er sogar.

Das hier ... das würde er nicht vergessen können, das wusste er. Sein Weggang würde einige Narben hinterlassen. Nicht nur die Trennung von seiner Schwester. Auch Damien war ... irgendwie ... sowas wie ein Teil von ihm geworden. Ein bisschen. Es war schwer, das zuzugeben, aber es stimmte.

Er hatte ihm viel beigebracht, auch wenn Luca nicht alles davon freiwillig verinnerlicht hatte. Aber es war nützlich. Es hatte ihn geformt, ihn stärker gemacht und ihm letztendlich auch etwas mehr Selbstvertrauen gegeben.

Und nun ... das hier.

Langsam drehte er sich auf die Seite und betrachtete den Mann neben sich. Damien hatte sich ein T-Shirt und Boxershorts angezogen. Er selbst hatte sich nicht die Mühe gemacht.

Vielleicht mochte Damien es nicht, nackt zu schlafen. Vielleicht lag es auch an seiner ewigen Bereitschaft. Wenn ihnen hier Gefahr drohte, und sie kämpfen oder fliehen mussten, war es klüger, sich vorher etwas angezogen zu haben. Scham schloss Luca als Möglichkeit aus. Damien war im Bett genauso selbstsicher gewesen wie im Alltag. Zwar ... auf eine andere, weniger übermächtige Art, sondern eher natürlich und entspannt, aber dennoch selbstsicher.

Für einige kurze Momente hatte er allerdings auch etwas offenbart, das andere vielleicht als Unsicherheit interpretiert hätte, aber das war es nicht. Es hatte eher wie Nachdenklichkeit gewirkt. Als hätte Damien Angst vor etwas, das nichts mit dem Akt an sich zu tun hatte.

Natürlich war das jedes Mal binnen eines Blinzelns wieder verschwunden. Aber Luca hatte es gesehen. Und gefühlt. Auch in seinen Worten. Damien war nicht so schwer zu lesen, wie er sich gerne einbildete. Zumindest nicht für ihn.

Den Spruch über seine Jungfräulichkeit ... das hatte nichts mit ihm zu tun gehabt. Das hätte er vielleicht geglaubt, wenn Damien es konsequenter durchgezogen hätte. Aber er war so geduldig gewesen. Geradezu sanft – zumindest für Damien-Maßstäbe. Die Genervtheit hatte sich nicht auf ihn bezogen, da war Luca sich relativ sicher.

Unter dieser harten Oberfläche lagen Geheimnisse, die Luca nur erahnen konnte. Und es blieb keine Zeit, um sie zu ergründen. Sie sollten ihm egal sein. Sie gehörten Damien. Er würde bald gehen.

Sich das in Erinnerung zu rufen, war nur vernünftig. Aber es wirkte nicht. Die Neugier blieb. Die Faszination für diesen Mann, den er am Anfang noch so verabscheut hatte. Davon war nichts übrig geblieben.

Er verstand Damien immer mehr und er glaubte, dass es umgekehrt auch so war. Damien hatte angefangen, auch ihn nachzuvollziehen. Jesus, er konnte immer noch nicht glauben, dass er ihm die Maschine geschenkt hatte. Dass er mit ihm getanzt hatte, widerwillig zwar, aber trotzdem.

Und dass er mit ihm hierher gefahren war. Am Anfang hätte er sich niemals dazu breitschlagen lassen.

Und du hast es gnadenlos ausgenutzt, um den Deal mit Lorenzo voranzubringen. Du bist nicht wirklich besser als der Damien, den du am Anfang verurteilt hast.

Luca seufzte innerlich.

»Kann man das ein Leben lang durchziehen?«, fragte er irgendwann. Was ihn antrieb, war das Bedürfnis, ehrlicher zu Damien zu sein. Gleichzeitig wollte er sich nicht verraten. Es war ein seltsamer Zwiespalt. Konnte er ihm vielleicht doch sagen, was sein Wunsch war? Oder machte er sich damit alles kaputt? Wahrscheinlich würde Damien ihn dafür auslachen, so nach dem Motto 'Wir haben einmal gefickt und schon schüttest du mir dein Herz aus'.

»Ein Leben lang Sex mit Männern haben?«

»Ein Leben lang ... so leben wie du. Ständig aufpassen. Ständig vorsichtig sein. Ständig die Kontrolle haben. Irgendwann ist doch jeder Mal schwach oder macht Fehler.«

»Mein Vater ist 66 geworden und an einer Krankheit gestorben.« Damien zuckte mit den Schultern. »Nicht mal an einer Kugel.« Er drehte ihm den Kopf zu. Der Anblick seiner Augen, seines intensiven Blickes, jagte Luca immer noch Schauer über den Rücken. »Und solltest du nicht 'wir' sagen? Immerhin haben wir jetzt sogar die Ehe vollzogen.«

Luca schnaubte leise. Es kam ihm absurd vor. Er hätte ja nie jemanden einfach so geheiratet. Daran änderte auch der Sex nichts. Aber es bewegte auch etwas in ihm, Damien über ein 'wir' sprechen zu hören. Es bedeutete Zugehörigkeit.

Das war eigentlich ein Widerspruch. Also, dass sich Zugehörigkeit gerade gut anfühlte. Zu seiner Familie gehörte er ja auch und er empfand das Leben in den Kreisen seiner Familie als einengend, so einengend, dass er ausbrechen wollte. Das galt ja im Grunde auch für das Leben mit Damien. Mehr noch eigentlich. Warum gefiel es ihm dann, das zu hören?

Vielleicht weil diese Zugehörigkeit auf einer emotionalen Ebene lag? Weil er emotionale Nähe mochte ... und es eine andere Art von Kette war, als die, die ihn störte? Ja, möglich.

»Und damit hat keiner von uns am Anfang gerechnet, oder? Ein Grund mehr, anzunehmen, dass du nicht vorhattest, ein 'wir' aus uns zu machen. Du kannst doch nicht ein

Leben lang nur noch wichsen. Ich war mir sicher, dass du irgendwann versuchen würdest, mich loszuwerden.«

»Es gab keine Ermordungspläne.«

Luca hob die Mundwinkel. Witzig, wie so etwas beinahe romantisch klingen konnte, wenn man mit einem Mafiaprinzen zusammen war.

»Aber bestimmt gab es Pläne, mir eine Hundeleine anzulegen.«

»Und einen Maulkorb, wenn du dich weiter betrinkst«, ergänzte Damien ernst. »Zum Glück steckt mehr Vernunft in dir, als ich dachte.«

»Es macht auch viel weniger Spaß, zu trinken, wenn man keinen Club hat.«

»Wir können andere Wünsche in Erfüllung gehen lassen.«

Wieder dieses wir. Er schien es nicht nur aus Spaß zu sagen. Es steckte etwas dahinter. Konnte es sein, dass er einen Weg in Damiens Herz gefunden hatte?

Warum jetzt? Das ... machte doch alles nur schwerer.

Oder war das Teil des Spiels? Hatte Damien die Strategie geändert?

Er fühlte sich hin und her gerissen zwischen Zuneigung, Misstrauen und seinem Ziel, diese Mafiawelt zu verlassen. Wenn er sich zu sehr an Damien band – oder in eine seiner Fallen trat, war alles vorbei. Aber wenn es keine Falle war ... dann verlor er etwas, von dem er nie geglaubt hatte, es überhaupt haben zu können. Auch, wenn er es gar nicht haben wollen sollte. Jesus, war das kompliziert.

»Warum machst du das?«

»Was?«

»So ... zu mir zu sein. Nach dem Unfall dachte ich, du würdest ausrasten und mich im Keller anketten oder so. Stattdessen schenkst du mir eine neue Maschine. Und jetzt sind wir hier, liegen im selben Bett und reden als wären wir tatsächlich zusammen.«

Damien nahm sich einen Moment zeit für die Antwort. Dann sagte er: »Das ist einer der Wege, wie man dieses Leben durchhält. Manchmal muss man sich verändern, einen anderen Weg einschlagen. Sich an neue Gegebenheiten anpassen.«

»Hi, ich bin's, die neue Begebenheit.«

Damiens Mundwinkel zuckten. »Ich habe dir von Anfang an gesagt, dass wir eine Einheit sein müssen. An dieser Ansicht halte ich fest. Ich dachte nur zuerst nicht, dass das auf einer anderen Basis funktionieren könnte, als auf der, die ich anfangs für uns vorgesehen hatte.«

»Ich nehme das einfach mal als Kompliment. Ich habe dich überrascht.«

»Und du hast es überlebt.«

Das war wohl nur zur Hälfte scherzhaft gemeint, oder? Zumindest wirkte es so. Luca erkannte, dass er es heute Nacht nicht mehr schaffen würde, zu ergründen, wie sehr er Damien vertrauen konnte. Es war wohl besser, einfach zu schlafen und die ungesagten Dinge ungesagt zu lassen. Er sollte einfach nur dankbar sein, dass es so gut für ihn lief.

Dass er Damien ein wenig für sich gewonnen hatte, würde ihm in die Karten spielen. Das war das Einzige, was er wissen musste.

Eine Weile später schlief Luca ein, doch die Zufriedenheit und Entspannung, nach der er suchte, fand er dabei nicht. Irgendetwas fühlte sich nicht gut an. Als würde irgendwo eine Gefahr lauern, die er noch nicht benennen konnte.

Mit genau demselben Gefühl wachte er am Morgen wieder auf. Damien lag bereits nicht mehr im Bett. Er hatte ihn auch trotz allem nicht für jemanden gehalten, der mit seinem Partner kuschelnd den Sonnenaufgang anschaute. Luca wischte sich mit beiden Händen übers Gesicht und richtete sich auf. Nach und nach klaubte er seine Sachen vom Boden und schlüpfte hinein. Im Wohnzimmer der kleinen Hütte wartete frischer Kaffee auf ihn.

Er setzte sich zu Damien aufs Sofa und trank. Sie wechselten nur wenige Worte, während sie frühstückten. Danach holte Damien ein flaches Schachbrett unter dem Tisch hervor.

»Oh nein, nicht schon wieder.«

»Wir müssen unsere Waffen immer wieder schärfen«, sagte Damien.

»Verstand ist deine Waffe. Meine ist Unberechenbarkeit.«

»Dann sei unberechenbar, und schlag mich in dieser Partie. Das wäre tatsächlich überraschend.«

Luca zog eine Grimasse. Damien wusste, dass er sich manchmal leicht provozieren ließ. Aber in diesem Fall klappte es nur mäßig, weil er viel zu gut wusste, dass er ihn im Schach nicht besiegen konnte, egal, was er tat.

Trotzdem tat er ihm den Gefallen und half ihm, die Figuren aufzustellen.

Sie spielten drei Runden, die alle recht schnell endeten – natürlich mit Lucas Niederlage, aber daran war er ja gewöhnt. Schließlich streckte er die Arme über den Kopf, gähnte herzhaft, und verkündete, dass er frische Luft brauchte und einen kleinen Waldspaziergang machen würde.

»Eigentlich macht man keinen Spaziergang, wenn man in einem Safehouse ist«, brummte Damien.

»Wir sind ja nicht auf der Flucht, sondern quasi im Urlaub, oder? Ich bleibe nahe beim Haus. Aber ich brauche echt mal ein bisschen Auslauf.«

»Ich verstehe dich schon«, räumte sein Ehemann ein, auch wenn er noch zögerlich wirkte. Dann stand er auf. »Ich komme mit.«

Der Wald, der die Hütte umgab, war wirklich lauschig und schön. Sonnenlicht brachte ein ganzes Kaleidoskop aus Grüntönen zum Leuchten, Vogelstimmen erklangen von überall her und Insekten zirpten und surrten vor sich hin. Luca schmeckte die frische Waldluft, spürte, wie gut es ihm tat, den Flair dieser Umgebung in sich aufzunehmen, die so wild und frei war, wie er gerne sein wollte. Die Welt schien hier noch vollkommen in Ordnung zu sein.

Damien hatte sich eine grüne Jacke angezogen, die fast so wirkte, als sollte sie zur Tarnung dienen. Er lief dicht neben ihm her und Luca hörte, dass auch er tief durchatmete, doch entspannt wirkte er nicht. Jedes Mal, wenn er Damien anschaute, scannte der die Gegend oder runzelte die Stirn, als sei etwas nicht in Ordnung.

»Ist doch schön hier«, sagte Luca.

»Ja.«

»Ich nehme an, du bist kein Fan von Sex unter freiem Himmel.«

Damit lockte er Damien ein wenig aus der Reserve. Er stieß den Atem aus und ließ sich zu einer Erwiderung hinreißen: »Ich habe nichts gegen den freien Himmel. Nur gegen die freie Schussbahn.« Er schob die Hände in die Taschen – die erste halbwegs entspannte Haltung, die er hier draußen annahm. »Und du scheinst Blut geleckt zu haben, wenn du schon wieder von Sex redest.«

Luca schmunzelte. »Mein Arsch tut weit weniger weh, als ich dachte. Die Gerüchte, die du damals verbreitet hast, waren vollkommen übertrieben.«

»Ich war sanft zu dir.«

»Ja, sanft ist dein zweiter Vorname. Das weiß jeder. Beim Schach hast du auch wieder richtig viel Rücksicht genommen.«

»Das ist Training. Da schone ich dich nicht.«

Zuerst gefror Damiens Grinsen, dann wandelte es sich zu einer finsteren Grimasse. Der Knall kam keine Sekunde später. »Runter!«, rief er noch, die Hand schon an Lucas Schulter.

Er selbst zuckte zusammen, obwohl er den Schuss anscheinend im letzten Moment vorhergesehen hatte. Getroffen. Lucas Herz stolperte in seiner Brust und sein Hirn kam gar nicht hinterher, weil alles so schnell passierte.

Er hatte keine Zeit, geschockt zu sein, keine Zeit, sich zu wundern, keine Zeit irgendetwas zu denken. Mit weit aufgerissenen Augen kauerte er neben Damien auf dem Waldboden, ganz in der Nähe der Hütte und starrte ihn an. Starrte den grünen Stoff der Jacke an. Das Loch, das der Schuss gerissen hatte.

»Oh Gott«, hörte er sich sagen. »Oh Gott. Scheiße. Fuck.«

»Zurück ins Haus«, sagte Damien und drückte die Hand auf seinen Oberarm. Anscheinend war er dort getroffen worden. Das war nicht tödlich, oder? Eine Armverletzung?

Die Gedanken glühten förmlich in seinem Schädel und jeder Atemzug brannte. Ihre Schritte, die sie bis zur Tür zurücklegten, kamen ihm unendlich langsam vor. Luca unterdrückte den Drang, sich umzusehen, weil er fürchtete, dadurch nur langsamer zu werden, oder zu stolpern. Er wollte nur in Sicherheit sein. Damien in Sicherheit bringen.

Scheiße. Wie konnte denn mitten im Wald … sie hatten doch sogar eigene Leute mit, die aufpassten.

Damien schob ihn als Ersten nach drinnen und zog dann die Tür hinter sich zu.

»Halt dich von den Fenstern fern. Wir warten nur hier drinnen, bis der Wagen gestartet ist.« Luca konnte nicht anders, als beeindruckt davon zu sein, wie ruhig Damien blieb und wie fest seine Stimme klang, obwohl er doch genauso geschockt sein musste. Trotz seiner Alarmbereitschaft hatte er hier im Wald bestimmt nicht *wirklich* mit einem Angriff gerechnet, oder? Sonst wäre er doch gar nicht erst mitgegangen.

»Geht es?«, fragte Luca und versuchte, mehr von der Wunde zu erkennen, aber Damien hatte alles im Griff.

»Die Kugel ist durchgegangen, glaube ich. Ich muss nur die Blutung stoppen.«

»Was kann ich machen?«

Die nächsten Minuten und Stunden erlebte Luca nicht wirklich. Es kam ihm eher vor, als würde er jemand anderem dabei zusehen, der diese Dinge erlebte. Jemand andere, der zufällig aussah und sprach wie er.

Sie kümmerten sich um die Schusswunde, brachten Damien in den Wagen und einer seiner Angestellten setzte sich hinters Steuer. Luca blieb mit ihm auf der Rückbank und versuchte, sein wummerndes Herz davon zu überzeugen, dass alles okay war. Damien würde nicht sterben.

Der Weg kam ihm endlos vor. Immer wieder musterte er Damiens Gesicht, fragte sich, ob er blasser geworden war oder nicht. Er studierte den angespannten Zug um seinen Mund und bewunderte, wie wenig er sich anmerken ließ. Auch seinen Schmerz zeigte er kaum, obwohl es definitiv wehtun musste.

Luca hatte noch nie einen Schuss abbekommen, aber wenn so eine Kugel ein Stück von seinem Körper durchbohrte, quasi einen Tunnel in dich hineinbrannte, dann musste das höllisch wehtun.

Das Grün der Jacke hatte sich deutlich verfärbt, weil Damien sie benutzt hatte, um auf das Loch zu drücken. Im Wagen roch es nach Blut. Eine Weile war Luca davon so übel geworden, dass er geglaubt hatte, sich übergeben zu müssen, aber irgendwann war er über den Punkt hinweg und nahm es kaum noch wahr.

Sie fuhren direkt nach Hause und ein Arzt kam, um die professionelle Versorgung vorzunehmen. Damien wollte seine sicheren vier Wände heute nachvollziehbarerweise nicht mehr verlassen.

Schließlich war der Arm versorgt und verbunden und Damien saß in seinem Sessel im Salon. Luca fühlte sich elend. Er war in sich zusammengesunken und rieb sich die Oberschenkel.

Nach und nach kamen die Gedanken und Gefühle und Fragen hoch, für die in den letzten Stunden kein Platz gewesen war. Die der Überlebensmodus verdrängt hatte.

Dieser Schuss. Das war doch kein Zufall. Oder?

Nicht, nachdem Lorenzo ihm aufgetragen hatte, Damien zu dieser Hütte zu bringen. Entweder hatte jemand anders Wind davon bekommen und die Situation genutzt – oder Lorenzo hatte ihn belogen. Er hatte eindeutig nicht davon gesprochen, einen Scharfschützen auf Damien anzusetzen. Es war doch immer nur um *Kleinigkeiten* gegangen, da war er sich sicher. Das war der Begriff gewesen.

Scheiße. Es war seine Schuld.

Und wenn Damien nicht so wahnsinnig schnell reagiert hätte, nicht so aufmerksam wäre, dann hätte die Kugel woanders getroffen. Die Stelle, wo die Kugel seinen Arm verwundet hatte, lag ziemlich genau auf Herzhöhe. Dieser Morgen hätte ganz anders ausgehen können.

Luca schnürte sich die Kehle zu.

Seine Schuld. Es wäre seine Schuld gewesen.

Er öffnete und schloss seine Fäuste, versuchte irgendwie, diese grässlichen Gedanken in seinem Kopf zu sortieren und an einen Ort zu stopfen, an dem sie erträglicher wurden. Aber so einen schien es nicht zu geben.

Fuck, er ... er musste mit Lorenzo reden. Oder ... konnte er das überhaupt noch? War das eine gute Idee? Nein, er durfte nicht überstürzt handeln. Wenn es von Anfang an der Plan gewesen war, Damien zu erschießen, dann war das vielleicht sowas wie ein Test. Wenn er durchscheinen ließ, dass er bei so etwas nicht weiter mitmachen wollte, wäre er der nächste. Seine beste Option war vermutlich, mitzuspielen. Geschockt durfte er vielleicht sein, immerhin hielten sie ihn für naiv, das war bewiesen ... und auch nicht falsch. Aber er durfte Lorenzo nicht zeigen, dass er etwas dagegen hatte. Vielleicht konnte er dann an seinem Plan festhalten und Damien gleichzeitig beschützen? Irgendwie? Wenn er wusste, was sie vorhatten, wenn sie ihn einbanden, dann konnte er Damien auf seine Weise warnen.

Er würde noch eine Weile darüber nachdenken müssen und sehr vorsichtig sein.

»Keine Sorge, wir werden herausfinden, wer das war«, sagte Damien. Luca spürte seinen Blick auf sich und schaute auf. »Ich sehe, dass du dir fast in die Hose machst.«

Luca atmete durch. Auch vor Damien musste er sich in Acht nehmen. Wenn der herausfand, dass er eine Rolle bei dieser Sache gespielt hatte ... dann war alles vorbei. Wenn er ihn als Verräter erkannte, würde er nicht sanft sein. Er würde ihn hinrichten. Daran hatte Luca nicht den Hauch eines Zweifels.

Kalte Angst packte ihn, ließ ihn zittern. Im Moment konnte er das zum Glück auf die Gesamtsituation schieben. »Sorry«, murmelte er. »Das mit den fliegenden Kugeln ist erst mein zweites Mal. Und jetzt wurde tatsächlich jemand getroffen.«

»Es wurden auch letztes Mal Menschen getroffen. Nur nicht du oder ich.«

»Ich ... kann nicht aufhören, mir vorzustellen, du wärst dort gestorben.«

»Das musst du aber«, sagte Damien. »Diese Fantasien werden dich verfolgen und sie graben sich tiefer ein, jedes Mal, wenn du sie wieder abspielst. Glaub mir ... ich kenne mich damit aus. Sie bringen dir nichts. Sie lähmen dich nur, machen dich ängstlich und langsam und dumm. Sie trüben den Verstand. Und sie nehmen dir Zeit und Energie, die du in sinnvollere Gedanken investieren könntest.«

Luca schluckte. Wie immer hatte Damien Recht. Es war nicht passiert. Sich mit dem Was-wäre-wenn zu beschäftigen, würde nirgendwo hin führen, ihm keine neuen Erkenntnisse bringen.

»Ich bin sehr lebendig. Und diese Typen werden dafür büßen. Ich vermute, dass das Kartell dahinter steckt. Ihnen gefallen die jüngsten Entwicklungen nicht. Meine Deals mit dem Zoll und so weiter. Wenn sie sich nicht mehr zu helfen wissen, gehen sie aufs Ganze. Und ich war unvorsichtig.«

»Keine Urlaube mehr«, sagte Luca.

»Nicht, solange die Wichser noch atmen.«

KAPITEL 21

Damien

ALS ER ZUGESTIMMT hatte, Luca DeRossi zu heiraten, hatte er auch die Möglichkeit in Betracht gezogen, dass schon dieses Angebot eine Falle sein könnte – auch, wenn man ihm ursprünglich Alessia angeboten hatte. Es war möglich, dass das Kartell mit den DeRossis Geschäfte machte, und so versuchen wollte, einen Spion in seiner unmittelbaren Nähe zu platzieren.

Er zog es in Betracht. Aber es hielt es für unwahrscheinlich. Luca war ungeeignet für so einen Job und ein potenzieller Auftraggeber hatte nicht wissen können, dass sich so eine Chemie zwischen ihnen entwickeln würde.

Wenn Luca ein Schauspieler war, dann der beste, mit dem Damien es je zu tun gehabt hatte. In dieser Nacht ... das war echt gewesen. So etwas konnte man nicht spielen. Nicht vor jemandem wie ihm, der von Kindheit an darin geschult worden war, Menschen zu lesen. Luca war echt.

Er war unbedarft und etwas naiv, auch wenn er dazulernte. Er war nicht der Maulwurf.

Aber vielleicht war er benutzt worden. Damien ließ Lucas Kleidung von seinen Leuten durchsehen und einige Teile austauschen. Auch sein Handy wurde gecheckt. Und die Wege, die er zurücklegte. Der Sender, den er an seinem neuen Motorrad platziert hatte, leistete gute Hilfe dabei.

Luca

Er trainierte vor dem Spiegel, bevor er sich auf den Weg zu Lorenzo machte. Mehrere Tage lang. Vielleicht hatte Damien das früher auch gemacht und auf diese Weise sein Pokerface gefestigt.

Ja, er nahm die Sache ernst. Sehr ernst. Es war kein Spiel mehr, kein Kräftemessen in einer Bar, kein Wettrennen auf einer Straße. Damien war angeschossen worden. Der Geruch seines Blutes klebte Luca immer noch in der Nase. Es war der Geruch der Ernsthaftigkeit, der Geruch, der dir sagte: Es geht um Leben und Tod.

Deswegen nahm er auch sein Training ernst, übte seine Gesichtsausdrücke, beobachtete, wie sein Lächeln wirkte, prägte sich ein, wie es sich anfühlte, wenn es halbwegs echt aussah und wann es grimassenhaft wurde.

Erst, als er sich darin sicherer fühlte, machte er sich auf den Weg zu Lorenzo.

Die Fahrt mit seiner Maschine war wie ein Spaziergang mit einem Freund. Tröstlich und bestärkend. Sie erinnerte ihn an sein Ziel, half ihm, sich zu fangen und auf sich selbst zu besinnen. Zwar weckte das Dröhnen des Motors auch den Wunsch, der Sache auszuweichen, einfach wegzufahren und Lorenzo zu vergessen, aber seine Vernunft lenkte ihn dorthin, wo er erwartet wurde.

Bald stand er wieder in dem kleinen, vollgestopften Büro. Lorenzo sah ihn an, stand auf und begrüßte ihn mit einem Handschlag. Sein Lächeln wirkte ausnahmsweise etwas verhalten.

»Ich dachte schon, du würdest nicht mehr kommen«, sagte er. »Setz dich.«

Luca nahm auf dem Stuhl platz, obwohl er lieber gestanden hätte.

»Ich musste mich erst ein wenig sammeln«, räumte er ein.

»Du warst zu keiner Zeit in Gefahr, mein Freund.«

Zeit für den Einsatz seines geübten Lächelns. Es gelang ihm – zumindest fühlte es sich so an. Lorenzo erwiderte er.

»Deine Beschreibung eures Vorhabens war nicht allzu aussagekräftig«, sagte er dann. »Ich hatte nicht mit einem Schuss gerechnet.«

Lorenzo neigte den Kopf. Seine großen Hände ruhten auf den Unterlagen, die vor ihm auf dem Tisch verteilt waren. »In unserem Business muss man jederzeit mit allem rechnen. Ich habe dich nicht eingeweiht, weil du etwas empfindlich wirktest. Nichts für ungut. Es war nur zu deinem Besten.«

»Zu meinem Besten?«

»Ich will, dass du deine Arbeit machen kannst, Luca. Dass du dein Ziel erreichst. Hätte ich dir gesagt, was genau passieren würde, hättest du dich vielleicht nicht getraut. Viel zu viele Menschen scheitern an ihren Ängsten.«

Das ... stimmte. Hätte er gewusst, dass sie vorhatten, Damien eine Kugel zu verpassen, während sie beide in dieser Waldhütte waren, hätte er vielleicht gar nicht zugesagt und wenn doch, dann hätte er sich vor Ort sicherlich anders verhalten. Er wäre angespannter gewesen, ständig nervös, und das wäre Damien aufgefallen.

»Okay«, sagte er und nickte.

»Der Schuss ging leider daneben, obwohl du ihn sogar nach draußen gebracht hast. Bedauerlich. Ich hoffe, er verdächtigt dich nicht?«

»Nein, er vertraut mir. Er stellt Nachforschungen an, aber ich bin nicht sein Top-Verdächtiger.«

»Immerhin etwas«, seufzte Lorenzo. »Ich will dieses Mal ehrlich zu dir sein. Für dich steht ja auch etwas auf dem Spiel. Dein Ausstieg, hm? Dein neues Leben, das ich dir organisieren werde. Endlich so leben, wie du möchtest, ohne die Ketten deiner Familie, ohne de Verpflichtungen, ohne die Gefahren und die Bedrohlichkeit unserer hübschen kleinen Unterwelt. Da willst du doch immer noch, oder?«

Luca nickte automatisch und bestärkte seine Antwort mit einem: »Ja, natürlich.«

»Gut. Denn ich habe mich darum gekümmert. Aber ich kann es dir nur geben, wenn du deinen Teil auch ablieferst. Du weißt jetzt, was das Ziel ist, und ich hoffe für dich, dass du damit umgehen kannst. Damien muss sterben. Und du wirst deinen Beitrag dazu leisten. Liefere uns eine andere Möglichkeit, an ihn heranzukommen. Einen Termin, einen Namen und eine Route. Das sollte nicht zu schwierig für dich sein, wo du doch jetzt sein Vertrauen genießt, richtig?«

Luca versuchte, zu verbergen, dass er schlucken musste. Aber was hatte er denn auch erwartet? Dass sie nach einem Fehlversuch davon Abstand nehmen würden? Natürlich würden sie es erneut versuchen.

»Ja. Ich werde die Informationen beschaffen«, sagte er mit einer Sicherheit und Entschlossenheit in der Stimme, die sogar ihn selbst überzeugten.

Lorenzo nickte zufrieden. Luca konnte sehen, dass er ihm glaubte. Das war gut.

»Hier, nimm dieses Handy, um mir die Daten zu senden.« Er schob ihm ein Klapphandy über den Tisch, ziemlich altes Modell, aber es sah aus wie neu. »Es ist nur eine Nummer eingespeichert. Zerstör es, nachdem du meine Bestätigung hast, und entsorg es unauffällig. Schaffst du das?«

»Natürlich. Ich bin gut darin, Sachen zu schrotten.« Lorenzo lächelte.

Auf dem Heimweg fuhr Luca langsamer als sonst. Sein Kopf explodierte fast unter dem Helm und das lag nicht an der Sonneneinstrahlung. Es lag an dieser verdammten Situation, in der er feststeckte. Noch mehr Ketten. Ketten, die links und rechts an ihm rissen.

Ja, er fühlte sich wirklich so. Auf der einen Seite zerrte sein Wunsch nach Freiheit, nach diesem anderen Leben, an ihm. Auf der anderen Seite stand Alessia, alles, was ihm vertraut und lieb war, und ... seit Neustem stand dort auch Damien. Der Teil von ihm, der ihn zum Lachen brachte, ihn neugierig machte, ihn reizte.

Und natürlich zerrte auch noch die Schuld an ihm. Verrat war eine ganz miese Sache. Eigentlich das Schlimmste, dessen man sich in der Unterwelt schuldig machen konnte. Aber wieso hätte er auch jemandem gegenüber loyal sein sollen, für den er sich nicht aus freien Stücken entschieden hatte? Als er den Deal mit Lorenzo gemacht hatte, war Damien nur ein Kerkermeister für ihn gewesen. Ein ... sexy Kerkermeister, aber dennoch – niemand, der ihm wirklich nahestand.

Inzwischen hatten sich einige Dinge geändert. Aber ob Damien dafür Verständnis hätte? *Träum weiter.* Es ihm zu sagen, war keine Option, wenn er am Leben bleiben wollte. Er musste da alleine durch. Die Frage war nur: Wie?

Sollte er es durchziehen und versuchen, Damien auszuliefern?

Sollte er sich weigern, und Damien vor den Angriffen beschützen? Hoffen, dass er die Gegner erledigte, ohne dass Luca ihm sein Geheimnis offenbarte? Und hoffen, dass dabei nicht sein Name fiel? Das kam ihm noch unrealistischer vor.

Wäre er doch nur klüger. Jesus, das hatte er sich in seinem Leben schon oft gewünscht, aber seine Gebete dahingehend waren nie erhört worden. Er war nur Luca. Gut in bestimmten Dingen, aber sicher kein Meisterstratege, nicht mal im Ansatz.

Er brauchte mehr Zeit. Mehr Zeit zum Nachdenken. Mehr Zeit, um sich klar zu werden.

Mehr Zeit bedeutete allerdings auch: Mehr Zeit mit Damien. Mehr Zeit mit ihm gemeinsam im Trainingsraum. Mehr Zeit am Esstisch, wo Damien seine Pasta lobte. Mehr Zeit am Schachbrett, wo sein Ehemann ihn aufzog, neckte und provozierte, und trotz seines mangelnden Talents Zeit darin investierte, ihm Spielzüge beizubringen, die Luca sich sowieso nicht lange merken konnte. Mehr Zeit mit Damien auf dem Sofa – denn die verbrachten sie neuerdings miteinander.

Mehr Zeit ... ihn anzusehen und sich an den Geschmack seiner Küsse zu erinnern. An das Gefühl seiner Hände und daran, wie er seine Welt zum Beben gebracht hatte. Mehr Zeit, um zu merken, dass er mehr davon wollte.

Mehr Zeit, um Damien in sein Schlafzimmer zu folgen. Mehr Zeit, um mit ihm zu schlafen, dieses Mal auf seinem Schoß, damit Damien seinen Arm schonen konnte. Mehr Zeit, um bei ihm einzuschlafen und umhüllt von seinem Geruch wieder aufzuwachen, natürlich nicht in seinen Armen, weil der Kerl einfach immer vor ihm wach war und bereits aufstand ...

Zu viel Zeit.

Sie lief ihm davon. Luca wollte sich gerne darin verlieren, aber die Erinnerung an Lorenzo wurde jeden Tag drängender. Irgendetwas musste er ihm liefern. Luca hasste es. Er hasste Lorenzo. Er hasste auch Damien. Am meisten aber sich selbst, weil er sich in diese Lage gebracht hatte.

Weil er sich immer mehr in einem Mann verlor, der sterben musste, damit sein Traum wahr werden konnte.

Eigentlich nicht nur für seinen Traum. Inzwischen hing wahrscheinlich auch sein eigenes Leben daran. Das Kartell würde sich seiner entledigen, wenn er nichts lieferte, oder? Sie würden ihn verdächtigen, ein doppeltes Spiel zu spielen, und dann ebenso wenig zögern, ihn hinzurichten, wie Damien.

Er hatte sich in die beschissenste Lage gebracht, die möglich war. Das war stets der erste Gedanke, nachdem er Damien geküsst oder gefühlt hatte, oder auch nur über einen Witz von ihm lachte.

Der einzige Weg, den er gehen konnte, ohne selbst dabei umzukommen, war, dem ursprünglichen Plan zu folgen und Lorenzo zu helfen. Wirklich zu helfen. Auch wenn er es nicht mehr wollte. Auch wenn sich alles in ihm dagegen sträubte. Es war das einzige Szenario, in dem nicht der eine oder andere eine Pistole auf ihn richten würde. Zumindest, wenn die Attentäter erfolgreich waren und wenn Lorenzo seine Versprechen hielt.

Ich hasse diese Welt, dachte Luca, bevor er in dieser Nacht einschlief.

Am nächsten Tag schickte er Lorenzo die Nachricht. Einen Termin, einen Namen und eine Route. So wie er es gefordert hatte. Sein Magen drehte sich dabei gefühlt mehrmals um sich selbst, verknotete irgendwelche Kanäle in seinem Körper und erschuf damit eine Übelkeit, die verhinderte, dass er auch nur seinen Morgenkaffee trank. Er konnte nicht. Es fühlte sich so abgrundtief falsch an, aber ebenso unausweichlich. Sein erprobtes Lächeln wendete er dieses Mal bei Damien an und es schien genauso erfolgreich zu sein wie bei Lorenzo. Luca freute sich nicht darüber. Er hasste sich nur noch mehr.

Während sie am Küchentresen lehnten wie jeden Morgen, kaum sprachen und einfach nur gemeinsam wach wurden, überlegte Luca fieberhaft, wie er Damien warnen sollte. Oder ob er es sollte. Unauffällig, weil Damien keinen Verdacht schöpfen durfte, dass er etwas wusste. Nein, das war wieder eine dumme Luca-Idee. Damien sollte doch ... er sollte doch in die Falle gehen. Erschossen werden. Bluten. Sterben.

Scheiße. Sein Herz wummerte und Luca musste hoffen, dass sein Ehemann es nicht merkte. Worauf hätte er das schieben sollen? Spontane Kreislaufprobleme? Damien würde sofort wittern, dass etwas im Busch war.

Er versuchte, ruhig zu atmen und sich runterzufahren. Dann brach Damien auf. Wie an jedem Tag. Ganz normal. Bei seinem ersten Termin würde er ankommen. Bei seinem zweiten ... Luca schluckte.

»Bis heute Abend.«

»Bis heute Abend. Heute wird die Pasta perfekt. Wie bei meiner Oma ... deine Leute haben mir endlich die richtigen Zutaten besorgt.«

Damien schnaubte amüsiert. »Ich bin gespannt, ob mein Gaumen bereit dafür ist.« Er hatte ihm auch zuvor immer wieder versichert, dass das Essen toll war, dass es keine Verbesserung benötigte, aber Luca hatte darauf bestanden, dass es nicht an das Original von seiner Oma heranreichte, und dass er immer noch daran arbeiten musste.

»Ich hoffe es«, sagte Luca noch und dann war Damien über die Schwelle und er sah ihn nur noch von hinten. Eine meterhohe Welle aus Gefühlschaos schwappte über Luca hinweg. Er schloss schnell die Tür, damit Damien nicht sah, wie seine Beine zitterten.

Als er ihn nicht mehr sehen konnte, stützte Luca sich an der Wand ab.

KAPITEL 22

Luca

ER KOCHTE DIE Pasta mit zittrigen Fingern, aber dennoch mit voller Konzentration. Die Nudeln gelangen ihm perfekt. Zum ersten Mal wirklich perfekt.

Vielleicht war Todesangst die Geheimzutat.

Luca konnte nicht denken. Im Kopf wich er kein einziges Mal von dem Rezept ab. Als gäbe es nichts anderes auf der Welt. Nur ihn und diese Küchenzeile und die Aufgabe, die Pasta so perfekt zu machen, wie seine Oma.

Es war mehr Flucht als Ablenkung. Der Geruch der Tomaten erinnerte ihn an seine Kindheit. An eine Zeit, als alles noch viel einfacher gewesen war ... auch wenn er sich damals – wie jeder kleine Junge – gewünscht hatte, schnell groß zu werden und endlich erwachsen zu sein.

Luca kochte, als sei es das letzte Mal.

Er hob den Blick erst zu den Fenstern, als er vertraute Motorengeräusche hörte.

Erleichterung mischte sich mit Angst, Freude mit dem Gefühl, versagt zu haben.

Die Haustür klappte. Damien war wieder daheim. Unversehrt.

Luca fühlte, dass er genau darauf gehofft hatte ... und zerfleischte sich innerlich dafür, wie dumm das war. Wieso konnte er nicht so eiskalt sein wie sein Vater. Oder wie Damien?

Der Name und der Termin hatten gestimmt. Er hatte sie genau aus Damiens Unterlagen übernommen. Bei der Route hatte er behauptet, Damien würde sie nicht aufzeichnen, nicht vorher festlegen. Das stimmte natürlich nicht. Es gab Pläne, und wahrscheinlich hätte er sogar an sie herankommen können. Aber Luca hatte sich dagegen gesträubt und es am Ende als eine Art Schicksalsroulette betrachtet. Den Ausgang sozusagen in die Hände des Universums gelegt ... albern. Die Entscheidung eines schwachen Mannes, das wusste er.

Er wollte nicht die Verantwortung tragen. Nicht schuld an Damiens Tod sein. Aber auch nicht schuld am Scheitern seines Deals mit Lorenzo.

Und da war Damien. Quicklebendig. Das Universum hatte beschlossen, dass Damien heute Pasta essen sollte.

Das Lächeln fiel Luca leicht, auch wenn er nicht verhindern konnte, dass sein Mundwinkel ein wenig bebte. Er kaschierte das mit seinem Vorhaben in der Küche.

»Ich glaube, ich habe es geschafft! Ich habe sie endlich perfekt hinbekommen. Wenn meine Grandma das sehen könnte. Wenn sie es kosten könnte!« Er übertrieb seine Gefühle ein wenig, und es schien glaubhaft zu sein.

Damien schenkte ihm sogar ein Lächeln, gab ihm einen Kuss auf die Stirn.

»Tja, im Gegensatz zu ihr kann ich es kosten.«

Luca nickte und wandte sich ab. Er blinzelte schnell einige Male, um die aufsteigenden Tränen loszuwerden, und tarnte es damit, dass er Teller aus dem Schrank holte.

Er würde nicht danach fragen, ob Damien in eine gefährliche Situation geraten war. Er würde sich so normal wie möglich verhalten.

Die Pasta tröstete ihn ein wenig, aber sie war nicht in der Lage, sein Gefühlschaos wegzuzaubern. Damien war am Leben, nicht einmal verletzt, vielleicht war er nicht einmal angegriffen worden. Das war großartig. Er war froh darüber. Und gleichzeitig wusste er, dass Lorenzo jetzt unzufrieden war.

Für einen kurzen Moment verlor Luca sich in der Fantasie, dass Lorenzo ihn einfach vom Haken lassen würde. Dass er – ähnlich wie seine Familie – einfach hinnehmen würde, dass Luca unbrauchbar für seine Pläne war. Dafür würde er auch auf seine Hilfe verzichten. Auf den Deal. Wenn Lorenzo ihn in Ruhe ließ, die Sache begrub, dann könnte Luca einfach weitermachen. Er würde einen anderen Ausweg suchen, anders das Geld beschaffen, anders an seine neue Identität kommen.

Das wäre zu schön.

Eben. Zu schön, um wahr zu werden.

»Ich glaube, ich verstehe jetzt, was du meinst«, sagte Damien, nachdem sie ihre Teller halb geleert hatten. »Ich könnte dir nicht sagen, was genau anders schmeckt. Aber es fühlt sich noch besser an als sonst.«

»Grandma würde sagen, dass es die Liebe ist, die sie hineinsteckt.«

»Omas dürfen das«, kommentierte Damien.

Luca nickte. »In Wahrheit hat es etwas mit den perfekten Garzeiten zu tun. Und natürlich mit den Zutaten. Schon bei den Nudeln kann man so viel falsch machen.« Sie redeten eine Weile über das Essen und übers Kochen und Luca versuchte, sich darin zu verlieren. In diesem Alltagsmoment, der so leicht und schön war. Er versuchte, den Abend mit Damien zu genießen. Er erzählte nichts von einem versuchten Attentat. Entweder war gar nichts passiert, oder er verschwieg es ihm absichtlich. Entweder, weil er ihn verdächtigte oder weil er ihn nicht aufregen wollte.

Luca war müde. So müde vom Nachdenken, vom Aufstellen solcher Vermutungen, vom Ausspielen bestimmter Szenarien im Kopf – und von dem gleichzeitigen Wissen, dass das alles ihm nichts brachte, weil er kein guter Spieler war. Es war, als würde er simultan Schach gegen Lorenzo und gegen Damien spielen und an zwei Fronten gleichzeitig verlieren.

Deswegen ließ er sich einfach fallen, schmiegte sich vorm Fernseher an Damien erschauderte wohlig unter seinen Küssen, die noch eine ganze Weile nach der perfekten Pasta schmeckten.

Dann, irgendwann, lag er wieder in seinem Bett. Allein diesmal, weil Damien sagte, er sei heute zu müde. Sein Handy leuchtete auf. Eine Nachricht von der Werkstatt. Luca wusste, dass es ein Hinweis von Lorenzo war, getarnt als ganz normale Werbe-Mitteilung. Ein Angebot für eine Wäsche. Vierzig Prozent günstiger. Ein echter Schnapper. Nur Morgen. Eine eindeutige Aufforderung, dort aufzutauchen.

Luca schluckte und drehte das Handy um, damit er das Displayleuchten nicht mehr sehen musste.

Das Spiel war vorbei, das wusste er. Schach Matt. Das Universum hatte entschieden. Es fiel Lorenzo zu, seinen König umzukippen. *Damien würde deinen Verrat hassen,* ging es ihm durch den Kopf. *Und weißt du, was er noch hassen würde? Dein Selbstmitleid. Hör auf, dir deinen Tod vorzustellen. Das ist erbärmlich.* Er sah doch nur der Realität ins Auge. Luca brummte, unzufrieden mit sich selbst. Er hatte genug Feinde, da musste nicht auch noch seine eigene innere Stimme anfangen, ihn runterzumachen.

Eine Weile dachte er darüber nach. Dann wurde ihm klar, dass er nicht wie ein Lamm zur Schlachtbank laufen wollte. Wenn er morgen dort hin ging, dann mit einer geladenen Waffe und einem Messer. Vielleicht konnte er Lorenzo töten, bevor der ihn umbrachte. Damit würde er sicher nicht rechnen.

Genau. Der Verstand war nicht seine schärfste Waffe. Es war seine Unberechenbarkeit. Seine Fähigkeit, andere zu überraschen. Vor allem die, die sich sicher waren, ihn einschätzen zu können, ihn vollkommen durchschaut zu haben.

Lorenzo würde ihm das nicht zutrauen.

Vielleicht war das eine Chance. Wenn er ihm ins Herz stach ... wenn Lorenzo starb, dann wäre diese Gefahr für Damien gebannt und es wäre tatsächlich, als hätte er den Deal mit ihm nie beschlossen.

Und falls doch irgendwie bis zu Damien durchdrang, dass er etwas mit Lorenzo zu tun gehabt hatte, dann konnte er ihn vielleicht damit überzeugen. Vielleicht würde Damien ihm glauben, dass er seinen Fehler bereut und sich umentschieden hatte, wenn er es schaffte, Lorenzo zu töten.

Mit diesem Gedanken fühlte Luca sich besser. Weniger hilflos. Freier.

Es war ein tollkühner Plan. Aber das waren unerwartete Aktionen ja meistens. Das mussten sie sein. Denn die sicheren Züge konnte ja jeder spielen, jeder vorausberechnen, der geschult genug darin war. Echten Wahnsinn – den konnte niemand vorhersehen.

Ein Messer steckte in seinem Bikerstiefel. Eines steckte hinter seinem Gürtel. Und ein kleines versteckte er im Ärmel. Luca hatte den ganzen Morgen, seit Damien fort war, damit verbracht, damit zu üben. Hatte geprobt, wie er die einzelnen Waffen schnell greifen und einsetzen konnte.

Das Vertrauen in seine Fähigkeiten war gering, aber Luca wusste, er würde es jetzt tun müssen, oder den Schwanz einziehen. Also setzte er selbstbewusst einen Fuß vor den anderen, als er auf die Werkstatt zuging.

Es herrschte ein reges Treiben. Mehrere Männer hockten oder standen vor den Maschinen ihrer Kunden, redeten oder werkelten und nahmen kaum Notiz von ihm. Wie immer roch alles irgendwie nach Öl, Metall und Leder – eine Mischung, die Lucas Gedanken an jedem anderen Tag beruhigt hätte wie ein Schlaflied.

Doch als der Angestellte hinter dem Tresen ihm bedeutete, dass er zur Tür durchgehen konnte, gab es so etwas wie Ruhe nicht.

Lorenzo begrüßte ihn mit seinem üblichen aufgesetzten Lächeln und streckte ihm die Hand entgegen. Sollte er sie ergreifen? Oder sofort losstürmen? Den Moment der Überraschung nutzen? Nein, er würde sich erst anhören, was Lorenzo als Nächstes vorhatte.

Sein Händedruck war unangenehm fest und Lorenzos Blick wirkte schneidend, auch wenn das Lächeln auf seinem Gesicht festklebte. Luca schluckte, als er merkte, dass der Blick seines Gegenübers zu seinem Gürtel zuckte. Hatte er die Messer bemerkt oder war das Zufall?

»Luca, lass uns gleich zur Sache kommen. Deine Angaben haben leider nicht dazu geführt, dass meine Leute einen Erfolg verbuchen konnten. Wie erklärst du dir das?«

Indem ich es nicht übers Herz gebracht habe, ihn zu verraten, dachte Luca mit zusammengebissenen Zähnen. Laut sagte er: »Es ist nicht so einfach. Er ändert seine Routen spontan ab.«

»Verstehe«, sagte Lorenzo und klang für einen Moment fast verständnisvoll. »Das ist natürlich ein Hindernis.« Er legte die Finger beider Hände zusammen und blickte nachdenklich drein.

Lucas Herz pumpte. Er versuchte, zu verbergen, wie viel Adrenalin durch ihn hindurchfloss, indem er die Füße fest auf den Boden stellte und sich zwang, die Hände im Schoß ruhig zu halten. Aber schon auf dem Stuhl sitzen zu bleiben, war eine echte Herausforderung.

»Ich glaube, du brauchst eine bessere Motivation«, sagte Lorenzo dann, als sei ihm das gerade erst eingefallen. »Weißt du, an wen man deutlich einfacher herankommt als an Damien? An deine Schwester.«

Seine Augen weiteten sich.

»Ja, ganz recht. Sie steht bereits seit einer Weile unter unserer Beobachtung. Sie trifft sich mit einem Mann. Wir kennen alle ihre Bewegungsmuster. Aber bisher war sie nicht von speziellem Interesse für uns.«

»Lass Alessia da raus«, presste Luca so leise und beherrscht wie möglich hervor.

»Es ist nur eine Motivation für dich, Luca. Alles wird gut. Wenn du nur endlich deinen verfickten Job machst.« Obwohl er sich so ausdrückte, blieb Lorenzos Stimme sachlich, beinahe freundlich.

»Weißt du, du gibst mir Anlass, zu glauben, dass du ein doppeltes Spiel spielst. Vielleicht bist du auf Damiens Seite.«

Luca schüttelte den Kopf. Zu mehr war er gerade nicht in der Lage, da der Schock ihn lähmte. Zumindest einige Sekunden lang. Dann wurde er sich seines Plans wieder bewusst. Dachte an die Messer. War er schnell genug, vom Stuhl aufzuspringen, eine der Waffen zu packen und sie ihm durch die Kehle zu treiben?

Langsam ließ er die Hand zu seinem Gürtel wandern.

»Das würde ich nicht tun, Luca. Sei vernünftig. Und vor allem: Gib noch nicht auf. Wenn du wirklich auf unserer Seite bist und bisher einfach ... sagen wir *Pech hattest*, dann möchte ich dich ermutigen, es noch einmal zu versuchen. Auch im Interesse deiner Schwester.«

Er bluffte doch, oder? Er konnte nicht wissen, was er plante. Und was brachte es ihm, Alessia zusätzlich zu schaden?

Luca schnellte vor. Seine Rechte von das Messer schnell und präzise und mit einem Sprung kniete er keine Sekunde später auf Lorenzos überfülltem Schreibtisch. Papiere stoben auseinander, Kugelschreiber und anderer Kleinkram rollten zu Boden.

Lorenzo war einfach sitzen geblieben. Die Klinge erreichte ihn jedoch nicht. Der Griff einer Hand, eisern wie ein Schraubstock. Etwas drückte schmerzhaft fest auf einen Nerv. Machte alles taub. Das Messer fiel einfach aus seinen Fingern.

Das Gesicht zu einer wilden Grimasse verzogen zog Luca mit der linken Hand das Stiefelmesser und zielte auf Lorenzos Stirn.

Ratsch.

Blut lief aus dem kleinen Schlitz, den er hineingeritzt hatte. Doch auch diese Waffe flog aus seiner Hand. Lorenzo stand auf, zog eine Pistole und richtete sie auf Lucas Kopf. »Spar dir solche Manöver für deinen Ehemann. Und üb vorher noch ein bisschen.«

Innerlich wollte Luca schreien. *Erschieß mich eben!* Aber er tat es nicht. Und Lorenzo schoss nicht.

»Deine letzte Chance: Du tötest Damien selbst. Soeben hast du deinen Tatendrang ja bewiesen.« Ein müdes Lächeln bildete sich auf Lorenzos Gesicht. Ein einzelner Blutstropfen rollte zwischen seinen Augenbrauen hinab. Die Wunde, die er ihm zugefügt hatte, war leider nur oberflächlich.

»Ich gebe dir eine Woche Zeit. Sieben Tage, hörst du? Wenn dich wieder dein 'Pech' abhält, dann sieht es schlecht für Alessia aus. Ich würde dir raten, es wenigstens zu versuchen. Entweder Valenti tötet dich für den misslungenen Angriff oder wir nehmen uns deine Schwester.« Er hob die Brauen. »Denk gar nicht erst daran, sie zu warnen. Nimmst du auf irgendeinem Weg Kontakt zu ihr auf, war's das. Wir sind schneller als du, glaub mir.«

Luca starrte Lorenzo in die Augen, versuchte, zu verarbeiten, was passierte. In dem Blick seines Gegenübers lag Geringschätzung. Vielleicht war das die erste ehrliche Emotion, die Lorenzo durchblicken ließ. Er hielt ihn für einen Versager. Für jemanden, der definitiv keine Gefahr für ihn war und an dem er auch im Bezug auf seinen Nutzen zweifelte.

Eine andere Art von Wut mischte sich in die, die ohnehin schon da war. Beinahe wäre er nochmal auf ihn losgegangen, obwohl der Pistolenlauf auf ihn zeigte, aber Lorenzo kam ihm zuvor, indem er ihm die Waffe in die Brust rammte, ohne abzudrücken. Luca kippte nach hinten und machte eine Rolle rückwärts vom Schreibtisch.

Er landete schmerzhaft auf dem Rücken und stieß ein Ächzen aus.

»Sieben Tage, Luca.« Lorenzo sah auf die Uhr. »Am Montag um 12 Uhr endet deine Frist.«

KAPITEL 23

Luca

ER WAR FERTIG. Fertig von diesem beschissenen Tag, fertig von Lorenzo, fertig von dieser verdammten Welt, die ihn einfach nicht entkommen ließ.

Luca kehrte ins Haus zurück, schloss die Tür hinter sich, zog Jacke und Stiefel aus und stapfte nach oben in sein Zimmer. Erst dort, hinter heruntergelassenen Schalousien erlaubte er sich, die Schultern und den Kopf sinken zu lassen.

Er packte sein Kissen, drückte es sich aufs Gesicht und schrie seine ganze Wut hinein. Seine Hände zitterten und das übertrug sich auf seinen ganzen Körper, als er seine Gefühle endlich herausließ. Der Stoff vor seinem Gesicht wurde heiß und feucht von seinem Atem.

Luca brüllte wie ein wildes Tier, krümmte die Finger fest hinein, zog, als würde er das Kissen zerreißen wollen wie

Lorenzos Eingeweide und merkte, dass ihm Tränen aus den Augen liefen.

Sieben Tage, um Damien zu töten? Damien?

Abgesehen davon, dass das unmöglich war, wollte er es auch nicht. Fuck.

Alessia ... er konnte sie nicht anrufen, ihr keine Nachricht schicken. Lorenzo würde das mehr als alles andere überwachen, da war er sich sicher. Scheiße, wenn er sich zwischen Alessia und Damien entscheiden musste, ... natürlich würde er seine Schwester wählen. Und darauf spekulierte wohl auch Lorenzo. Dass Blut dicker als Wasser war.

Du bist selbst schuld, sagte er sich immer wieder. *Finde einen Ausweg. Keiner wird dir helfen. Das kannst nur du selbst.*

Es fühlte sich nur an, als hätte man ihn in eine Schachpartie gegen den amtierenden Weltmeister gesetzt und würde jetzt erwarten, dass er einfach mit viel Nachdenken den Kampf gewann.

Es war aussichtslos, das wusste er. Aber besser, er starb bei dem Versuch, als dass Alessia für seine Feigheit bezahlen musste.

Als Damien nach Hause kam, beschloss Luca, dass er sich einen oder zwei Tage nehmen würde, um sich zu sammeln. Um runterzukommen und dann hoffentlich mit mehr innerer Ruhe zur Tat schreiten zu können.

Keine Mordversuche heute.

»Du siehst fertig aus«, bemerkte Damien, sobald er ihn ansah. »Schlechten Tag gehabt?«

Luca verspürte den Drang, auf seinen Ehemann zuzugehen und sich eine Umarmung abzuholen, aber er verbot es sich. Erstens müsste er dann einen guten Grund dafür finden und zweitens sollte er besser alles unterlassen, was ihn irgendwie emotional noch enger an Damien band.

Damien war tot. Dead man walking. Er sollte Abstand gewinnen.

Trotzdem ... er schien auch der Einzige zu sein, der im Moment für ihn da sein konnte. An Alessia konnte er sich nicht wenden, und sonst gab es niemanden. Niemanden, der es ansatzweise verstehen würde.

»Ich habe mir Schachtipps reingezogen und meinen Kopf damit überlastet«, sagte Luca. Die Ausrede war uninspiriert, aber etwas Besseres fiel ihm auf die Schnelle nicht ein.

Damien quittierte es nur mit einem Nicken und sie gingen in die Küche, wo das Abendessen schon auf seinen Einsatz wartete.

Während sie am Tisch saßen, fragte Luca sich, ob es nicht am leichtesten wäre, Damien zu vergiften. Immerhin vertilgte er sein Essen ohne jedes Zögern. Allerdings musste er dann innerhalb sehr kurzer Zeit ein geeignetes Gift finden, das weder optisch noch geschmacklich oder vom Geruch her auffiel, es sich besorgen, ohne dass Damien es bemerkte, und dann noch den Mut finden, es zu verwenden.

Spätestens an dem »es besorgen, ohne dass Damien es merkt«, würde die Sache wohl scheitern. Außerdem hatte der Kerl sowas wie einen sechsten Sinn. Die Flasche auf ihrer Hochzeit hatte er als Gift erkannt, ohne auch nur daran gerochen zu haben. Er hatte es einfach erahnt.

Luca schob die Gedanken beiseite. Er hatte sich doch Ruhe gönnen wollen. Dazu gehörte auch eine Denkpause, soweit es dieses Thema betraf. Entspannung. Vielleicht sollte er heute mal Gebrauch von Damiens Whirlpool im Erdgeschoss machen.

»Ich glaube, ich nehme nachher ein Bad«, kündigte er an und erntete ein zustimmendes Brummen von seinem Ehemann.

Wenig später war der Tisch abgeräumt und Luca auf dem Weg in das zentrale Hygieneparadies das Hauses. Zu seiner Irritation folgte Damien ihm in aller Selbstverständlichkeit.

Als Luca den Kopf drehte, fragte er: »Was dagegen, dass ich mitkomme?«

»Nein.«

Sein Herz kam heute einfach nicht zur Ruhe. Auf dem Flur spürte er Damiens Präsenz hinter sich und in dem pompösen, gleißend weißen Badezimmer konnte er kaum woanders hinschauen, als er neben ihm die Kleidung ablegte.

In seiner typischen Damien-Manier. Sauber und geordnet. Luca konnte ihn nicht ausblenden. Nicht nach allem, was schon zwischen ihnen passiert war. Nicht, nachdem diese Arme ihn gehalten hatten, nicht nachdem ...

Er kniff die Augen zusammen und zwang sich, an etwas anderes zu denken.

Schach. Schachzüge. Die Eröffnungen, die Damien ihm gezeigt hatte.

Luca zog sich die Hose aus und ließ dann das Shirt folgen. Schach war leider kein Thema, das seinen Kopf wirklich einnehmen konnte, auch wenn es relativ unsexy war.

Das Wasser lief bereits. Damien hatte es übernommen, die Temperatur zu überwachen und die Einstellungen an der Wanne vorzunehmen. Luca überließ ihm das gerne, dann machte er wenigstens nichts kaputt.

Auch Handtücher lagen bereit, als er sich umdrehte. Ein Stapel dunkelblau, ein Stapel hellblau.

Damien stieg als Erster ins Wasser. Luca Blick streifte seinen muskulösen Rücken, seinen Hintern und die Oberschenkelmuskeln, die wie gemeißelt aussahen. Dann verschwand der Körper dankbarerweise im Wasser.

Er kletterte hinterher und setzte sich in die Ecke neben Damiens. Nicht ihm gegenüber, damit er ihn nicht ständig vor Augen hatte. Das Blubbern aus den Düsen war anfangs etwas kribbelig aber sehr angenehm, wenn man sich daran gewöhnt hatte. Außerdem war das Wasser nicht nur warm, sondern heiß. Perfekt, um zu entspannen. Luca ließ sich tiefer hineinsinken und schloss für einen Moment die Augen.

»Ich habe etwas anfertigen lassen«, sagte Damien nach einer Weile, in der sie schweigend das Wasser genossen hatten.

Luca runzelte die Stirn und schaute fragend zu ihm hinüber.

Damien deutete auf ein gefaltetes Handtuch, das auf der Ecke der Wanne lag, die an Lucas Platz grenzte. Wann hatte er es dort hingelegt? War er vielleicht kurz eingenickt? Jedenfalls ... lag dort jetzt ein Handtuch und darauf glänzte etwas.

»Ein Schlüssel? Ich habe doch schon einen.«

»Das ist ein anderer. Der mehr Türen öffnet. Auch mein Büro zum Beispiel.«

Luca spürte, wie die Falten auf seiner Stirn noch tiefer wurden.

»Warum?«

»Wenn wir echte Partner sind, will ich dir auch meine Geschäfte anvertrauen können. Auf lange Sicht. Keine Sorge, ich führe dich langsam heran. Oder ... Wenn du ihn nicht willst, dann vergiss ihn wieder.«

War das wirklich Damien Valenti, der diese Worte sagte? Der ihm anbot, so eng mit ihm zusammenzuarbeiten? Der ihm das Erbe seiner Familie mitanvertrauen wollte wie einem Bruder? Luca schluckte. Er wusste nicht, was er sagen sollte. Tief in ihm öffnete sich eine Tür zu einem Gedanken, zu einer Verletzung, von der er nicht einmal gewusst hatte, dass sie existierte.

Sein Vater hatte niemals in Erwägung gezogen, ihm etwas Wichtiges anzuvertrauen. Natürlich nicht. Es hätte gar keinen Sinn ergeben, sich auf den rebellischen Jugendlichen zu verlassen, der gar nicht dieses Leben leben wollte.

Es war albern, sich trotzdem verletzt zu fühlen. Albern, sich dieses Vertrauen zu wünschen, obwohl man doch selbst irgendwie wusste, dass man es enttäuscht hätte und dass man die Verantwortung gar nicht wollte.

Trotzdem. Er fühlte es trotzdem. Und Damien öffnete diesen Schmerz nicht nur, sondern linderte ihn im selben Moment.

Luca starrte den Schlüssel an. Warum?, dachte er nochmal, auch wenn Damien ihm das bereits beantwortet hatte. Dann schüttelte er den Kopf.

»Ich weiß nicht, ob ich das kann«, sagte er. »Du weißt, wie schlecht ich im Schach bin. Ich würde alles kaputtmachen.«

»Schach ist Schach und die Geschäfte sind die Geschäfte. Abgesehen davon bist du lernfähig und ich noch da, um es dir zu zeigen.«

Wahrscheinlich hätte er sich fragen sollen, welche Reaktion die beste wäre. Ob er Vertrauen verlieren würde, wenn er nein sagte. Oder wenn er ja sagte. Er hätte sich fragen sollen, ob das hier ein Test war. Was Damien damit bezweckte.

Aber all dies war Luca gerade so fern. Er fühlte nur das Vertrauen, das in dieser Geste steckte und was es mit ihm machte.

»Sehr kleine Schritte«, sagte Luca schließlich. »Babyschritte, bei denen ich nicht stolpern und etwas zerbrechliches runterreißen kann, okay?«

Damien nickte. »Das ist auch in meinem Sinne.« Ein kleines Schmunzeln zupfte an seinem Mundwinkel und Luca ließ sich ebenfalls darauf ein. Das Gefühl in seiner Brust war groß und warm. Als hätte Damien sein Herz wachsen lassen. Das klang bescheuert, aber Luca hatte keine anderen Worte dafür.

Unwillkürlich rutschte er näher zu Damien. Sie küssten sich, noch bevor Luca sich daran erinnern konnte, dass er genau das nicht mehr hatte tun wollen – sich Damien nähern. Körperlich. Emotional.

Heute ist es nochmal egal, beschloss er in Gedanken. *Heute nochmal. Ich habe eine Woche Zeit. Ich war noch nie ein Streber, der Dinge sofort erledigt. Hausaufgaben ... auf den letzten Drücker oder gar nicht.*

Wie schön wäre es gewesen, wenn der Auftrag, den Lorenzo ihm aufgezwungen hatte, nur eine dumme Hausaufgabe wäre.

Damien küsste ihn tiefer, riss seine Gedanken, seine ganze Aufmerksamkeit an sich. Luca öffnete die Augen und sah in seine. Er war vor ihm, zwischen seinen Beinen.

»Setz dich auf den Rand.«

Luca rutschte nach oben, tat, was Damien wollte. Seine Hände waren warm vom Wasser, als sie über die Innenseiten seiner Oberschenkel strichen und ein intensives Kribbeln durch seinen Körper jagten.

Die nächsten Küsse spürte er genau dort. Lippen, Zunge, die Konturen von Damiens Gesicht. In seinem Schoß. Eine Hand an seiner Hüfte, die andere an seinem Schwanz. Die zweite Überraschung an diesem Abend. Ein Stöhnen entkam ihm, als Damien ihn in seinen Mund ließ. Es war das feuchte, warme, geschmeidig-verbotene Gegenteil von emotionalem und körperlichem Abstand. Er hasste es ... und liebte es noch mehr.

Und vielleicht war es ja genau das, was diese Welt für diejenigen ausmachte, die in ihr lebten, ohne je abhauen zu wollen. Der Kontrast, die harten Gegensätze. Die Erfolgs- und Glücksmomente zwischen der Gefahr. Die schwindelerregenden Höhen, die man erreichen konnte, während man über dem Abgrund balancierte.

Erfolg und Macht waren doch am Ende auch nur eine andere Art von Sex. Sie hatten in ihm nur nie so ein Prickeln ausgelöst, seinen Puls nie so in die Höhe schießen lassen, ihn nie diese Verzweiflung und gleichzeitige Zufriedenheit spüren lassen.

Lucas Finger krallten sich in die Oberfläche des Whirlpools, suchten Halt, wo kaum einer war. Zum Glück war da die Wand in seinem Rücken, die ihn stützte. Seine Zehen rollten sich ein, seine Mitte pochte und seine Stimme zitterte rau und tief.

Damien wusste, was er tat. Die Gewissenhaftigkeit und die Selbstsicherheit, die er im Alltag ausstrahlte, lagen auch jetzt in jeder Bewegung. Er schien seinen Körper und seine Regungen genauso studiert zu haben, wie seine Papiere, wie seine Straßen und Stadtviertel. Er beherrschte ihn auf die beste Art, die Luca sich vorstellen konnte.

Und Luca gab sich hin.

Bebend kam er zum Höhepunkt, den Kopf in den Nacken gelegt und gegen die Wand gelehnt, die Zähne auf die

Unterlippe gepresst. In diesem Moment gehörte sein Körper vielmehr Damien als ihm selbst. Damien, der diese Wonne aus ihm herausgekitzelt hatte, nur mit seinen Händen und seinem Mund.

Er kniete vor ihm im Wasser, auf den blubbernden Massagedüsen, Wasserperlen auf seinen Schultern, dampfiger Glanz in seinen Haaren. Luca wollte ihn nicht ansehen, weil er wusste, dieser Anblick brannte sich gerade in sein Gedächtnis ein. Unwiderruflich. Aber er konnte nicht anders.

Er machte alles falsch. Es waren höhere Mächte, die das bestimmten. Irgendetwas, das selbst die guten Argumente, die sein Überlebenswille vorbrachte, für wenige Momente aushebelte.

Du musst ihn töten, wenn du am Leben bleiben willst. Du musst ... Sonst bist du selbst dran. Und deine Schwester.

Beinahe hätte Luca aufgelacht. Er lief in die entgegengesetzte Richtung. Er hatte zugelassen, dass Damien mit ihm badete. Dass er ihm dieses Geschenk machte. Dass er ihm den besten Blowjob seines Lebens gab. Und jetzt ließ er zu, dass er ihn irgendwie vom Badewannenrand wieder ins Wasser zog, in seine verfickten, starken Arme, die sich nicht so verdammt gut anfühlen sollten. Nicht so sehr nach Geborgenheit und zuhause und ... etwas, das er behalten wollte.

KAPITEL 24

Luca

NATÜRLICH HATTE ER von Anfang an gewusst, dass auf das 'Heute noch nicht' weitere folgen würden. Das war dasselbe Verhaltensmuster, das er bei Vorträgen für die Schule an den Tag gelegt hatte. Alles wurde so lange aufgeschoben, bis der letzte Tag nahte. Und dann gab man sich der Verzweiflung hin.

Es war noch nicht der letzte Tag, aber Luca wusste, dass es so kommen würde, als er auf sein Bike stieg. In spätestens drei Tagen würde etwas enden. Das war unumgänglich. Entweder sein Leben oder das von Damien. Der Gedanke lag unendlich schwer auf seinen Schultern und blähte sich auch so in seinem Magen auf, dass er kaum noch essen konnte.

Heute wollte er fahren. Noch eine Tour machen. Nochmal eins der besten Gefühle seines Lebens spüren. Nicht an morgen denken. Er gab Gas. So richtig.

Er verließ die Straßen der Stadt auf dem kürzesten Weg und ließ sich zu den Bergen leiten, wo der Wind anders roch und die Aussicht einen glauben machte, man könne fliegen.

Es war perfekt. Die Luft, das Rauschen um ihn herum, vermischt mit dem Brummen des Motors, das Vibrieren der Maschine unter ihm, das Gefühl der Griffe in seinen Händen, der Geruch des Leders, die monumentale Landschaft in allen Blautönen, die die Natur zu bieten hatte, der Dunst, der die Berge umgab, das Grau des Asphalts, die schiere Endlosigkeit, die ihm zu Füßen lag, der Gedanke daran, einfach immer weiterzufahren und niemals wieder anzuhalten.

Für eine Weile blieb sein Kopf angenehm leer und füllte sich nur mit den Bildern, die die Umgebung ihm schenkte. Er blickte die Klippen hinunter, auf denen sich die Straßen entlang wanden, betrachtete den Himmel und die anderen Fahrzeuge. Und er merkte, dass er immer rasanter fuhr. Nicht nur schneller, auch mit mehr Risiko. So machte es den meisten Spaß.

Luca fuhr die Kurven mal eng und mal weit, mit hoher Geschwindigkeit und ohne Angst. In seinem Magen kitzelte es, wenn er hinunter blickte und meinte, die Steinchen in die Tiefe rieseln zu hören, aber es fühlte sich auch wie Freiheit an, den Sturz zu riskieren und trotzdem so weiterzumachen.

Vielleicht war das etwas, das man nur so frei empfinden konnte, wenn man wusste, dass sowieso ein Ende nahte. Wenn es vielleicht keine Rolle mehr spielte, ob man wieder zu Hause ankam.

Er atmete durch, rief sich ins Gedächtnis, wie das gewesen war, Entscheidungen zu treffen, ohne über Konsequenzen nachdenken zu müssen. Ohne sich zu fürchten.

Das war Freiheit gewesen. Die Freiheit, der er immer hinterhergejagt war. Er wollte die Möglichkeiten eines Erwachsenen haben und die Unbedarftheit eines Kindes. Aber auf seinem Weg dahin hatte er sich in zahlreiche Ketten verwickelt.

Die Ehe. Sein eigener Verrat, aus dem er nicht mehr herauskam. Seine verdammten Gefühle. Im Grunde war alles davon seine eigene Schuld, das wusste er. Er hatte diese Entscheidungen getroffen. Auch wenn er nie gedacht hatte 'so, jetzt sehne ich mich mal nach diesem Kerl' oder 'so, jetzt verliebe ich mich in ihn, nur ein bisschen', hatte er doch auch nicht genug getan, um es zu verhindern.

Er hatte ihn zu lange angesehen. Zu viel über ihn nachgedacht. Zu viel von ihm in sich selbst hineingelassen. Zu viel verstanden. Zu viel gefühlt. Und es war eine schwache Ausrede, dass ihm das bisher einfach noch nie passiert war ... dass er nicht geahnt hatte, wie schnell und wie heftig so etwas überhaupt sein konnte.

Aber du kannst es auch wieder abschütteln, sagte er sich. *Das hier ist kein kitschiger Liebesfilm, in dem es nur die eine wahre Liebe gibt und danach nichts mehr. Du kannst ihn vergessen, wenn du neu anfängst. Du kannst alles hinter dir lassen.*

Ja, er konnte immer noch frei sein. Immer noch seinen Traum verwirklichen. Er würde zwar nicht mit Alex auf die Tour gehen, aber mit anderen, neuen Freunden, die er in seinem neuen Leben kennenlernte. Er konnte sich wieder verlieben, wieder geilen Sex haben. Und all das sogar ohne, dass er dauernd Angst haben musste, jemand würde ihn vergiften, in eine Falle locken, erpressen wollen oder eine Waffe auf ihn richten. Es würde alles so viel einfacher werden.

Dafür musste er nur ... Damien ausschalten. Das war die ultimative Prüfung. Dieser Moment würde zeigen, wer von ihnen dieses Spiel am besten gespielt hatte. Wenn es denn ein Spiel war. Luca wusste nach wie vor nicht, wie authentisch Damien zu ihm war. All diese ... Dinge in letzter Zeit. Seine Offenheit, sein kleines Lächeln, die körperlichen Begegnungen, die Zukunftsvision, die er ihm regelrecht zu Füßen legte ... war das eine Strategie, war das Valenti-Manipulation? Oder war es echt?

Er würde es herausfinden. Am Ende würde er es herausfinden. Das tröstete ihn und irgendwie motivierte es ihn sogar. Weil nicht nur sein Verstand sich fragte, wie echt das alles war. Auch sein Herz tat es.

Nein, er wollte nicht heute und hier auf der Straße sterben. Er würde das Spiel zu Ende spielen und entweder sein neues Leben beginnen, oder alles verlieren.

Das Leder knarzte vertraut, als er die Jacke auszog und aufhängte. Dass er heil wieder zu Hause angekommen war, fühlte sich wie ein Urteil des Schicksals an. Wie ein Zeichen, dass es noch nicht vorbei war, dass er den Mut nicht verlieren sollte.

Luca ging duschen und ordnete seine Gedanken.

Während warmes Wasser über seinen Körper rauschte und er sich Shampoo ins Haar massierte, versuchte er, alles im Kontext eines Spiels zu sehen. Irgendwie musste er seine Gefühle ausblenden, nein, ausblenden konnte er sie nicht, aber er konnte sie als Teil des Spiels sehen. Sie waren wie eine Waffe, die Damien einsetzte, die Konsequenz von einigen Zügen, die er gemacht hatte.

Wieder dachte er über Gift nach, aber die Zeit war knapp und an den Schwierigkeiten, mit denen das verbunden wäre, hatte sich nichts geändert. Es musste unmittelbarer sein.

Er versuchte, sich ihr gemeinsames Bad im Whirlpool nochmal vorzustellen. Damien körperlich zu überwältigen war trotz seines Trainings nichts, worauf er hoffen konnte. Hätte er dort versucht, seinen Kopf unter Wasser zu drücken, hätte er vielleicht durch Überraschungsmoment kurzzeitig die Oberhand gehabt, aber er wusste, dass Damien stärker war. Er hätte es niemals geschafft, ihn zu ertränken.

Aber ... Sex war ein guter Ansatzpunkt. Damien schien eine Ader für gewisse Dinge zu haben. Luca hatte mehr als einmal erlebt, wie er ihm die Hand auf die Kehle gelegt hatte. Der Druck war nie so heftig gewesen, dass er nicht mehr hatte atmen können, aber es schien ihm einen Kick gegeben zu haben, damit zu spielen.

Vielleicht konnte er das nutzen. Wenn er es schaffte, eine Waffe ins Spiel zu bringen, ging es ab einem gewissen Punkt nur noch um Schnelligkeit. Schnell sein, das konnte er. Und unberechenbar. Überraschend. Das auch. Das hatte Damien ihm sogar schon gesagt.

Luca legte den Kopf zurück und spülte sich den Schaum aus den Haaren. So würde er es machen. Ja, es war die beste Idee, die er bisher dazu gehabt hatte. Die erste, die ihm das Gefühl gab, er könnte es damit schaffen. Er könnte gewinnen. Was wäre das für ein Triumph ... den Mafiaprinzen in seinem eigenen Spiel zu schlagen?

Er stellte das Wasser ab und trat nach draußen, wickelte sich in ein Handtuch und trocknete sich die Haare. Ein Handgriff nach dem anderen. Er mochte die neue Ruhe, die in seinen Körper eingekehrt war, seit er diese Spritztour gemacht hatte. Es war ein Stückchen Unsterblichkeit. Hoffentlich blieb das noch eine Weile.

Die Sehnsucht nach Alessia wuchs im Verlauf der letzten Tage ins Unermessliche. Vor allem, seit Luca klargeworden war, dass er keine Möglichkeit hatte, sie nochmal zu sehen, falls er scheiterte. Im Moment durfte er keinen Kontakt aufnehmen, weil Lorenzo das im Auge hatte und denken würde, dass er sie warnen wollte. Und später ... später war er vielleicht tot.

Luca musste sich mit Fotos begnügen. Er swipte durch seine gesamte Handygalerie, schwelgte in jedem einzelnen Bild – vor allem in den älteren. Noch immer hatte er einige von früher, die er auch niemals aus seiner Sammlung löschen würde.

Alessia hatte ihn bei seinem ersten Liebeskummer getröstet. Sie war diejenige, mit der er am besten über ihre verstorbenen Großeltern reden konnte. Sie hatte mit ihm in seinem Club getanzt, als er ihn frisch eröffnet hatte. Auch wenn sie später nicht mehr oft dort vorbeigeschaut hatte, blieb das eine seiner liebsten Erinnerungen.

Er hatte ihr gezeigt, wie man Räder wechselte und wie man beim Armdrücken trickste. Auch, wenn sie sich etwas entfernt hatten, blieben diese Dinge, blieb die Verbundenheit. Einmal mehr fühlte er sich schuldig dafür, dass er gehen wollte. Dass er verschwinden wollte.

Kurzerhand stand er auf und ging in sein Zimmer, um einen Brief zu schreiben. Handschriftlich, nicht digital natürlich. Er schrieb alles auf, was er fühlte, einen Teil von dem, was passiert war ... einen Teil von dem, was passieren würde. Vielleicht. Vor allem aber, dass er sie liebte und ihr dankbar war.

Die Zeit verging rasant, während er über den Worten grübelte. Als er hochschaute, war es schon fast Zeit, dass Damien nach Hause kam. Luca faltete den Brief und versteckte ihn zwischen einigen Unterlagen. Er würde sich noch überlegen müssen, wo er ihn deponieren sollte. Auch, wenn er das noch nicht wusste, fühlte er sich jetzt leichter. Der Brief ersetzte kein Gespräch, nicht ihre Stimme, keine Umarmung, aber es war besser als bloßes Schweigen. Zumindest hatte er nun das Gefühl, einige Dinge gesagt zu haben, bevor es zu spät war.

Unten klappte die Tür.

KAPITEL 25

Luca

ER NAHM SICH noch einen Tag für die Vorbereitung. Um den richtigen Ort im Haus auszuwählen, die richtigen Worte, die richtigen Blicke. Es musste alles passen und gleichzeitig durfte es nicht erzwungen aussehen, sollte sich ganz natürlich entwickeln.

Ein Dutzend Mal dachte Luca: *Er wird es sofort durchschauen, ich bin sowas von tot.* Aber er gab seinen Plan nicht auf. Damien hatte sich bei seiner Karriere sicher auch nie von Zweifeln zurückhalten lassen. Klar, er war auch besser vorbereitet gewesen, da war er sicher, aber ... eine Qualität von erfolgreichen Menschen war unbestritten, dass sie sich Dinge trauten, vor denen andere den Schwanz einkniffen. So jemand musste er sein, wenn er Damien heute Abend verführte.

Heute Abend. Das war so ziemlich die letzte Chance. Morgen Mittag endete das Ultimatum. Und dann würde Lorenzo Alessia wehtun. »Verfickter Bastard«, zischte

Luca, weil schon der bloße Gedanke die Wut wie eine Springflut in ihm aufsteigen ließ.

Er musste es heute machen. Sonst blieb nur morgen früh und da war Damien bisher nie zu Intimitäten aufgelegt gewesen. Er ließ höchstens beim Sport seine Muskeln spielen, aber machte nie Anstalten, mehr zu tun. Und wenn er erst das Haus verließ, war die Partie sowieso Game Over. Dann konnte ihn höchstens noch eine Bombe in Damiens Auto retten.

Luca zwang sich, die Vorbereitungen als 'abgeschlossen' abzuhaken. Ab einem gewissen Punkt brachte es nichts mehr, die Sache noch weiter zu zerdenken. Das würde nur mehr Unsicherheiten zutage bringen. Und er durfte nicht unsicher sein. Nicht so sehr, dass es ihn lähmte oder verdächtig machte.

Also widmete er sich der Hausarbeit wie ein braver Ehemann. Und dem Kochen. Er kochte ihnen ein leckeres Abendessen, so wie an vielen anderen tagen auch. Nichts Verdächtiges, aber auch nichts, das zu schwer im Magen lag. Damien sollte ja Lust auf ihn haben und nicht bleiern wie ein Stein auf dem Sofa einschlafen.

Er kleidete sich so, dass die Sachen ihm Bewegungsfreiheit schenkten und gleichzeitig weder zu auffällig, noch zu unsexy wirkten. Dann trank er einen Kaffee, um sich wacher zu fühlen. Inzwischen hatte er sich mit der Maschine angefreundet.

Gedankenverloren strich er über das Gerät. Er hatte einiges hier in diesem Haus erlebt. Vieles gelernt. Wenn er so an den Morgen dachte, als Damien ihm das Messer gegen sein Bein gedrückt hatte ... die guten alten Zeiten. Damals hatte er ihn noch als Feind sehen können.

Jetzt fühlte es sich wirklich fast an, als würde sein Ehemann nach Hause kommen. Unironisch.

Er seufzte. Der Schlüssel steckte in seiner Geldbörse. Dort hatte er ihn vorerst aufbewahrt. Dieses riesige Vertrauenssymbol, das gleichzeitig winzig klein war. Das 'wir' aus Damiens Mund schallte durch seine Gedanken. Eine Zukunft. Nicht die, die er für sich geplant hatte.

Luca schob die Gedanken weg und deckte lieber den Tisch. Reis mit Hühnchen. Das passte besser als eins seiner Pastarezepte in die Abendplanung. Dazu hatte er einen Wein ausgesucht, von dem er glaubte, dass er Damien in Stimmung brachte. Und vielleicht würde der Alkohol ihn auch ein wenig unaufmerksamer machen. Weniger misstrauisch.

Er hatte gerade die Flasche in die Hand genommen, als die Tür im Flur Geräusche von sich gab. Damien kam nach Hause. Luca schloss für einen Moment die Augen. Ab jetzt galt es. Jetzt begann die finale Runde des Spiels. Und ab jetzt würde er sich nichts mehr anmerken lassen, kein konzentriertes Augenschließen, keine schweren Seufzer, keine nachdenklichen Blicke. Nur ein gut gelaunter Luca, der Lust auf Sex hatte.

Alles lief wie gewohnt. Er begrüßte Damien, fragte, wie es heute gelaufen war, und bekam eine mittelmäßig detaillierte Antwort. Aufmerksam lauschte er seinen Worten, seiner Stimme, suchte nach Auffälligkeiten, fand aber keine.

Damien legte sein Jackett ab und wandte sich dem Herd zu, wo das Essen noch in Töpfen und Pfannen ruhte. Gemeinsam beluden sie sich ihre Teller und ein kleines Lächeln flog hin und her. Damien schätzte es wirklich, dass er kochte und wie gut er kochte – das war eines der Dinge, bei denen Luca sich sicher war, dass es echt war.

Und er mochte es, für ihn zu kochen, hatte es von Anfang an nicht wirklich als Arbeit empfunden. Als eine Angestelltentätigkeit. Jetzt würde es das letzte Mal sein, dass Damien etwas aß, das er gemacht hatte.

Luca schüttelte die seltsame Wehmut ab, bevor sie sich ganz auf ihm niederlassen konnte. Es war doch albern. Damien und er kannten sich nur wenige Monate, nicht mal ein halbes Jahr. Und trotzdem ... Es fühlte sich bedeutsam an. Diese Zeit war intensiv gewesen. Sie hatte viel in ihm bewegt.

Sie aßen schweigend. Das Besteck klickte leise und die Musik, die Damien mit einer Fernbedienung eingeschaltet hatte, um das Ambiente angenehmer zu machen, ließ sie ihren Gedanken nachhängen.

Es war normal, dass Damien beim Essen nicht sprach. Vielleicht gehörte es zu seiner Erziehung oder zu seiner Vorstellung von Etikette. Luca hatte es nie hinterfragt und anfangs hatte er ja auch kein großes Redebedürfnis ihm gegenüber gehabt.

Er wusste nicht, worüber sein Ehemann nachdachte, aber er selbst versuchte, in Stimmung zu kommen. Die Mordpläne schob er beiseite, damit er überzeugend Luca sein konnte. Luca, der eben wie Luca war ... und nicht wie jemand, der versuchte, Damien in seinem eigenen Spiel zu schlagen.

Hin und wieder streiften sich ihre Blicke. Es fühlte sich nicht gefährlich an. Nicht mehr. Manchmal war Damien doch nur wie ein Mann für ihn. Nicht mehr wie das Monster, das er anfangs in ihm gesehen hatte. Ihm gefielen seine Augen. Sein Gesicht. Eigentlich alles, was er optisch zu bieten hatte. Mit seinem Level von Attraktivität hätte er tatsächlich gut zu Alessia gepasst. Aber es war nun alles anders gekommen.

Luca konzentrierte sich auf Damiens Anziehung. Auf die Details, die ihn von Anfang an eingenommen hatten, auch wenn er da noch nicht so bereit gewesen war, es zuzugeben. Damiens breite Schultern zum Beispiel. Seine starken Arme. Die ruhigen Hände mit den langen, aber dabei elegant wirkenden Fingern, die die Figuren auf dem Schachbrett mit absoluter Selbstsicherheit verschoben.

Sie tranken gemeinsam den Wein, räumten die Teller fort. Genau das war der Moment, an dem die erste Entscheidung fiel. Fernseher, oder ... etwas anderes? Luca setzte ein Lächeln auf, das hoffentlich neckisch genug aussah und fragte: »Wollen wir den Abend ohne Fernseher verbringen?«

»Willst du ins Lesezimmer gehen und endlich die Bücher lesen, die ich dir empfohlen habe?«

»Nein. Lesen kann ich auch, wenn du nicht da bist.« Er trat näher an Damien heran und nahm seine Hand, strich mit den eigenen Fingern über seine. Dann reckte er sich ein wenig, um näher an seinem Ohr sprechen zu können. »Ich hab mich gefragt, ob wir es mal in deinem Waffenzimmer machen könnten ... mir ist nicht entgangen, dass da eine Liege steht.«

Damien schnaubte leise. Es klang belustigt und Luca fühlte sich in seinem Plan bestärkt – er war auf dem richtigen Weg. Das, was er Damien hier anbot, war längst Teil seiner Fantasien, das spürte er.

»Sicher, dass du schon bereit für die Waffenkammer bist?«

Das war auch so ein Detail, das er anfangs gehasst hatte und inzwischen anziehend fand: Die Art, wie Damien ganz minimal eine Augenbraue hob, wenn er ihn provozierte.

»Neugierig genug, um es drauf ankommen zu lassen.« Er wollte Damien küssen, aber der drehte den Kopf weg. Sein Blick schien zu sagen: *So einfach nicht.*

Dann ging er voran. Luca folgte mit klopfendem Herzen. Die Waffenkammer war ein länglicher Raum, ausgelegt mit einem dunkelblauen Teppich, in dem sich edle Vitrinen und Regale an den Wänden hochzogen. Mittig stand ein kleiner Tisch, an dem zwei Stühle standen ... und eine Liege.

Luca fragte sich, ob das wirklich den Grund hatte, den er unterstellte oder ob Damien vielleicht manchmal hier übernachtet hatte. Vermutlich schenkten einem Schränke voller Schusswaffen und Messer ein gewisses Sicherheitsgefühl.

Mit einem tiefen Atemzug nahm er die Atmosphäre des Raumes in sich auf, nutzte die Gelegenheit, um sich seines Körpers, seiner Muskeln und seines Vorhabens noch einmal ganz bewusst zu werden. Er schaffte das. Und dann würde endlich alles zu Ende sein. Mindestens eine seiner Ketten würde er heute sprengen. Vielleicht alle. Vielleicht die, die ihn am Leben hielt.

»Immer wieder beeindruckend«, sagte er leise und schaute sich um.

»Für mich ist das eine Kunstgalerie.« Auch Damien ließ seinen Blick kurz schweifen. Sie schwiegen einen Moment, hörten beide, wie draußen der Regen einsetzte und Tropfen gegen das Fenster prasselten.

»Du findest sie schön«, bemerkte Luca.

»Sie reizen mich. Ihre Ästhetik. Die Fertigkeit der Herstellung. Nicht nur ihr Nutzen.«

»Aber der auch«, sagte Luca.

Damien nickte. »Als Kind waren Waffen für mich vergleichbar mit dem, was für andere Götter waren. Es besteht eine gewisse Parallele, nicht? Waffen können Leben beenden. Sie sind unvorstellbar mächtig. Sie machten meinen Vater mächtig.«

Und du hast früh schon gesehen, wie sie Leben nahmen, dachte Luca.

»Hattest du keine Angst vor ihnen?«

»Doch. Es war beides. Angst *und* Faszination. Aber je öfter ich sie selbst gehalten habe, umso mehr verschob sich das zugunsten der Faszination.«

»Hast du ein Lieblingsmodell?« Er wusste nicht, warum er so viel redete. Eigentlich sollte es zur Sache gehen. Wahrscheinlich die Aufregung. Vielleicht die Angst vor dem Ende. Egal, wessen Ende es sein würde.

Damien richtete den Blick nachdenklich auf die Vitrinen. Dann ging er zu einer hinüber. Seine Bewegungen waren langsam und elegant wie immer, als er einen Schlüssel hervorholte und eine der Türen aufschloss. Die Tür klappte auf und Damien griff ins Innere.

Die Waffe, die er herausholte, sah für Luca nicht herausragend anders aus, aber erkannte, dass es keine 08/15-Pistole war. Der Lauf war anders.

Damien schloss den Schrank in aller Ruhe und kam dann zu ihm.

»Das ist eine Korth. Größtenteils handgefertigt. Ungefähr 70 Arbeitsstunden stecken in so einer.« Er behielt die Waffe in der Hand, hielt sie ihm aber dennoch hin, damit er sie betrachten konnte.

»Ich dachte, die werden alle maschinell hergestellt. Damit sie keine Ladehemmung bekommen oder so.«

»Die hat keine Ladehemmung.« Damien öffnete die Waffe mit geübten Handgriffen und schob Patronen hinein, die er wahrscheinlich ebenfalls aus der Vitrine genommen hatte. Luca schluckte. Ließ er Damien gerade selbst die Waffe auswählen und laden, mit der er ihn gleich erschießen würde?

»Sie ist dir zu schade für den Alltag, oder?«, fragte er und versuchte, die Anspannung aus seiner Stimme herauszuhalten.

Der Mafiaprinz nickte. »Nicht jeder verdient es, mit so einem Baby erschossen zu werden.« Dann hob er den Blick und sah Luca in die Augen. »Gefällt sie dir?«

»Ja, wirklich schick«, erwiderte er. »Auch wenn ich gar nicht wirklich in der Lage bin, ihren Wert zu verstehen, aber ich vergleiche das mit Motorrädern und seltenen Teilen. Das versteht auch nicht jeder. Da muss man drinstecken.« Er griff nach der Waffe. »Darf ich sie mal...?«

»Halten? Ich weiß nicht.« Damien machte keine Anstalten, seine eigene Hand vom Griff zu lösen. Es war das erste Mal, dass Luca ihn sagen hörte, dass er etwas nicht wusste. »Du kannst sie fühlen. Ich kann sie dich fühlen lassen.« Er strich mit dem Lauf über Lucas Hals.

Kalt. Luca erstarrte. Damit hatte er nicht gerechnet. Er musste mitspielen. Hoffen, dass sich eine Situation ergab, in der er ihn überraschen konnte. Oder, dass Damien nach dem Sex so erschöpft sein würde, dass er sie ihm wegnehmen und auf ihn richten konnte. Fuck.

Luca schluckte, fühlte das Metall ganz deutlich auf seiner Haut, unter seinem Kinn, an seinem Kiefer. Ein kaltes Kribbeln folgte der Berührung, wie ein verzögertes Echo. Damien lehnte sich vor und küsste ihn. Eine willkommene Ablenkung. Warm und weich, ein kompletter Kontrast zu der Waffe an seinem Hals.

Hatte er sie wieder gesichert? Luca konnte sich nicht erinnern. Adrenalin kribbelte in seinen Venen. Aber daraus entstand nicht nur Angst, sondern auch eine riskante Art von Neugier, von Durst. Es fühlte sich an, als würde Damien ihm etwas von sich zeigen, das genauso unter Verschluss gestanden hatte wie diese Waffe. Etwas, das er für besondere Anlässe aufbewahrte. Für besondere Menschen. Der Kuss war wild, intensiv, schmeckte nach dem Wein, den er ausgesucht hatte und nach Damiens Lust auf ihn. Zum Atmen blieb keine Zeit. Damien schob ihn zurück und Luca stapfte blind durch den Raum, bis er eine Kante an der Rückseite seiner Oberschenkel spürte. Das musste die Liege sein. Er setzte sich darauf und Damien löste sich von ihm, sah ihn wieder an.

Es gab kein Entkommen. Sein Blick hielt ihn gefangen, aber es war auch die Position, in der er sich befand, die ihn festhielt: die Beine geöffnet, Damien dazwischen. Unter und hinter ihm die Liege, rechts von ihm das Fenster, gegen das der Regen prasselte.

Schon während des Kusses hatte Damien mit einer Hand sein Kinn umfasst und festgehalten. Das tat er auch jetzt noch. Und Luca hielt still, blickte zu ihm auf, versuchte gar nicht erst, den Kopf zu bewegen.

Dann kam die Waffe. An der Seite seines Halses hinauf, sanft beinahe, kitzelnd. Sie strich über seine Wange, hinüber zu seinem Mund. Luca wusste, was geschehen würde, und sein Herz schlug noch schneller.

Damien hob die Brauen, als er mit dem Ende des Laufs gegen seine Lippen tippte. Fordernd. Abwartend. Ihm blieb keine Wahl. Er hatte sich so weit in dieses Spiel hineinmanövriert, dass er nicht mehr aussteigen konnte. Zumindest nicht, wenn er gewinnen wollte. Es war ein bisschen, wie damals auf der Feier, als er Damien zu dem Kuss provoziert hatte.

Das hier ... das war kein Kuss. Es war ein Blowjob.

Luca öffnete den Mund und hielt Damiens Blick stand, während ein Schauer nach dem anderen über seinen Rücken jagte. Jedes Härchen an seinem Körper stellte sich auf. Damien ließ die Waffe ein Stück in seinen Mund gleiten, zog sie wieder heraus, schob sie wieder rein.

Die Hand an seinem Kinn löste sich und Luca konnte zwar den Kopf nicht bewegen und nur begrenzt nach unten schauen, aber er wusste, wo sie hinwanderte, wusste, dass Damien sie in seinen Schoß schob und seinen Schwanz massierte.

Das hier ... das war wirklich sein Ding.

Luca schluckte schwer, versuchte, die Realität zu verdrängen, nicht daran zu denken, dass er eine geladene Waffe im Mund hatte. Dass es vorbei war, wenn sie losging. Seine Atemzüge bebten.

Er spürte Hitze in sich, die nicht von der Angst kam. Angst war eher kalt. Nein, das, was hier passierte, erinnerte ihn an einige seiner Träume, an Fetzen davon, die ihm auch bei Tageslicht noch in der Erinnerung geblieben waren.

Nur fühlte es sich in der Realität ganz anders an. Er hätte lieber einen Schwanz im Mund gehabt als eine Waffe. Trotzdem machte er mit, bis Damien davon genug hatte. Das Metall glänzte feucht von seinem Speichel, als er sie zurückzog. Damien betrachtete die Waffe eingehend, bevor er sie beiseitelegte und sich über ihn beugte. Luca erlaubte sich keinen Blick zur Seite. Keinen Blick zu der Korth. Das hätte verräterisch wirken können. Stattdessen starrte er in Damiens blaue Augen.

Zwei Hände umfingen sein Gesicht und Damien küsste ihn noch gieriger und tiefer als vorhin. Es schien fast, als wolle er den metallischen Geschmack der Waffe von seiner Zunge kosten.

In seinem Schoß fühlte er ihn. Damien war hart wie die Waffe. Als er sich gegen ihn rieb, entkam Luca ein Seufzen.

»Ich könnte dich auch damit ficken.«

Die rauen Worte krochen Luca direkt unter die Haut. Fuck, er traute es Damien voll und ganz zu. Traute ihm zu, dass er ihn auf den Bauch drehen, ihm die Hose herunterziehen und die Waffe zwischen seine Beine drücken würde.

Draußen donnerte es. Aus dem Regen wurde ein Unwetter.

»Willst du ... dieses schöne Stück wirklich in meinen Arsch schieben?«, fragte Luca und hoffte, dass sie Damien dafür zu schade war. Lieber sollte die Waffe neben ihnen auf der Liege ruhen. Bis der richtige Moment kam.

KAPITEL 26

Luca

DU HAST ANGST«, stellte Damien fest, nahe an seinem Ohr.

»Ja«, gab Luca zu. Vielleicht würde das helfen. Ehrlichkeit. Sie waren ja keine Feinde mehr. Sie waren inzwischen ... tatsächlich sowas wie ein Ehepaar. Zumindest aber ein Team. Freunde, die guten Sex und gutes Essen teilten. Und Sporteinheiten am Morgen und sinnlose Schachpartien.

Während er sich das bewusst machte, zuckten noch mehr Bilder durch Lucas Kopf. Bilder von Dingen, die gar nicht passiert waren, sondern nur Zukunftsfantasien darstellten. Damien und er auf seinem Motorrad. Das hätte er gerne erlebt. Oder Damien und er bei einem Tanzwettbewerb. Discofox. Es war absurd, aber ... das hätte ihm Spaß gemacht.

»Dann heben wir uns das für ein anderes Mal auf.« Damien schob eine Hand zwischen seine Beine und rieb über seinen Schwanz.

Luca wusste gar nicht, wie ihm geschah. Hatte sein Ehemann gerade einfach so nachgegeben? Weil er eingestanden hatte, dass er sich vor einem Fick mit der Waffe fürchtete?

Damiens Hand in seinem Schoß machte das Denken von einer Sekunde auf die andere so viel schwerer. Luca wand sich. Die Liege knarzte. Irgendwo neben ihnen lag die Waffe. Damien hatte sie nicht in der Hand, nein, eine war zwischen seinen Beinen und die andere an seiner Schulter.

Er war auf dem Weg, zu gewinnen. Der Gedanke floss siedend heiß durch seine Adern. Die Waffe war da und wenn Damien sich auf ihn konzentrierte, konnte er danach greifen. Es würde leicht sein, ihn zu treffen, wenn er so unmittelbar vor ihm war. Er würde es schaffen. Bestimmt. Sein erster und letzter Sieg über Damien Valenti.

Sein Atem war zittrig, als Damien ihn wieder küsste und dann sein Hemd aufknöpfte. Als die starken Hände über seinen Bauch, seine Rippenbögen und seine Brust glitten. Fest, aber auch zärtlich. Als sei er ebenso kostbar wie diese besondere Waffe in seiner Sammlung.

Luca wollte nicht denken, aber sein Kopf zwang ihn. Sein Überlebenswille. Er durfte sich nicht zurücklehnen und genießen. Er durfte sich nicht in Damiens Hitze und seiner Nähe verlieren. Er musste seine Chance nutzen. Nur darum ging es.

Das hier war kein Abschiedsfick. Es war bereits das Ende.

Es waren lange Sekunden, die wie in Zeitlupe verliefen. Damien legte beide Hände an seinen Gürtel, öffnete ihn mit seinen langen, schlanken Fingern.

Jetzt, Luca. Die Stimme in seinem Kopf war eine Mischung aus seiner eigenen und der von Lorenzo. Er hasste es. Aber er wusste auch, worum es ging. Um Alessia. Und um seine Freiheit. Er durfte nicht zögern.

Luca merkte, dass er das Gesicht verzog, aber er griff trotzdem nach rechts. Nach der Waffe. Da war sie. Seine Finger schlossen sich um den Griff. Er hob sie auf. Sie wog mehr, als er gedacht hatte, aber doch nicht so viel wie diese Entscheidung.

Niemand hielt ihn auf. Er schaffte es, sie auf Damiens Kopf zu richten. Schwer atmend, die Augen zu Schlitzen verengt, die Lippen schmerzhaft fest aufeinander gepresst.

Es war vorbei.

Gib ihm nicht die Chance, den Kopf zu heben. Drück ab. Drück ab, bevor du in seine Augen siehst. Tu dir nicht noch mehr weh.

Luca schluckte. Seine Hand zitterte. Dieser winzige Augenblick, in dem er zögerte, kam ihm wie ein Jahr vor. Wie eine unverzeihliche Ewigkeit.

Dann hob Damien den Kopf. Langsam. Blaue Augen, klar und kalt wie die menschgewordene Eiszeit. Kein Funken von Überraschung. Nur Berechnung ... und eine Spur von ... Geringschätzung.

»Na los, drück ab, Darling.«

In diesem Moment wusste Luca alles. Aber es war zu spät.

»Sie ist nicht geladen«, hauchte er. »Du hast mit mir gespielt.«

Damien nahm sie ihm aus der Hand, ohne dass Luca etwas dagegen tun konnte. Die Bewegung kam so schnell und geschickt, dass er nicht einmal hätte sagen können, wie er es gemacht hatte. Der Lauf drückte gegen seine Stirn. Dann klickte es. Leise.

Kein Knall. Keine Patrone. Trotzdem drehte sich ihm der Magen um.

Noch war er am Leben, aber das war nichts wert. Er hatte versagt. Schach Matt.

Beinahe musste er lachen. Hatte er denn tatsächlich geglaubt, gegen Damien gewinnen zu können? Anscheinend hatte er nichts dazugelernt.

»Du bist so ein beschissener Feigling«, grollte Damien. Seine Stimme kam von ganz tief unten. Luca wusste nicht, ob er schon einmal so viel Wut herausgehört hatte. Eine Hand legte sich um seine Kehle, drückte zu.

So würde er also sterben?

Er wusste, dass es sinnlos war, aber er wehrte sich dennoch. Fuck, er konnte nicht einfach nur daliegen und sich töten lassen. Er musste wenigstens kämpfen. Mit Händen und Füßen versuchte er, Damien von sich wegzustoßen, ihn zu schlagen oder zu treten. Er traf sogar, aber es fühlte sich eher an, als würde er gegen einen Sandsack kämpfen. Damien zuckte nicht einmal. Der Druck auf seiner Luftröhre wurde nur fester.

»Du hast dich mit meinen Feinden zusammengetan. Deine Entscheidung«, knurrte er. »Aber du ziehst es nicht durch.« Er schnaubte. »Du dachtest, sie wäre geladen und hast dich nicht getraut, zu schießen.«

Lucas Wahrnehmung verschwamm. Er hörte die Worte, aber sein Blickfeld wurde enger. Schwarz flimmerte an den Kanten. Damiens Gesicht ... seine Wut ... und ein Hauch Verwirrung, irgendwo dazwischen.

Seine Hände rutschten von Damiens Schultern ab und sanken kraftlos neben ihm auf die Liege.

Ja, ich bin ein Feigling, dachte er. *Aber noch mehr ein Idiot.*

Dieser Moment, in dem er zwischen Leben und Tod schwankte, kurz vor der Bewusstlosigkeit, war es auch, der ihm eine Klarheit schenkte, die er vorher nicht hatte erreichen können, weil sich ständig alle möglichen Gedanken und Gefühle einmischten und es verwässerten.

Er liebte seine Schwester. Und er liebte seinen Traum von der Freiheit.

Aber er liebte *auch Damien.* Verfickt nochmal, so bescheuert das war. Es stimmte. Tränen liefen aus seinen Augen, als sein Körper aufgab.

Am Ende war da nur noch das Rauschen des Regens hinter dem Fenster, das ihn in die Bewusstlosigkeit begleitete.

Damien

Schwer atmend stand Damien über die Liege gebeugt da, die Hand noch an der Kehle des Mannes, der ihn verraten hatte. Diese dreckige Gewissheit hatte er nun schon einige Tage mit sich herumgetragen.

Der Peilsender hatte seinen Verdacht bestätigt. Immer wieder die Ausflüge zu dieser Werkstatt. Eine Werkstatt, die über mehrere Ecken mit dem Kartell verstrickt war, wenn auch nicht allzu offensichtlich.

Seine Männer hatten Luca mit einem der Kartellmänner gesehen. Ein Foto, aus der Ferne aufgenommen, mitten durch den Türspalt fotografiert, als Luca das Hinterzimmer verlassen hatte. Damien brauchte nur daran denken, um die Wut erneut hochkochen zu lassen.

Verrat. Das war noch schlimmer als Feigheit. Die schlimmste Sünde von allen.

Sein Blick ruhte auf Luca. Er war bewusstlos. Damien ließ ihn los und richtete sich auf, bewegte die Finger der Hand, mit der er ihm die Luft abgedrückt hatte.

Mit steinerner Miene musterte er ihn. Den Mann, den er gefährlich nahe an sich herangelassen hatte. Natürlich hatten sie ihn benutzen wollen. Und natürlich hatte Luca sich benutzen lassen.

»Was haben sie dir angeboten?«, fragte er leise. »Wie viel hat deine Loyalität gekostet?« Er hasste es, dass ihn das überhaupt interessierte. Er hasste es, dass er darüber nachdachte. Er hasste es, dass er es hasste.

Eigentlich wusste er es doch besser. Er hatte das kommen sehen. Theoretisch. Als er dieser Heirat zugestimmt hatte, was dieses Risiko glasklar gewesen. Aber irgendwo zwischen dem albernen Getanze in der Küche, Lucas leuchtenden Augen, als er ihm Woche für Woche neue Versuche seiner Pasta präsentierte, seiner verzweifelten Sturheit am Schachbrett und dieser Mischung aus Rebell und Dickkopf hatte er es aus den Augen verloren. Er hatte sich verirrt. War verloren gegangen. Verloren in diesem Mann.

Es war albern. Es war dämlich. Und es war höchst hinderlich.

»Ich sollte dich hinrichten«, sagte er. »Auf Verrat steht die Todesstrafe.« Das war eine der grundlegenden Regeln. Eine der ersten, die sein Vater ihm beigebracht hatte.

Damien nahm die Waffe in die Hand und lud sie. Dieses Mal ließ er die Kugeln drin. Vorhin hatte er sie mit einem Taschenspielertrick wieder herausgenommen, bevor er sie schloss. Luca war darauf hereingefallen.

Langsam richtete er sie auf Luca. Direkt auf seine Brust. Auf die nackte, warme Haut, die er vorhin noch berührt hatte. Bilder schossen durch seinen Kopf. Genauso unerwünscht wie unaufhaltsam.

Er muss sterben, Damien. Er hat sein Schicksal selbst besiegelt.

Die Stimme seines Vaters. Nicht seine eigene. Ein Blinzeln lang war es Matteo, der vor ihm lag. Seine erste Liebe. Und seine Letzte. Bis jetzt.

Nein. Damien schüttelte den Kopf. *Liebe* ... das war nur ein Wort für einen monumentalen Fehler. Ein vergangener, lange gehegter und unterdrückter Schmerz kroch aus den finsteren Ecken seines Bewusstseins heraus und füllte sein Herz.

Matteos Tod hatte etwas aus ihm herausgerissen und nie wieder hergegeben. Zumindest hatte er das geglaubt. Aber etwas davon schien überlebt zu haben. Schwäche.

Damien atmete durch. Dann drang ein leises, bitteres Lachen aus seiner Kehle. Er senkte den Arm. Er konnte es nicht, aber er sagte sich, dass er es nur nicht tat, weil es eine klügere Entscheidung gab. Das Kartell wusste wahrscheinlich noch nicht, dass Luca gescheitert war. Vielleicht konnte er das nutzen. Luca zu einem Doppelagenten machen.

Er sicherte die Waffe, steckte sie weg und hob Luca von der Liege auf.

Während er in durchs Haus trug, sein Gewicht auf den Armen spürte, ebenso wie seine Körperwärme, und während sein Geruch ihm in die Nase stieg, fiel es ihm schwer, sich gegen die unerwünschten Gedanken zu wehren.

Warum hast du nicht geschossen? Du dachtest, sie wäre geladen. Du hast nicht abgedrückt. Das war deine Chance.

Gleichzeitig fragte er sich selbst, warum er das Spiel so lange gespielt hatte. Warum er Luca in diesen Tagen gelockt und vor sich hergetrieben hatte. Nur aus Neugier? Nur aus Rache? Nur um ihn zu quälen?

Er hätte ihn konfrontieren können, vor Tagen schon. Aber irgendetwas in ihm hatte sehen wollen, wie weit Luca ging. Was passieren würde. Die Idee mit der Waffenkammer hatte ihm gefallen.

Aber dann ... sein Zögern. Immer wieder sein Zögern.

Damien stieß eine Tür auf und trug Luca in das kleine Zimmer. Es war eingerichtet wie ein Raum für Gäste. Ein Bett, ein Schrank, ein kleines Badezimmer mit Toilette und Waschbecken nebenan. Aber kein Fenster.

Er legte Lucas schlaffen Körper auf die Matratze und sah ihn wieder viel zu lange an. Dann schüttelte er den Kopf. So würde er keine Antworten bekommen.

Mit einem unwirschen Schnauben fing er an, ihn abzutasten und nach Waffen zu suchen. Versteckte Klingen, eine weitere Pistole ... aber da war nichts. Schließlich ging er, schloss die Tür ab und holte eine Flasche Wasser aus der Küche.

Wenn Luca aufwachte, würde er ihm ein paar Fragen beantworten müssen. Und dann ... dann konnte er ihn immer noch bestrafen.

KAPITEL 27

Luca

TOT ZU SEIN fühlte sich nicht viel anders an, als aufzuwachen. Fast, als würde er auf einem Bett liegen, in einem dunklen Zimmer, und ...

Hustend richtete er sich auf.

Ich lebe noch. Er griff sich an den Hals und rieb vorsichtig über die Stelle, an der er Damiens Hand immer noch spüren konnte. Erinnerungen zuckten wie Blitze durch seinen Kopf. Draußen grollte der Donner. Es regnete immer noch, das konnte er hören. Wie viel Zeit war vergangen? Und wo war er?

Es war stockfinster um ihn herum. Er tastete neben sich und fand eine Lampe. Einen Schalter.

Er hat mich irgendwo eingesperrt, dämmerte es ihm. *Warum hat er mich nicht umgebracht? Will er mich vorher foltern? Um Rache zu nehmen?*

Luca schauderte. Er traute Damien alles zu. Vom Fingerbrechen bis Zähneziehen oder dem Abschneiden irgendwelcher Körperteile. *Nein, behalte deine Ruhe.* Kontrolliert rieb er sich mit den Handflächen über die Oberschenkel. Wenn Damien hier rein kam, würde er ihm alles erzählen, was passiert war. Er wollte keinen zweiten Versuch starten, ihn umzubringen. Er wollte reden. Ehrlich sein. Das ... hätte er wahrscheinlich von Anfang an tun sollen. Die Frage war nur, ob Damien ihm glauben würde, oder ob er ihn für einen Lügner halten würde, der versuchte, den Kopf aus der Schlinge zu ziehen.

Schritte näherten sich. Luca blieb auf dem Bett sitzen, ballte die Hände zu Fäusten und wartete mit Blick auf die Tür ab. Damien trat ein. Den ganzen Körper angespannt, die Muskeln hart wie Metall, das konnte Luca erahnen.

»Schach matt ist Schach matt«, sagte er. »Es gibt kein Comeback.«

Natürlich war Damien trotzdem vorsichtig. Er schloss die Tür hinter sich, ohne den Blick abzuwenden, und blieb dann dort in der Ecke stehen. Seine Miene war ernst und sein Haar ein bisschen zerzaust, so als hätte er es sich mit den Händen zerwühlt und dann nicht mehr daran gedacht.

»Wenn du willst, erzähle ich dir alles, was passiert ist.« Er suchte in Damiens Blick nach einer Bestätigung und fand so etwas wie ein winziges Nicken. Also atmete er tief ein und berichtete dann alles der Reihe nach. Von seiner Tour mit dem Motorrad und der ersten Begegnung mit Lorenzo bis zum jetzigen Moment.

Stellenweise fiel es ihm schwer. Die Worte stockten, als er den Vorfall im Wald beschrieb, als Damien angeschossen worden war. Scham brannte auf seinem Gesicht, weil er jetzt, beim Erzählen noch einmal sehr genau spürte, wie leichtgläubig er gewesen war.

Und wie dumm es gewesen war, sich an keinem Punkt für einen Weg zu entscheiden, sondern zu Wanken wie ein Löwenzahn im Wind. Mal Diener des Kartells, mal verliebter Ehemann. Wäre er von vornherein einen festgelegten Weg gegangen, an den er sich hielt, dann sähe jetzt alles anders aus. Aber dafür war er zu schwach gewesen. Damien hatte schweigend zugehört, nichts kommentiert, nicht einmal Geräusche von sich gegeben.

»Ich schwöre, ich habe nichts ausgelassen«, sagte Luca und knetete seine Finger. Er fühlte sich nackt und bloßgestellt, nachdem er jede Schwäche, jeden Gedanken und jede dumme Entscheidung offenbart hatte. »Du kannst mich jetzt hinrichten ... oder du lässt mich gehen. Ich versuche, irgendwie über die Grenze zu kommen. Ist wenigstens eine kleine Chance.«

Auf einmal stand Damien nicht mehr nur da, sondern kam auf ihn zu. Luca stand auf. Wenn er seinem Ende entgegensah, dann wenigstens aufrecht. Nach all den Peinlichkeiten.

»Wenn ich dich gehen lasse, stirbst du«, sagte er.

Luca blickte zweifelnd zu ihm auf. »Und warum tust du es dann nicht einfach?« Er hatte ihm sämtliche Informationen gegeben. Alles, woran er sich erinnerte. Damien brauchte ihn nicht mehr. Ob er ihn selbst tötete, oder die Kartellleute das übernehmen ließ ... es führte alles zum gleichen Ergebnis.

Damien verengte die Augen. Obwohl er relativ ruhig wirkte, konnte Luca erahnen, dass es in ihm drin anders aussah als auf der Oberfläche. Und das wiederum wühlte *ihn* auf. War er vielleicht nicht der Einzige, der nicht abdrücken konnte?

»Bis wann genau erwartet das Kartell meinen Tod?«

»Bis morgen 12 Uhr.«

»Gut.« Damien atmete aus. Er stand vor ihm, nur etwa ein halber Meter zwischen ihnen, und sein Körper schien sich minimal zu entspannen. Wie eine Waffe, die gesenkt wurde. Noch da, aber nicht mehr bereit, jede Sekunde ein Leben zu beenden. Luca war fasziniert, aber er wagte noch nicht, zu hoffen, dass er heil hier herauskommen würde. »Sie haben dir den Ausstieg angeboten, den du unbedingt wolltest. Freiheit«, sagte er, wiederholte das, was Luca berichtet hatte. »Was wäre, wenn *ich* dir das gebe?«

»Wirklich?«, entkam es Luca. Er stieß ein kleines Lachen aus, dann fuhr er sich mit beiden Händen übers Gesicht. Überfordert. Unsicher. »Meinst du das ernst, oder ist das wieder eine Erweiterung des Spiels, Damien? Ich bin an meine Grenzen gestoßen. Ich ... würd echt alles dafür geben, auf irgendetwas vertrauen zu können.«

Das Angebot, ihn zu verschonen und ihm sogar seine Freiheit zu schenken, klang einfach zu gut, um ehrlich zu sein. Damien benutzte ihn doch am Ende auch nur wie ein Werkzeug, oder? Er hatte ihm nie vertraut. In der Maschine war ein Peilsender gewesen, damit hatte Damien ihn überwacht, das hatte er sich inzwischen selbst zusammengereimt. Und die letzten Tage ... das mit dem Schlüssel und allem, das waren nur perfide Spielzüge gewesen, um ihn zu foltern, um seine Reaktionen zu sehen. Natürlich spielte er auch jetzt mit seinen Gefühlen. Mit seiner Hoffnung.

Damien gab ein unwirsches Brummen von sich.

»Sich alle Türen offenhalten zu wollen, sich nicht festzulegen, jedem das zu erzählen, was er hören will – das ist eine unreife Strategie. Eine rückgratlose. Führt ausnahmslos immer irgendwann zum Tod oder zur Isolation«, sagte er mit monotoner Stimme, ohne jedes Gefühl. Es klang fast, als würde er den Text eher zitieren, als dass er aus seinen eigenen Gedanken kam. Die nächsten Worte allerdings bebten nur so vor unterdrückter Emotion und Luca alles in Luca kribbelte, als er sie hörte. »Ich weiß, wie schwer diese Entscheidungen sein können. Vor allem, wenn an jeder davon etwas hängt, das du dir nicht vorstellen kannst, zu verlieren. Aber du *musst* diese Entscheidungen treffen.«

Luca nickte. »Ja. Du hast Recht. Ich denke, ich habe meine getroffen. Vorhin schon.« In einem Moment, als er nicht hatte nachdenken können. Als es nur darum gegangen war, Damien zu töten oder nicht. Er hatte sich für ihn entschieden. Und es kam ihm nicht wie ein Fehler vor. Töricht, ja. Aber er glaubte nicht, dass er es beim zweiten oder dritten Versuch anders machen würde.

Damien sah in ihn hinein. Der Blick der blauen Augen ging tief, aber Luca schaute zurück, verbarg nichts, wartete auf sein Urteil, während er seinem eigenen Herzklopfen lauschte. Dass er sich in ihn verliebt hatte ... das war eine der weniger peinlichen Dinge, die er offengelegt hatte. Dazu zu stehen war viel leichter, als er gedacht hatte.

»Morgen werde ich einen großen Coup abwickeln«, sagte Damien schließlich. »Du wirst Lorenzo Ort und Zeit verraten und dem Kartell damit eine Gelegenheit servieren, nicht nur meinen Tod herbeizuführen, sondern dazu noch eine riesige Lieferung abzugreifen. Ich werde dir Unterlagen geben, mit denen du es beweisen kannst. Mit diesen Nachforschungen kannst du begründen, warum du bis zum letzten Tag gebraucht hast.«

»Wenn er mich nicht sofort abknallt, weil du noch lebst.«

»Er wird sich zumindest zwei, drei Sätze von dir anhören und das wird genug sein. Das Kartell ist zu gierig, um sich so eine Chance entgehen zu lassen.«

Luca versuchte, seine Angst hinunterzuschlucken. Damien kannte diese Leute besser als er. Länger. Intensiver. Wenn er glaubte, dass es funktionieren würde, dann musste er ihm vertrauen.

»Okay«, sagte er schließlich und bekräftigte seine Zustimmung mit einem Nicken. »Ich mache genau das, was du sagst. Und dann?«

Er sah das Zögern in Damiens Blick, als er ihn wenig später aus dem Zimmer treten ließ. Sie hatten den Plan in allen Details besprochen. Luca hatte jede Frage gestellt, die ihm eingefallen war.

Er fühlte sich leer und gleichzeitig so voller Informationen und Gefühle, dass eine drängende Ruhelosigkeit Besitz von ihm ergriff. Sie trieb ihn in den Trainingsraum, wo er eine Weile Gewichte drückte. Es war nur sein Geist, der müde war. Nicht sein Körper. Irgendwie versuchte er, ein Gleichgewicht herzustellen, alles von sich zu erschöpfen.

Nach einer Weile leistete Damien ihm Gesellschaft. Sie trainierten schweigend – so wie immer. Von außen sah es wahrscheinlich ganz normal aus, aber innendrin war es seltsam fremd.

Zwischen ihnen schien alles geklärt. Sie waren so ehrlich zueinander gewesen wie vielleicht niemals zuvor. Und trotzdem fühlte Luca sich, als fehle da noch ganz viel. Und dieser Eindruck wurde nur stärker, je länger er in Damiens Nähe war.

Es war eine Antwort, die ihm fehlte. Die Erwiderung auf sein wortloses Geständnis. Er konnte nicht danach fragen. Und wahrscheinlich war der bloße Hunger danach schon wieder ein Zeichen seiner Schwäche.

Von Damien Valenti hören zu wollen, dass er ihm wichtig war ... das war albern. Und es war utopisch, nachdem er seinen Verrat offengelegt hatte. War es vorher schon gewesen, aber jetzt erst recht. Für ihn war er immer nur ein Werkzeug gewesen, ein Name, ein Zugangscode und zeitweise vielleicht ein unterhaltsames Spielzeug. Das Gerede von Partnerschaft hatte nur dazu gedient, ihn vor sich herzutreiben, ihn noch besser beobachten zu können. Er war ein Tier in einem Käfig und Damien hatte einen Stock durch die Gitterstäbe gesteckt, und ihn damit angetippt, um zu sehen, wie er dann hin und her lief. Das war alles.

Die Erkenntnis brannte. Tief in ihm drin. Das musste ihm eine Lehre sein. Aber immerhin ... wenn Damien sein Wort hielt, würde er eine zweite Chance bekommen. Das neue Leben, von dem er geträumt hatte. Seinen Ausstieg. Luca hielt es zumindest für möglich, dass Damien die Vereinbarung erfüllen würde, wenn der Plan funktionierte. Und das war mehr, als er zu hoffen gewagt hatte.

Körperlich gingen sie sich den Rest der Zeit aus dem Weg, aber Luca spürte die Blicke und ihm entging auch nicht, wie sein eigener immer wieder zu Damien wanderte.

Die über allem schwebende Anspannung war unerträglich. Als würde er in einen Sturm hineinlaufen und nur darauf warten, dass er ihn von den Füßen riss. In Kürze würde er Lorenzo treffen und ihm den Köder hinhalten. Wenn er ihn schluckte, dann würde es noch einen weiteren Tag bis zum großen Showdown dauern. Einen weiteren Tag, bis sein Leben endlich wieder ruhigere Bahnen annehmen konnte. Oder endete. Auch der Tod war ... immer noch eine realistische Option für den Ausgang dieser ganzen verzwickten Situation.

Aber wenigstens fühlte es sich jetzt so an, als stünde er auf der richtigen Seite. Als hätte er am Ende doch irgendetwas richtig gemacht.

KAPITEL 28

Damien

AN WICHTIGEN TAGEN war er immer angespannt. Man konnte diesen Job nicht machen – und nicht lange am Leben bleiben –, wenn man sich zu leicht entspannte. Wenn man glaubte, nur weil bisher alles gut verlaufen war, würde es das auch weiterhin.

Erfolg zu haben, war gefährlich.

Zu vertrauen ... das auch.

Damien betrachtete das Gelände von Weitem. Der gepanzerte Wagen, in dem er saß, stand auf einer Anhöhe, von der aus man ein Stück des Hafens einsehen konnte, ohne selbst zu leicht entdeckt zu werden.

Er trug einen graublauen Anzug und hatte die Korth bei sich. Warum genau, wusste er selbst nicht. Vielleicht, weil er ihr Hoffnung gemacht hatte, indem er sie vor ein paar Tagen geladen hatte. Sie war nicht zum Schuss gekommen. Das wollte er ihr heute ermöglichen.

An so etwas wie Glücksbringer glaubte Damien eigentlich nicht. Aber er glaubte an gute Waffen.

Die Zeit verging langsam. Der Himmel war bewölkt, das Wetter schien sich noch nicht sicher zu sein, ob es seine regnerische Laune der letzten beiden Tage fortsetzen oder abschütteln wollte. Die Luft roch noch nach dem Sturm und das Licht, das die Sonne durch die Wolken warf, wirkte auf den grauen Fassaden der Hafengebäude seltsam grünlich.

Es war der perfekte Tag, um dem Kartell einen Schlag zu versetzen, von dem es sich so schnell nicht wieder erholen würde. Das war der Plan. Das war der Grund, aus dem er sich auf all das einließ. Es war gefährlich, sich dermaßen auszuliefern. Hohes Risiko, hoher Gewinn. Normalerweise nicht die Art von Coup, die er bevorzugte. Er mochte es sicher, kontrolliert. Das hier ... das war eher etwas, das zu Luca gepasst hätte. Unerwartet. Genau deswegen glaubte er, dass es funktionieren konnte.

Das Kartell hatte ihn lange studiert. Sie hatten eine gewisse Erwartungshaltung, was ihn betraf. Er hoffte, dass er sich das zunutze machen konnte. Dass er den Fehler, den er gemacht hatte, zu einem meisterhaften Schachzug umformen konnte.

Den Fehler, Luca an sich heranzulassen.

Wenn alles funktionierte, würde er verschwinden. Das hier würde der letzte Tag sein, an dem er ihn überhaupt zu Gesicht bekam. Er schlug also nicht nur seinen Feind, sondern merzte auch eine Schwäche aus. So war es gut. So musste es sein.

Zufriedenheit spürte er bei dem Gedanken nicht. Dafür war es wohl zu früh.

Als die Sonne ihren Höhepunkt gerade erreicht hatte, war es Zeit für seinen Auftritt. Vorerst lief alles ganz normal ab. Er und seine Leute prüften das Gelände.

Die alte Fabrikhalle war eine unter vielen in diesem Teil des Hafens. Die Fassaden waren dreckiggrau und durchzogen von Stahlträgern, die sich langsam dem Rost hingaben. Feuertonnen sprossen aus dem Boden wie andernorts Maulwurfshügel. Halb verbrannte Pappe ragte oben heraus. Der Wind trug hin und wieder den Geruch von kalter Asche heran, vermischt mit dem Salzgeruch des Meeres.

Jemand gab das Zeichen, dass die Luft rein war. Eingeweihtes Personal. Aber Damien sah tatsächlich keine Spur des Kartells. Kurz streifte ihn der Gedanke, dass Luca ihn erneut betrogen haben könnte. Dass er heimlich einen neuen Deal mit Lorenzo abgeschlossen haben könnte, aber als er dann auf seinem Motorrad angefahren kam, ein Bein über die Maschine schwang und sich den Helm von Kopf zog, verwarf er ihn wieder.

Luca wirkte ... abgeklärt, seit er von seinem letzten Gespräch mit Lorenzo zurückgekehrt war. Er war in den letzten Stunden offen und unverstellt gewesen, entspannt auf eine Weise, wie es nur jemand sein konnte, der restlos alle Karten auf den Tisch gelegt hatte und dem nur noch blieb, abzuwarten, wie das Spiel ausging. Jemand, der keine Angst mehr hatte, dass seine Geheimnisse aufgedeckt wurden.

So sah er auch jetzt aus. Seine Augen leuchteten – das taten sie immer, wenn er der Maschine nahekam, oder eben von einer Fahrt zurückkehrte. Sicher war er nervös, aber das war auch richtig so. Er nahm ihren Plan ernst.

Damien begrüßte ihn mit einer knappen Umarmung, spielte seine Rolle. Das Kartell sollte denken, dass sie sich noch immer nahestanden, dass er nichts von Lucas Spionage wusste.

Sie hielten sinnlosen Smalltalk und Damien sprach über die Lieferung, das Schiff war bereits zu sehen. Er tat so, als sei das hier Teil der Ausbildung, die er Luca im Whirlpool versprochen hatte. Eine erste Einweisung in seine Geschäfte.

Und Luca tat seinerseits so, als würde er gespannt zuhören und sich konzentriert alles merken. Es war seltsam. Wie das Schauspiel einer gemeinsamen Zukunft, das sie für sich selbst aufführten. Eine Zukunft, die es nicht geben würde.

Er erklärte Luca, wie es ablief. Wie man die Ware prüfte. Wie man vermied, übers Ohr gehauen zu werden. Und wie man die Zeit des anderen respektierte. Luca nickte immer wieder. Damien merkte, dass sein Blick hin und wieder zu einer Art Starren wurde – etwas, das passierte, wenn man sich sehr darauf konzentrieren musste, nicht zu einer bestimmten Stelle zu schauen. In Lucas Fall wollte er sich wohl davon abhalten, die Umgebung nach den Kartellleuten zu scannen. Eine schauspielerische Schwäche, aber man konnte sie wohl auch so interpretieren, dass Luca sich des Rückhalts von Lorenzo versichern wollte.

Das Schiff legte an, schaukelte träge auf den leichten Wellen, die gegen die Hafenkante wogten. Es waren vertraute Abläufe. Zwei kleine Gabelstapler luden geschwind Paletten ab. Das, was übrig war, schafften seine Angestellten und die des Lieferanten per Hand heran.

Jemand reichte Damien eine Brechstange und er öffnete routiniert eine zufällig ausgewählte Kiste. Er ging genauso vor wie sonst, prüfte den Stoff und winkte Luca heran.

Dann stand er neben ihm. In seiner Lederjacke, die matt glänzte, mit seinen Haaren, die vom Wind durcheinandergebracht wurden, mit seinen langen Wimpern und dem keck nach vorne gereckten Kinn.

Damien hielt ihm seinen Finger hin, an dem eine winzige Menge des Stoffs klebte. Es war der Startschuss. Der Startschuss für ihr großes Bühnenspiel. Luca beugte sich vor und kostete tatsächlich.

Ihr Kampf begann. Damien ließ sich von Lucas Angriff 'überraschen' und taumelte gegen eine der Kisten, während das Blutpäckchen aufriss, dass er unter seinem Jackett versteckt hatte.

Mit wutverzerrtem Gesicht schwang er die Brechstange nach ihm und schlug Luca damit das Messer aus der Hand. Im gleichen Moment dröhnten die Motoren. Das Kartell rückte an.

Der Lieferant war nicht eingeweiht. Das Ausbrechen des offenen Kampfes führte zur einzig logischen Reaktion: Flucht. Die Männer mit den Geldkoffern rannten an Bord und machten sich aus dem Staub, wer die Ware am Ende bekam, war für sie zweitrangig – sie wollten nur der Polizei ausweichen, die zwangsläufig irgendwann auftauchen würde, wenn Schüsse fielen.

Wie abgesprochen versuchte Luca, in Richtung der Industriehalle zu 'fliehen'. Eine Kugel flog an Damiens Kopf vorbei. Er hörte das Sausen in der Luft. Haarscharf. Keine Zeit für einen Herzstillstand. Er trieb Luca weiter vor sich her, blieb in Bewegung und konnte nur beten, dass sie seinen Kopf verfehlten.

Einer der Schützen landete einen Körpertreffer. Damien spürte den Ruck und den Schmerz. Das Kunstblut sickerte durch sein Hemd und tropfte zu Boden. Die Weste darunter hielt die Kugel fest.

Dann tauchte er endlich in den Schatten der Halle ab. Die chaotischste Phase war vorbei. Draußen kämpften seine Leute gegen die Soldaten des Kartells. Damien hatte keine Ahnung, wie groß der Trupp war, den sie geschickt hatten. Er hoffte, dass die Zahlen halbwegs ausgeglichen waren, damit Luca und er hier drinnen lange genug unbeobachtet blieben.

Luca feuerte auf den Brandsatz, den sie vorhin frisch angebracht hatten. Die Luft heizte sich auf. Trockener, warmer Wind brandete gegen sein Gesicht. Luca rannte los, zu der Seite der Halle, durch die nachts die Obdachlosen kamen. Zweifellos beobachteten die Kartellschützen alle Seiten, die aber ganz besonders.

Der Blick über die Schulter war der letzte, den Luca ihm zuwerfen würde. Damien schoss drei Mal schnell hintereinander. Sein Ehemann zuckte und fiel zu Boden. Genau im Ausgang, genau dort, wo das Kartell Zeuge seines Todes werden konnte.

Damien sah noch, wie die rote Flüssigkeit sich ausbreitete. Er hatte gut getroffen. Ein Hauch von Übelkeit mischte sich in den Wirbel aus Adrenalin, rasend schnellen Gedanken und kalter Konzentration.

Luca war 'tot'. Jetzt musste die Halle nur noch richtig schön brennen. Sie brauchten Rauch und Chaos und genug tote Kartellsoldaten, damit sie in einem schnellen Rückzug keine Zeit hatten, Lucas Puls zu fühlen. Sie würden sich auf ihre Augen verlassen müssen und Luca am Ende nicht für wichtig genug erachten, um nach ihm zu suchen.

Damien würde dafür sorgen, dass irgendein verbrannter Körper gefunden und als der von Luca identifiziert wurde. Dann war er raus aus der Sache und sein Geld würde ihn weit wegbringen mit einem neuen Pass, vielleicht einer kleinen Gesichtsoperation und einem Ticket in ein anderes Leben.

Luca bekam seine Freiheit – und er bekam die Gelegenheit, dem Kartell einen Arm abzuschlagen. Mit genau diesem Ziel kämpfte er. Jeder einzelne Kartellmann, der ihm vor die Augen trat, musste sterben.

Während er sich halb hinter einem alten Lagerregal verbarg, tötete Damien mehrere von ihnen, die in die Fabrikhalle eintraten. Sobald der aufsteigende Rauch ihn erkennen ließ, ob es sich um Freund oder Feind handelte, fand die Kugel ihr Ziel.

Mit Sorge stellte er fest, dass es nie seine eigenen Leute waren, die ihm begegneten. Lief draußen alles gut oder wurden sie geschlagen? Und wie weit war die Polizei?

Die Ware kümmerte ihn nicht. Natürlich wäre ihr Verlust ein Schaden, wenn sie es wegen des langen Kampfes nicht mehr schafften, sie einzuladen und wegzubringen. Aber sie war zweitrangig. Seine Leute waren wichtiger. Er wusste, was er an ihnen hatte. An gut ausgebildeten, loyalen Männern und Frauen.

Konzentriert spähte er durch die Rauchschwaden hindurch, doch sie wurden immer dichter. Inzwischen hatten einige der morschen Kisten und Kartonreste in der Halle Feuer gefangen und verströmten beim Verbrennen einen modrigen Geruch.

Draußen knallten Schüsse. Drinnen blieb es bis auf das Knacken des Feuers und das Dröhnen der Metallträger ruhig. Damien löste sich aus seinem Versteck und ging langsam zur Seite des Gebäudes, visierte den Ausgang an, bei dem Luca lag. Er wollte sich einen Überblick verschaffen, ohne direkt ins Geschehen zu laufen.

Als er bei Luca ankam ging er kurz in die Hocke und legte zwei Finger an seinen Hals, tat so, als würde er seinen Puls abtasten. Ihn komplett zu ignorieren, wäre ihm zu verdächtig vorgekommen, immerhin hatten sie dem Kartell ja vorgespielt, dass sie sich nahe genug waren, das Luca ihn so täuschen konnte.

Er spürte das Pochen unter den Fingerspitzen, sein Gesicht blieb versteinert und Lucas Augen geschlossen. Gut so. Damien stand auf und versuchte, betroffen auszusehen. Dann nahm er wieder Haltung an und ging zur Ecke der Halle, die Pistole schussbereit, um seinen Leuten zu Hilfe zu kommen.

Damien drückte sich gegen die Wand der Halle und suchte mit einem schnellen Blick die Gebäude der Umgebung nach Scharfschützen ab. Doch ihm blieb nicht viel Zeit dafür. Sie mussten hier aufräumen. Er spähte um die Ecke und entdeckte zwei seiner Männer im Schusswechsel mit einem oder zwei Kartellleuten, die von einem stillgelegten Kran aus feuerten. Schwer zu treffen hinter all dem Stahl. Vielleicht konnte er sich in einem Bogen herumschleichen und ...

Siedend heißer Schmerz schnitt in seine Haut. Der Schuss kam von hinten und die Kugel säbelte an seinem Hals entlang. Er spürte die Hitze, das Pochen, roch das Blut. Sein eigenes. Außerdem zischte etwas. Der Funkknopf an seinem Ohr hatte ebenfalls was abbekommen.

Damien wirbelte herum. Der Kerl musste sich irgendwo da hinten versteckt haben. Vielleicht war er extra auf ihn angesetzt worden und hatte den Befehl gehabt, zu warten, bis er sich wieder zeigte.

Natürlich wollten sie ihn noch viel mehr als seine Leute.

Damien drückte mit der linken Hand auf die Wunde an seinem Hals. Sie glühte, und Blut floss heraus, klebte an seinen Fingern. Der Schmerz dröhnte in ihm, als hätte jemand mehrere Lautsprecher um ihn herum aufgestellt und die Lautstärke komplett überdreht.

Trotz der Pein und seiner Wut auf diese Leute hielt Damien seine Gedanken zusammen und warf sich hinter ein Rudel Feuertonnen, um dem nächsten Schuss auszuweichen. Von dort aus erwiderte er das Feuer.

Der andere hatte keinen Schutz in Reichweite, aber er war dennoch schwer zu treffen. Damiens Körper war mit der Schusswunde am Hals und dem vermutlich ziemlich heftigen Bluterguss am Rücken, den er sich durch die abgefangene Patrone von vorhin zugezogen hatte, nicht mehr so beweglich wie normalerweise.

Zudem feuerte der andere sehr freigiebig zurück, schien sich keine Gedanken um seine Munition zu machen. Grimmig verzog Damien das Gesicht. Hinter ihm setzte sich das Feuergefecht zwischen den Männern auf dem Kran und seinen Leuten fort und ihm ging durch den Kopf, dass er nicht von allen Seiten geschützt war.

Er konnte hier nicht bleiben. Es war nur eine Frage der Zeit, bis die Wichser da oben ihren Tunnelblick ablegten, oder einen Funkspruch bekamen, der sie anwies, auf ihn zu zielen.

Er musste wieder in die Halle. Lieber nahm er den Qualm in Kauf, als die Gewissheit, seinen Gegnern eine offene Schusslinie zu schenken.

In einem Moment, als seine Leute gerade auf den Kran feuerten, rannte Damien in die Lagerhalle, die sich inzwischen deutlich mit Rauch gefüllt hatte. Er musste auf sein Gedächtnis zurückgreifen, um seinen Weg hindurch zu finden, denn sehen konnte man hier kaum noch etwas.

Es wurde Zeit, dass dieser Kampf endete. Entschlossen stapfte er durch die brennende Hölle aus Metall, Backstein und Hitze und erreichte ein Fenster, direkt neben der Tür, in der Luca noch immer lag.

Von dort aus lugte er nach draußen, suchte nach dem Mann, auf dessen Liste er ganz oben stand. Keine Spur von ihm. Was jetzt? Wenn er wieder nach draußen trat, wäre er ein leichtes Ziel. Wenn er sich weiterhin hier versteckte, würden sie hier wohl noch festsitzen, wenn die Polizei anrückte.

Draußen hatte sich rein gar nichts am Rhythmus der Schüsse geändert.

Damien lud seine Pistole nach und riss einen großen Streifen von einem rußigen Karton ab, den das Feuer noch nicht erfasst hatte. Dann drückte er sich eng neben die Tür, holte aus und warf ihn nach draußen.

So eine fingierte Bewegung eines größeren Objektes konnte einen Schützen, der die Waffe im Anschlag hielt leicht dazu bringen, sich zu offenbaren. Und genau das passierte auch. Es knallte und die Pappe ruckte in der Luft. Schön durchlöchert. Gut, dass er das nicht gewesen war.

Jetzt wusste er zumindest, dass da draußen jemand auf ihn wartete. Und der hatte eine verdammt gute Position. Er konnte an der frischen Luft in Sicherheit auf ihn lauern, während er hier langsam garte, blutete und hustete.

Es gab auf der anderen Seite noch einen Ausgang, aber erstens wurde der sicher auch beobachtet und zweitens gehörte Flucht nicht zum Plan, sondern die Auslöschung der Kartelltruppe.

Irgendwo in der Ferne ertönten Polizeisirenen. Der Qualm reizte Damiens Lungen, brachte ihn erneut zum Husten, während er nachdachte. Das Kartell musste deutlich mehr Leute geschickt haben, als er gedacht hatte, wenn es jetzt drei zu drei stand. Sie hatten Luca eindeutig Glauben geschenkt.

Aber er selbst hatte auch keine Armee hier auffahren können ... das hätte verdächtig gewirkt. Es musste eine Zahl sein, die er auch zu einem normalen Coup mitgebracht hätte. Egal, es war jetzt nicht die Zeit für Manöverkritik. Er musste einen Ausweg finden. Hier rauskommen und den Kerl abknallen, der sich da draußen versteckte und auf den Eingang zielte.

Er fing an, neben sich nach einem Schutzschild zu suchen. Die Kisten und Kartons brannten zwar alle, aber Damien hatte keine Angst vor den leckenden Flammen. Er brauchte nur ein Stück Metall. Eine Verkleidung irgendeiner Maschine oder seinetwegen eine verdammte Bratpfanne. Irgendetwas, mit dem er seinen Kopf abschirmen konnte, wenn er nach draußen trat. Das konnte wohl nicht zu viel verlangt sein.

Fieberhaft suchte er danach, verbrannte sich die Hand, hustete, machte weiter.

Draußen erstarben die Schüsse. Wahrscheinlich wurde gerade gefunkt, aber er hörte nichts davon und konnte seine Position nicht durchgeben. Er war auf sich allein gestellt.

Egal. Endlich fand er etwas, das sich nach einer Metallplatte anfühlte. Er zog daran. Zu langsam. Er hörte die Schritte erst, als es fast zu spät war.

Eine Messerklinge schlitzte seinen Ärmel auf und ritzte seinen Arm. Damien schrie und wirbelte herum. In dem Handgemenge löste sich ein Schuss aus seiner Waffe, der irgendwo Richtung Decke ging.

Obwohl er die Finger so fest um den Griff der Waffe schlang, wie es nur ging, wurde sie ihm fortgerissen. Das

Geräusch des metallischen Pistolenkörpers, wie es auf den Beton traf und dort entlang schlitterte, hallte grässlich in seinen Ohren. So klang eine Niederlage. Aber Damien war nicht bereit, zu kapitulieren.

Er schlug dem Mann mit der Rechten ins Gesicht, während er mit der linken versuchte, die mit dem Messer von sich fernzuhalten, aber der Schmerz zog auch die Kraft aus ihm heraus.

Die rasende Wut, die er empfand, war im Moment seine einzige verlässliche Kraftquelle und sie trug ihn weit. Trotz mehrere blutender Wunden, brennender Kehle und vom Rauch tränender Augen kämpfte er wie ein Tier mit dem Gegner, der einen halben Kopf größer war als er.

Damien merkte, dass er ihn nach draußen trieb. Raus aus der Tür, wo der Schütze lauern musste. Und wenn er Pech hatte ... noch mehr Kartellverstärkung.

Scheiße, er fand keine Zeit, um eins seiner Messer zu ziehen. Er brauchte alle Hände und alle Kraft, um den anderen davon abzuhalten, ihm die Klinge in den Hals oder ins Auge zu rammen.

Das hier würde nicht gut ausgehen. Wäre das hier eine Partie Schach, hätte er aufgegeben, allein aus Respekt gegenüber seinem Gegner. Es galt als guter Stil, eine Niederlage auf dem Brett einzugestehen, wenn man sie als ausweglos erkannt hatte.

Aber auf dem Schlachtfeld gab es so etwas für Damien nicht. Er würde sich so lange wehren, bis sein Körper streikte und alles schwarz wurde.

Auf einmal jaulte sein Gegner auf und klappte regelrecht zusammen. Da war das Geräusch von Stoff und Fleisch. Damien sah das Messer aufblitzen. Unter sich. Unter seinem Feind. Blut quoll hervor.

Luca sprang auf, die Waffe schon in der Hand und feuerte auf den Mann, den Damien erst entdeckte, als er getroffen zur Seite fiel.

Es dauerte zwei siedend heiße Sekunden, bis Damien verstand, was passiert war.

Luca hatte ihn gerettet. Aber die Welt brannte. Und der Plan auch.

KAPITEL 29

Luca

MAN HATTE SEHR viel Zeit, um über das Leben und das Sterben nachzudenken, wenn man neben einer brennenden Lagerhalle auf dem Asphalt lag und um sich herum Schüsse und Schreie hörte.

Seine einzige Aufgabe war es gewesen, einen überzeugenden Toten zu spielen, doch für einen überzeugenden Toten hatten ihn die Lebenden um ihn herum zu sehr interessiert. Vor allem einer dieser Lebenden.

Die ganze Zeit hatte sein Herz wie wild gewummert, hatte er auf Schritte, Bewegungen und Hinweise gelauscht, die ihm irgendwie verrieten, was passierte. Den Kopf hatte er weder heben, noch drehen können, und durch die winzigen Schlitze, die er sich zu öffnen erlaubt hatte, war schon bald nichts mehr zu erkennen gewesen, weil der Qualm immer mehr aus der Halle quoll.

Es hatte ihn alle Beherrschung gekostet, nicht zusammenzuzucken, als er mitbekommen hatte, wie Damien getroffen wurde. Eine Ewigkeit lang hatte er mit sich gerungen. Und dann, als die beiden Männer beinahe direkt über ihm gekämpft hatten, hatte er die letzte richtig dumme Entscheidung seines Lebens getroffen, das Messer gezückt und es dem Kartellsoldaten in die Eier gerammt.

Den lauernden Schützen hinter dem stillgelegten Truck in ein paar Metern Entfernung hatte er sich von vorhin gemerkt und so auf ihn gezielt, als würde er mit dem Finger auf ihn zeigen, schnell, einfach und präzise. Er war selbst von sich überrascht, wie perfekt er getroffen hatte.

Aber es war nicht der richtige Zeitpunkt, um auf Damiens Lob zu warten. Er legte den Arm um seine Hüfte und zog ihn mit sich. Weg von der Halle. Hin zu seiner Maschine.

»Gut, dass wir das in deinem Garten schon geübt haben.« Den Spruch konnte er sich nun doch nicht verkneifen, als er das Bein über den Sattel schwang und den Motor erwachen ließ. Damiens Gewicht auf der Maschine und seine Wärme an seinem Rücken fühlten sich gut an. Er gab Gas und brachte sie fort.

Irgendwie ... war die Welt im Gleichgewicht. Vielleicht lag das auch einfach nur an dem erlösenden Gefühl der Sicherheit, das ihn jetzt durchflutete. Es kam ihm so monumental *richtig* vor, mit Damien nach Hause zu fahren.

Wahrscheinlich hätte er enttäuscht sein sollen. Der Plan, seinen Tod in diesem Chaos vorzutäuschen, war nicht aufgegangen. Er selbst hatte ihn durchkreuzt, als er sich wieder in den Kampf eingemischt hatte.

Aber es war keine Option gewesen, Damien beim Sterben zuzusehen. Nicht durch seine eigene Hand. Und auch nicht durch unterlassene Hilfeleistung.

»Du hast wieder nicht richtig zugehört«, murmelte der jetzt müde hinter ihm. »Meine Leute hätten sich um die Sache gekümmert. Das hatte ich dir zugesichert. Du hattest deinen Teil erfüllt.«

Luca ließ die Maschine auf Damiens Grundstück rollen. »Ich habe richtig zugehört«, sagte er nur. Er hatte jetzt keine Lust, darüber zu diskutieren, wie dumm er war.

Er parkte das Motorrad hinter dem Haus und half Damien beim Absteigen. Es erschreckte ihn, wie viel Blut an ihm klebte.

»Hast du einen Arzt gerufen?«, fragte er.

»Das Funkgerät hat was abbekommen.«

Drinnen ließ Damien sich verkehrt herum auf einen Stuhl nieder und rief mit dem Handy einen seiner Ärzte zu sich. Luca konnte nur wieder einmal bewundern wie ruhig und gefasst er wirkte. Den Schmerz merkte man ihm nur an den schweren Atemzügen an. Damien fluchte nicht, jammerte nicht, verzog kaum das Gesicht.

Vor allem wirkte er nachdenklich.

»Hilf mir, die Sachen auszuziehen«, sagte er.

Luca nickte und nahm ihm das Jackett ab. Heute Morgen hatte er noch gedacht, wie gut es an ihm aussah und wie teuer es sein musste. Die Farbe allein ... jetzt war das Ding halb zerfetzt, an vielen Stellen rußig und mit Blut besudelt.

Er knöpfte Damiens Hemd auf, spürte die warme Feuchtigkeit an seinen Fingern, fühlte das Klopfen seines eigenen Pulses in seinem Kopf. Wie viel Blut hatte er verloren? Wahrscheinlich sah es mal wieder schlimmer aus, als es war, aber er machte sich trotzdem Sorgen.

Die schusssichere Weste – das hatte Damien ihm bereits vor längerer Zeit erklärt – war niemals ein Garant dafür, dass wirklich kein Schuss durchkam. Sie konnte Kugeln abfangen, aber es kam sehr darauf an, welche Art von Munition verwendet wurde und wie viel Wucht dahinter steckte. Diese Patrone hier steckte tatsächlich noch in den Lagen des Kleidungsstückes, aber als er die Weste von Damiens Körper löste und ihn weiter auszog, sah er den Bluterguss, der sich um den gesamten Bereich herum formte.

Das sah übel aus. Aber noch schlimmer fand Luca die Schusswunde an Damiens Hals. Wenn er genau hinschaute, konnte er richtig den Kanal sehen, den die Patrone in das Fleisch gebrannt hatte. Das Blut war über Schulter und Brust gelaufen und verklebte inzwischen mehr oder weniger. Der Schütze hatte nicht gut genug getroffen, um die großen Blutgefäße oder die Luftröhre zu treffen. Es fehlten ein paar wichtige Zentimeter. Dennoch war der Anblick schwer zu schlucken und es sollte sich schnell jemand darum kümmern.

Die andere Verletzung – die, die das Messer gerissen hatte, blutete noch, aber Damien drückte bereits mit einem Handtuch darauf.

»Wie du dem Kerl ein Messer in den Schritt gerammt hast ... das war schon ziemlich einzigartig«, sagte er auf einmal. Luca war so überrascht von seinem Kommentar, dass es einen Moment dauerte, bis er mit einem Grinsen reagieren konnte.

Anerkennung von Damien. Selten und wertvoll.

»Unerwartete Aktionen«, sagte Luca. »Mein Markenzeichen.«

»Unbestreitbar.«

»Ich danke dir.« Drei Worte in aller Ernsthaftigkeit mit einem Blick, der seinen festhielt. Blaue Augen, die ihn sahen. Nicht als naiven Dummkopf, sondern als jemanden, der eine Entscheidung getroffen hatte. Damien streckte die freie Hand aus. Und Luca gab ihm seine.

Es war eine einfache Geste, die auch unter Freunden hätte stattfinden können, aber gerade fühlte es sich intimer und näher an als ein Kuss. Luca schluckte und betrachtete ihre Hände.

»Wir können einen anderen Weg finden, dich rauszubringen«, sagte Damien nach einem langen Moment der Stille. »Du hast es dir verdient. Ein vorgetäuschter Tod ist immer am saubersten als einfach nur ein Verschwinden, aber ...«

»Was wäre, wenn ich bleibe?«, unterbrach Luca ihn. Damiens Blick änderte sich, wurde wacher, aufmerksamer, fragender. »Wenn ich bleibe«, wiederholte Luca. »Wie ... wie sähe die Zukunft aus?«

Eine kleine Falte bildete sich auf Damiens Stirn. »Es wäre niemals wie ein Leben außerhalb unserer Kreise. Selbst wenn ich dich beschütze. Selbst wenn das Kartell weg wäre. Irgendwann würden andere ihren Platz einnehmen. Das ist ein ewiger Kreislauf.«

»Das meine ich nicht.« Verdammt, Damien war so mutig, so stark und so abgebrüht... aber sobald es um Gefühle ging, wurde er zu einem feigen Häschen. »Was ist mir dir und mir? Willst du das? Uns beide? Mich?«

Damien atmete hörbar ein. »Luca.«

»Meinen Namen seufzen kannst du schon ziemlich gut. Das hat Potenzial.«

Es dauerte mehrere lange Sekunden, in denen er langsam mit der Hoffnung abschloss, dass sein Ehemann irgendetwas sagen würde, das seine Frage positiv beantworten würde. Irgendwo tief in sich hoffte er, glaubte er, dass Damien etwas für ihn fühlte. Aber wenn er sich dafür entschied, es zu verleugnen ...

»Der letzte Mann, den ich wollte, ist dafür gestorben.«

»Tja, und du *lebst* jetzt noch, weil ich dich will. Denk mal drüber nach.«

Von draußen drangen Geräusche herein. Damien blickte auf. »Der Arzt ist da.«

»Ich lasse ihn rein.«

Damien

Während seine Verletzungen versorgt wurden, zog Damien sich in seine Gedanken zurück. Die Ereignisse der vergangenen Tage und Wochen liefen vor seinem inneren Auge ab, wurden analysiert und sortiert ... und am Ende klebte auf jeder dieser fein säuberlich eingeräumten Gedankenkisten ein Sticker mit Lucas Gesicht.

Es war nicht nur die Tatsache, dass er ihn gerettet hatte. Dass er sich mehrmals für ihn entschieden hatte, als es hart auf hart gekommen war. Es war auch sein Lachen, seine Art, die Erinnerungen, die er mit ihm geteilt hatte, selbst wenn sie ihm einzeln betrachtet nur als dämliche Alltagsmomente erschienen. In der Summe ergab sich etwas, das er nicht wirklich erklären konnte.

Eine Anziehung. Eine Sehnsucht. Und eine Lücke, die sich auftat, wenn er sich vorstellte, ihn gehen zu lassen, wie er es selbst vorgeschlagen hatte.

Willst du das? Uns beide? Mich? Immer wieder hörte er diese Fragen und das *Ja* formte sich zwar nie zu einem

Wort, das den Weg zu seiner Zunge fand, aber das Gefühl, das sich in ihm aufbaute, trug denselben Namen, egal wie sehr er es verleugnen wollte.

Bald fand er sich auf dem Sofa wieder. Der Arzt injizierte ihm ein Schmerzmittel und Damien sank in die Waagerechte. Die Lider wurden schwer und in der Schwärze, die ihn überkam, tanzten die Bilder der letzten Wochen weiter vor sich hin.

Luca, Luca, Luca.

Dann vermischten sich diese gegenwärtigen Erinnerungen mit älteren. Luca wurde zu Matteo und Matteo zu Luca. Damals war alles noch leichter gewesen. Er hatte viel weniger nachgedacht. Seine Gefühle für diesen Jungen waren der einzige Kompass gewesen und natürlich hatten sie versucht, vorsichtig zu sein, aber sie waren nur dumme, naive Halbstarke gewesen.

Damals hatte er es leichtfertig gesagt. Von Liebe gesprochen, ohne zu wissen, wie viel dieses Wort wog. Und es hatte gestimmt – seine Gefühle für Matteo waren größer als alles gewesen, was er davor und danach empfunden hatte. Zumindest für lange Zeit.

Jetzt bei Luca ... das war anders. Bei Matteo hatte das Feuer anfangs nur aus Neugier und Lust bestanden und sich von dort aus kaum weiterentwickelt. Sein Gefühl Luca gegenüber war deutlich facettenreicher. Ihn einfach nur zu halten, reichte schon, um seine größte Sehnsucht zu stillen. Seine Stimme, seine albernen Sprüche. Seine Sturheit. Selbst seine Unerfahrenheit hatte ihren Charme. Und egal, wie dringend er sich dem entziehen wollte: Es gelang ihm nicht.

Wenn Luca ging ... in dieses andere Leben mit der neuen Identität, dann wäre es nicht viel anders als damals mit Matteo. Sicher, er würde wissen, dass Luca noch lebte, aber es

würde nichts an seiner Realität ändern. Tot oder nur fort
— beides bedeutete: nicht hier. Nicht bei ihm.

Als er aufwachte, war Luca da.

Er saß auf dem Boden vor dem Sofa, den Kopf gegen
die lange Vorderseite gelehnt. Damien hielt still, damit er
nicht eventuell durch die Bewegung aufwachte.

Hatte er hier Wache gehalten? War ja nicht so, als würde
er in Lebensgefahr schweben. Er hatte zwar ordentlich
geblutet und ihm taten so einige Stellen weh, aber alles
würde verheilen. Es gab keinen Grund zur Sorge.

Eine Weile lag er da und betrachtete Lucas Schopf.
Dann schlief er wieder ein. Irgendwann weckte ihn der Geruch von Essen. Es roch nach Tomate. Nach etwas, das
Luca gekocht hatte. Außerdem drang gedämpfte Musik
aus der Küche.

Sofort hatte Damien das Bild eines tanzenden Luca im
Kopf. Und ja ... ein winziger, alberner Teil von ihm
wünschte sich, er könne aufstehen, zu ihm gehen und mitmachen.

Wovor hast du Angst?, fragte er sich selbst. *Dein Vater wird
nicht aus seinem Grab aufstehen, und ihn erschießen. Und deine
Feinde haben bereits versucht, ihn zu benutzen ... am Ende war er
loyal zu dir. Was ist es also?*

Es gab mehrere Gründe und er hatte immer einen gefunden, den er vorschieben konnte. Aber wenn er noch tiefer
grub, dann war da noch etwas anderes sehr starkes, das
nichts mit Verrat zu tun hatte.

Wenn ich zugebe, dass ich ihn will, kann ich ihn erst richtig verlieren.

Einen Gegenstand, der einem wichtig war, konnte man
einschließen wie die Waffen oder im schlimmsten Fall er-
setzen wie Lucas Maschine. Aber einen Menschen ... einen
Menschen konnte man nicht einsperren, ohne ihn zu zer-

stören, und es gab keine Kopien. Man konnte ihn bitten, vorsichtig zu sein, aber das war niemals eine Garantie. Es gab keine vollständige Kontrolle, keine Sicherheit. Luca zu lieben und bei sich zu behalten, würde bedeuten, ein Leben lang mit der Angst zu leben, dass er sterben oder fortgehen könnte. Und es mussten nicht einmal seine Feinde sein, die ihn nahmen. Es konnte ein beschissener, sinnloser, zufälliger Verkehrsunfall sein, der ihn brutal von ihm wegriss.

Dagegen würde er nichts tun können. Du kannst das Schicksal nicht bedrohen, erpressen oder bestechen. Du kannst das Leben nicht kontrollieren. Du kannst einen Menschen nicht besitzen. Das war die Angst. Die Angst, der er gegenüberstand und gegen die er nichts tun konnte.

»So wie du das Gesicht verziehst, bist du wach«, sagte Luca, dessen Stimme auf einmal ganz nahe war.

Damien öffnete die Augen und sah ihn an. Schmerzen und Angst traten in den Hintergrund, machten Platz für diesen Mann.

»Du hast gekocht«, bemerkte Damien.

»Das ist jetzt wichtiger denn je. Du musst bald wieder zu Kräften kommen und das ist der beste Beitrag, den ich dazu leisten kann.« Luca musterte ihn. »Kannst du dich aufsetzen?«

Damien schnaubte. »Reden wir die paar Kratzer nicht schlimmer als sie sind.« Er setzte sich hin und schob die Decke beiseite.

Luca brachte die Teller und das Besteck und sie aßen an dem Couchtisch. Die Verletzung am Hals spannte beim Kauen und Schlucken, aber die Injektion unterdrückte den Großteil der Schmerzen. Das Essen schmeckte wie immer sehr gut. Auch wenn sein Ehemann gerne so tat, als seien seine Kochkünste nicht der Rede wert — er konnte gar nichts Schlechtes zubereiten.

Sie redeten wenig. In Luca Knochen saß sicherlich noch der Schock über das Erlebte, musste verarbeitet werden. Und in ihm selbst arbeiteten ganz andere Dinge. Sie hatten beide mit sich zu tun.

Trotzdem verbrachten sie die Zeit gemeinsam und das sprach wohl auch irgendwie für sich. Damien blieb auf dem Sofa und Luca saß auf dem Boden davor, während sie einen Film schauten. Mehrmals wollte Damien die Hand in seinen Haaren vergraben, ihn kraulen wie eine Katze, und ließ es am Ende doch, weil er sich nicht sicher war, was das bedeuten würde.

Nach der großen Finalszene des Actionfilms, kommentierte Luca: »Der Sprung mit dem Motorrad war schon geil, hätte ich auch gemacht um uns wegzubringen.«

Damiens Mundwinkel zuckten. Ja, er konnte sich das lebhaft vorstellen. Auch wenn sein Amüsement über Lucas Art sich direkt wieder mit Angst vermischte. Irgendwie war beides eins. Untrennbar miteinander vermischt.

Die Angst vor der Unberechenbarkeit des Lebens ... vielleicht konnte er ihr das entgegenhalten. Lucas Küsse und Sprüche und Aktionen. Das waren Unvorhersehbarkeiten, Überraschungen, unkontrollierbare Details, die sich *gut* anfühlten. Die ihn zu *Luca* machten. Ein wichtiger Teil von dem, was er liebte. Ohne das wäre er nicht mehr dieser Mann gewesen. Und diese Gefühle waren ja auch auf ihre Weise unkontrollierbar.

Sich so sehr vor diesem Aspekt des Lebens zu fürchten, bedeutete, gar nicht richtig zu leben. Natürlich machte das den Tod unbedeutender, weniger einschüchternd. Gefahren weniger dramatisch. Aber es nahm seinem Leben auch die Tiefe und versagte ihm das, was ihn in letzter Zeit so oft zum Schmunzeln brachte.

Er musste die Angst abschütteln. Seine Seele heilen, während sein Körper heilte.

KAPITEL 30

Luca

ER DACHTE NICHT ans Weggehen, solange Damien sich kurierte. Aber er dachte an Alessia. Zum Glück hatte Damien die Möglichkeit gehabt, ihr eine Warnung zukommen zu lassen – auch wenn Luca schlecht bei dem Gedanken gewesen war, sich über Lorenzos Regeln hinwegzusetzen: Der Mafiaprinz hatte einmal mehr bewiesen, dass er besser war als alle seine Gegenspieler.

Alessia ging es gut. Und von Lorenzo gab es keine Spur. Seine Leute hatten die Werkstatt untersucht – die Polizei später auch. Die Vögelchen waren ausgeflogen.

Luca fragte sich, ob sie dem Kartell ausreichend geschadet hatten. Immerhin waren auch einige von Damiens Leuten in diesem Gefecht draufgegangen. Dennoch fühlte es sich wie ein Sieg an. Sie hatten sich in eine Falle begeben und trotzdem überlebt. Er dachte gerne an seinen Auftritt zurück. An den Moment, in dem er das Messer versenkt hatte. An Damiens überraschten Blick. Zum ersten Mal wirklich überrascht. Das hätte er gerne als Fotoposter in A2.

In den ersten Tagen nach dem Coup hatte er sich wie unter Strom gesetzt gefühlt. Geschwächt und angreifbar, aber Damien versicherte ihm immer wieder mit Worten und Gesten, dass er runterkommen durfte. Überhaupt war er ... wahnsinnig geduldig und auf seine Weise sogar liebevoll. Er gab ihm nicht das Gefühl, dass seine Ängste und Gedanken dumm oder naiv seien, sondern ging auf ihn ein. Jedes Mal wieder, auch wenn er ihn bestimmt irgendwann damit nervte und Damien es ja nun weit schlimmer getroffen hatte als er, der mit einer kleinen Prellung an der Schulter davongekommen war.

Inzwischen dachte er nicht mehr ständig an Überfälle und Schießereien und das Kartell hatte auch keinen Versuch unternommen, ihn zu kontaktieren. Alessia ging es gut – sie schickte ihm jeden Morgen und jeden Abend eine Nachricht aufs Handy und schwärmte dabei von dem Mann, von dem sie ihm damals im Eiscafé berichtet hatte.

Als es Damien wieder gut genug ging, um das Haus zu verlassen, kam Luca mit. Zum ersten Mal begleitete er ihn ganze Tage lang. Sie hatten darüber keine Absprache getroffen. Es passierte einfach.

Abends nahmen sie bestelltes Essen mit nach Hause oder setzten sich in ein Restaurant, dem Damien traute. Und Luca fragte sich immer öfter: Was, wenn ich wirklich bleibe?

Sie traten ins Haus ein, Damien mit den Kartons vom Lieferdienst im Arm, er mit einem Sechserpack Coke. Und da wurde ihm klar, dass er die Antwort längst bekommen hatte: Wenn er blieb, würde es ziemlich genau so sein wie jetzt: Ein Leben an Damiens Seite. Gemeinsames Essen,

Fernsehen, Trainieren, Schachspielen, Sex, hin und wieder ein Tanz, zu dem er ihn nötigte, und sicher auch immer wieder gefährliche Abenteuer. Und Alessia. Gerade vibrierte wieder sein Handy und es war ihre Nachricht, die auf dem Display aufleuchtete.

Lächelnd schrieb er eine Antwort, während sie ins Wohnzimmer gingen, um sich für den Abend einzurichten. Wenn er blieb, dann hatte er hier ein Zuhause. Einen Platz. Einen Mann, von dem er nie gedacht hatte, dass er zu ihm gehören könnte und mit dem sich doch alles so richtig anfühlte.

Es wäre nicht das Leben, von dem er jahrelang geträumt hatte, nicht das Leben außerhalb der Unterwelt, aber Luca war sich gar nicht so sicher, ob er das immer noch wollte. Wenn er versuchte, sich dort einen Tag auszumalen, dann kam ihm das einsam und ein bisschen langweilig vor. So ganz ohne coole Kampfmanöver und Sex im Waffenzimmer. Nein, im Ernst ... natürlich würde er neue Menschen kennenlernen, einen Job haben und Dinge unternehmen. Aber er zweifelte daran, dass sich sein Herz dann genauso voll anfühlen würde, wie jetzt mit Damien.

Gefühlt hatte er jede Woche ein neues Ziel, das er erreichen wollte. Seinen Ehemann beim Schach ins Schwitzen bringen. Ihn zu einer Spritztour auf dem Bike überreden. Einen Tanzkurs mit ihm besuchen. Besser im Nahkampf und im Schießen werden. Einen Bereich in Damiens Geschäftswelt finden, den er für sich erobern konnte.

Vielleicht war sein Traum gar kein richtiger Traum gewesen, sondern nur eine Flucht, die er mit schönen Bildern und Vorstellungen kaschiert hatte. Eine Flucht vor einem Leben, in dem er sich immer unzulänglich gefühlt hatte, und das ihm jetzt erst offenbarte, dass es doch einen Platz für ihn gab.

Während er so nachdachte, beobachtete er Damien dabei, wie er die Pizzen auf Teller legte und passendes Besteck aus den Schubladen holte. Sie trugen das Essen zum Tisch und setzten sich hin. Damien zündete die Kerze zwischen ihnen an.

Man hätte es albern finden können, aber Luca gefiel es und Pizza war schließlich Pizza – egal, woher sie kam. In ihrem letzten Gespräch über die Frage, ob er bleiben sollte, hatte Damien zwar keine richtige Antwort gegeben, ihm nicht gesagt, dass er ihn hierbehalten wollte, dass er ihn an seiner Seite wollte, und all die Dinge, die er gerne gehört hätte ... aber sein Verhalten und dieser Alltag waren doch noch besser als Worte, oder?

Das hier war die Realität. Kein schmalziges Versprechen.

Luca fiel auf, dass Damien auch nicht nochmal von dem Thema angefangen hatte. Er hatte nicht gesagt: *Deine neue Identität steht jederzeit bereit.* Oder: *Du solltest dir Koffer von dieser Luxusmarke kaufen, bevor du in dein neues Leben startest.* Oder: *Reichen 500 Riesen für deinen Neustart? Wir sollten darüber verhandeln.*

Nichts dergleichen.

»Ich habe mich entschieden, zu bleiben«, sagte Luca. Ganz einfach, zwischen zwei Bissen Pizza.

Damien schaute auf und ihre Blicke trafen sich. Er legte das Besteck beiseite und tupfte sich den Mund ab. Luca rechnete mit allem. Auch mit Protest. Ihm fielen genug Gründe ein ... Damien könnte sagen, dass er niemanden gebrauchen konnte, der alle zwei Wochen seine Meinung änderte. Dass er sich nicht auf ihn verlassen könnte oder etwas in der Art.

Er fragte auch nicht: Hast du dir das gut überlegt? Bist du dir sicher? Schaffst du das? Da waren nur seine Augen und sein Gesicht, das in diesem Moment schwer für Luca zu lesen war. Weil er etwas darin sah, dass er nur selten bei Damien gesehen hatte. Keine Wut, kein Amüsement, es war einer dieser leisen Töne irgendwo zwischen Freude und Verletzlichkeit.

»Dann bist du hier weiterhin zu Hause, Darling.«

Luca konnte sich ein leises Schnaufen nicht verkneifen. Sie hatten diesen Kosenamen so oft ironisch benutzt, dass er ihm schwerfiel, ihn ohne diese Note zu betrachten. Wahrscheinlich verwendete Damien ihn deswegen. Es fiel ihm damit leichter, seine Gefühle zu offenbaren. Indem er sich hinter Humor versteckte.

»Morgen machen wir einen Ausflug«, sagte Damien nach einigen Sekunden des Schweigens.

»Mit meinem Bike?«, fragte Luca hoffnungsvoll.

»Wenn es sein muss.«

Seit dem Coup im Hafen schlief er noch öfter in Damiens Zimmer. Allerdings jetzt nicht mehr wegen gemeinsamer nächtlicher Aktivitäten, sondern weil es sich besser anfühlte. Weil die Schatten weniger finstere Bilder formten, wenn er Damien neben sich atmen hören konnte.

Heute Nacht lag Luca noch eine Weile wach und lauschte genau diesem Geräusch. Vorsichtig rutschte er näher heran. Gerade so nahe, dass ihre Körper sich nicht berührten, aber er die Wärme spüren konnte, die Damien aussendete.

Der letzte Mann, den ich wollte, ist dafür gestorben.

Luca hatte diesen Satz schon oft in seinem Kopf hin und her gedreht und von jeder Seite betrachtet. Damiens Schmerz lebte in diesen Worten.

»Was ist mit ihm passiert?«, flüsterte Luca. Er fragte sich selbst, fragte die Dunkelheit und eigentlich war sein Flüstern auch so hauchdünn gewesen, dass er Damien damit niemals hätte wecken können.

Trotzdem erhielt er eine Antwort. »Mein Vater hat Matteo hingerichtet, nachdem er erfahren hatte, dass wir zusammen sind.« Luca zuckte zusammen. Wahrscheinlich hatte Damien noch gar nicht geschlafen oder er war aufgewacht, als er an ihn herangerückt war.

Eigentlich war die Frage gar nicht für ihn bestimmt gewesen, und Damien hatte ja auch gar nicht genau wissen können, wen er meinte ... es hätte ja auch um Lorenzo gehen können. Aber er musste es gespürt haben und nun war da diese Antwort, die im Dunkeln zwischen ihnen schwebte. Einfach so. Luca wusste, dass Damien solche Dinge nicht jedem erzählte.

»Ich wusste, dass ich mich nicht mit ihm abgeben durfte, aber ich tat es trotzdem. Wir waren dumm genug, um zu glauben, dass wir es geheim halten könnten. Ich weiß bis heute nicht, ob es uns eine Zeitlang gelang, oder ob mein Vater es absichtlich einige Wochen laufen ließ, bevor er eingriff.«

Beinahe hätte Luca 'Warum?' gefragt, aber die Antwort fiel ihm ein, bevor er es ausgesprochen hatte: Damit es mehr wehtat. Diese Art von Spielen schien bei den Valentis sowas wie Tradition zu sein.

»Hast du ihn geliebt?«

Damien stieß den Atem aus. »So wie ein Sechzehnjähriger jemanden lieben kann.«

Luca überbrückte nun doch den letzten Abstand und legte die Hand an Damiens Arm. Er schien die Sache kleinreden zu wollen, aber Luca spürte das Echo dieser Trauer, dieses Verlustes. Und auch seine Schuld.

»Also aus ganzer Seele«, stellte Luca leise fest. »Es tut mir leid.«

»Es waren die Konsequenzen unseres Handelns.«

»Die Konsequenz von Liebe ist nur in den seltensten Fällen, dass man erschossen wird.« Damien wollte ihn unterbrechen, aber Luca sprach weiter. »Auch in dieser Welt!«

Sein Ehemann atmete hörbar durch, bevor er antwortete. »Jeder andere wäre wahrscheinlich mit einer Drohung verscheucht worden, aber die Castellanis waren tabu.«

»Meinst du, er hätte sich verscheuchen lassen?«

Für einen Moment herrschte Schweigen. »Er war ungefähr so stur wie du.«

»Also vermutlich nicht.«

»Er hatte sein Schicksal akzeptiert. Als er da saß. Er hat meinem Vater sogar noch gedroht.«

»Ganz schön furchtlos.«

»Ja.«

Er wollte nicht weiterbohren, wenn er Damien damit nur Schmerzen bereitete, aber es fühlte sich an, als hätte sich eine weitere Tür zwischen ihnen beiden geöffnet, als wäre das Atmen noch ein bisschen einfacher geworden. Damien hatte ihm einen Teil seiner Geschichte, einen Teil seines Herzens geschenkt.

Luca schmiegte vorsichtig den Kopf gegen Damiens Schulter und atmete aus. Bald schliefen sie beide.

Am Morgen war das Bett erstmals noch nicht leer, als Luca erwachte. Sobald Damiens Wärme fehlte, dämmerte er in die Realität hinüber und blickte blinzelnd auf seinen Rücken.

Sein Ehemann saß auf der Bettkante und massierte sich mit beiden Händen die Kopfhaut.

»Alles in Ordnung?«, fragte Luca mit einer Stimme, die vom Schlaf noch ganz rau war. Damien drehte den Kopf.

»Alles in Ordnung. Du kannst noch liegenbleiben.«

»Nein, heute machen wir einen Ausflug mit meiner Maschine. Ich könnte jetzt vor lauter Vorfreude sowieso nicht wieder einschlafen.« Er grinste breit, und bevor Damien sich wieder abwandte, konnte er auch auf seinem Gesicht eine Spur von Amüsement entdecken.

KAPITEL 31

Damien

ER HATTE DIE Sache schon vor einigen Tagen eingeleitet, aber noch auf den richtigen Moment gewartet. Der Moment war gestern gekommen. Luca hatte entschieden, zu bleiben. Von sich aus. Ohne von irgendwelchen kitschigen Versprechen gelockt zu werden. Für sich selbst. Und deswegen konnte Damien darauf vertrauen.

Auf einmal war da Gewissheit in einem Meer aus Möglichkeiten und *Vielleichts*. Eine Gewissheit, die sich zu Damiens eigener gesellen konnte. Auch er hatte in den letzten Tagen Entscheidungen getroffen. Im Stillen für sich selbst.

Er setzte sich den Helm auf, den Luca ihm reichte. Sie standen auf dem Hinterhof seines Anwesens, wo Lucas Maschine parkte. Und obwohl hinter dem Visier nicht mehr jedes Detail erkennbar war, wusste Damien, dass die Augen seines Ehemanns leuchteten. Er strahlte den ganzen Morgen schon vor sich hin.

»Steig auf und mach es dir bequem.«

Damien schwang das Bein hinter Luca über den Sattel. Er würde das hier niemals auch nur annähernd so bequem finden wie die Sitze in seiner Wagenflotte. Aber es hatte etwas anderes für sich, das die Autos ihm nicht geben konnten: Lucas Euphorie.

»Gut festhalten.«

Die Anweisung brauchte Damien nicht. Er war nahe an Luca herangerutscht und hatte die Arme bereits fest um seinen Körper gelegt. Das Anfahren war immer der kritischste Moment. Luca ließ die Maschine vorpreschen und kurvte ums Haus.

Wie gewohnt fühlte Damien sich in den ersten Minuten, als würde er jede Sekunde zur Seite wegkippen, aber das geschah nie und mit der Zeit fühlte er sich sicherer hinter Luca. Er wusste ja, dass der Kerl gut fahren konnte ... der einzige Unfall, von dem er wusste, war vom Kartell provoziert worden, damit sie an ihn herankamen. Eigentlich war Luca ein guter Fahrer. Für Damiens Geschmack zu schnittig unterwegs, aber das gehörte für ihn offensichtlich zum Spaß dazu.

Damien wies Luca den Weg durch die Straßen. Immer wieder beschwerte Luca sich murmelnd über den Stadtverkehr, aber er bog artig um jede Ecke, die Damien ihm ansagte.

Mit dem dichten Arbeitsverkehr am Morgen brauchten sie fast vierzig Minuten, obwohl der Weg nicht allzu weit war. Dann kam das Grundstück in Sicht. Ein rechteckiges Gebäude aus massivem Stein gebaut, keine unnötigen Schnörkel, umgeben von einem Parkplatz, der hoffentlich immer gut besucht sein würde.

»Wir sind da«, sagte Damien. »Fahr hier drauf.«

Luca ließ die Maschine durch das offene Metalltor rollen und hielt dann auf einer der markierten Flächen.

»Was machen wir hier? Wird das ein Sonderkampftraining?«, fragte Luca. Er war gut darin geworden, sich nicht in die Karten schauen zu lassen. Allein am Klang seiner Stimme hätte Damien nicht sagen können, ob er enttäuscht oder erfreut war. Aber er kannte Luca gut genug, um Ersteres anzunehmen.

Sobald die Maschine schwieg, stieg Damien ab und vertrat sich die Beine. Er zog den Helm vom Kopf, nahm einen tiefen Atemzug von dem Wind, der hier draußen, wehte. Sie befanden sich am Rande des Künstlerviertels. Ein etwas ruhigeres Gebiet, weit genug weg vom Stadtkern und trotzdem gut zu erreichen. Nicht mehr so eingesperrt von Hochhäusern.

»Kein Training«, sagte Damien und streckte die Hand nach Luca aus. Der wirkte kurz überrascht, nahm sie dann aber mit einem Grinsen. Sie gingen gemeinsam auf das Gebäude zu. »Das hier würde sich hervorragend als Werkstatt eignen, findest du nicht?«

»Ähm. Ja, ich schätze schon.«

Damien zog einen Schlüssel aus seiner Jackentasche und öffnete die Eingangstür für sie beide. Drinnen gelangte man erst in ein Büro und dann seitlich in einen großen Hallenbereich. Die lange Wand war eigentlich ein Tor. Luca erkannte das und Damien beobachtete ihn dabei, wie er die Gedanken zusammensetzte.

»Das könnte ein bisschen Normalität abseits der Unterwelt für dich sein«, erklärte Damien. »Etwas, das dich erdet.« Natürlich war ihnen beiden klar, dass keiner von ihnen jemals wirklich in der normalen Welt leben konnte, solange sie waren, wer sie waren. Aber einen 'normalen'

Job auszuüben, konnte dennoch helfen, sich etwas davon zu erholen.

»Das ist für mich?«, fragte Luca und drehte sich einmal um sich selbst, bevor er den Blick wieder auf ihn richtete.

»Wenn du es willst. Du musst nicht. Wir können uns auch woanders umsehen.«

»Das ist besser als ein Nachtclub«, murmelte Luca und lief in der Halle auf und ab. »Alex könnte vorbeikommen.« Er lachte kurz und es wirkte fast, als würde er Selbstgespräche führen. Begeisterte Selbstgespräche. Damien ließ ihn und wartete geduldig.

»Wie lauten denn die Regeln hierfür?«

»Du entscheidest über alles«, sagte Damien. Er hatte lange darüber nachgedacht und auch wenn er sich anfangs nur schwer mit dem Gedanken hatte anfreunden können, Luca die volle Kontrolle zu geben ... es war das Richtige. Das richtige für eine gemeinsame Zukunft. Luca brauchte Freiheit. Und sie beide brauchten umso mehr Vertrauen zueinander. »Triff nur bitte keine heimlichen Absprachen mehr mit Männern, die nett lächeln und dir Versprechungen machen.«

Luca lachte über seinen Scherz und kam auf ihn zu. Sie umarmten sich und Luca drückte sich fest an ihn. »Das wird großartig. Danke.«

»Deine erste Amtshandlung hier wird wohl sein, den Sender aus deiner Maschine auszubauen.«

»Vielleicht lasse ich ihn auch drin. Es gibt mir eigentlich ein gutes Gefühl, zu wissen, dass du weißt, wo ich bin.«

»Deine Entscheidung«, sagte Damien. »Ich vertraue dir. Und ich möchte, dass du glücklich bist.«

Luca küsste ihn. Innig und voller Zuneigung. Damien hielt ihn fest und betete zu sämtlichen Göttern, an die er nicht glaubte, dass das hier die richtige Entscheidung war.

Als sie sich voneinander lösten, war Lucas Grinsen noch breiter als jemals zuvor.

»Was?«, fragte Damien.

»Leute, die nicht sprechen können, benutzen *Gebärden*sprache, um sich auszudrücken.«

Damien runzelte die Stirn. »Ich hörte davon.«

»Und du ... benutzt *Gebäude*sprache, um zu sagen, was du nicht aussprechen kannst.« Er lachte. »Ich liebe dich auch.«

Luca küsste ihn auf die Wange, sah ihn noch einen Moment lang an, und wandte sich dann schwungvoll wieder ab. Damien meinte, ein kleines Glitzern in seinem Augenwinkel gesehen zu haben.

»Ich muss mir das hier dringend noch näher ansehen«, verkündete Luca.

Damien brauchte einen Moment, um die Worte zu verarbeiten, die jetzt einfach so durch die schattige Halle schwebten. Freigelassen von einem Mund, der manchmal zu schnell war. Mal wieder unberechenbar.

Er wusste nicht, ob er sich ertappt fühlen oder nur froh sein sollte, dass Luca zwischen den Zeilen lesen konnte. Er empfand beides. Eine seltsame, unreife Scham darüber, dass Luca seine Gefühle schneller und deutlicher benannt hatte als er selbst und zugleich eine heitere Zufriedenheit darüber, dass sie sich auch in diesem Bereich gut ergänzten.

Gemessenen Schrittes folgte er Luca bei seiner Besichtigung durch das Gebäude, hörte zu, wie er den Schnitt der Räume und die zurückgelassene Einrichtung beurteilte und wie er Pläne machte, wie die Werkstatt aussehen sollte, wenn er hier loslegte. Luca füllte das Gebäude mit Leben, nur indem er anwesend war und sein Inneres nach außen kehrte.

Nachdem die ausführliche Besichtigung abgeschlossen war, gingen sie etwas essen und Luca rief ganz begeistert seine Schwester an, um von den neusten Entwicklungen zu berichten. Sein Liebesgeständnis ließ er außen vor – das schien er vorerst für sich behalten zu wollen.

Ich liebe dich auch.

Es würde noch eine Weile dauern, bis er das genauso unbefangen würde sagen können wie Luca.

Am Abend widmeten sie sich wieder Taten, die lauter sprachen als manche Worte. Luca hatte ihn gebeten, noch einen Ausflug ins Waffenzimmer zu machen. »Um die schlechten Erinnerungen auszutreiben, die damit verbunden sind«, hatte er gesagt.

Es würde sonst vielleicht immer der Raum bleiben, in dem er Luca mit seinem Verrat konfrontiert hatte. Auch wenn es sich für Damien längst nicht mehr so scharfkantig anfühlte. Er hatte ihm verziehen, wie diese Sache gelaufen war – so wie auch Luca ihm so einiges hatte durchgehen lassen.

Aber jetzt schien sich dieses Chaos aus arrangierter Ehe, Misstrauen und unerwarteten Gefühlen immer mehr zu sortieren. Sie spürten beide immer klarer, was sie wollten und wer sie waren. Für sich selbst und füreinander.

Er hätte nie gedacht, dass es so kommen würde. Wenn er Luca jetzt ansah, dann sah er zwar rein optisch noch denselben Mann, den er damals betrunken in diesem Club aufgemischt hatte, aber gleichzeitig auch jemand ganz anderen. Einen Mann, der in kurzer Zeit wahnsinnig gewachsen und gereift war. Der ihn hatte tiefer in sich blicken lassen, als er selbst es jemals bei anderen zugelassen hatte.

»Du trägst sie jetzt regelmäßig«, bemerkte Luca. »Deine Lieblingspistole.«

Damien nickte.

»Obwohl sie hier sicherer wäre. Hinter Glas. Einge-schlossen.«

»Korrekt. Aber ... ich habe hier hinter Glas auch weniger von ihr.«

Luca trat an ihn heran und hakte die Finger in seinen Gürten ein. Mit der anderen Hand schob er sein Jackett beiseite und legte damit das Halfter frei, in dem besagte Waffe steckte. Grinsend strich er darüber.

»Du hast doch damals nur so getan, als hättest du was dafür übrig, oder?«, fragte Damien. Er wusste, dass die besonderen Gefühle, die er für Schusswaffen hatte, nur die wenigsten teilten.

»Die Waffen an sich machen mich nicht heiß. Aber wenn du sie hältst...«

Das Funkeln in Lucas Augen lockte ihn. Die Stimmung zwischen ihnen war gelöst – sie hatten vorhin gemeinsam mit ein paar Gläsern Wein auf den Tag und die Zukunft angestoßen – und Luca offensichtlich auf Sex aus.

Sie hatten jetzt eine ganze Weile darauf verzichtet. Aufgrund seiner Verletzungen und den Anweisungen des Arztes.

Sie schienen beide denselben Gedanken zu haben, das selbe Gefühl. Nur ein schneller Blick, dann lösten Lucas Finger seinen Gürtel und nestelten am Verschluss seiner Hose herum. So hastig, als müssten sie in fünf Minuten bei irgendeinem wichtigen Termin sein.

Aber es war keine Zeitnot, die ihn drängte, sondern Ungeduld. Damien konnte sie auch fühlen. Er trat nur einen halben Schritt zurück, sodass er sich gegen die geschlossenen Vitrinen lehnen konnte, und strich Luca durchs Haar, während der ihm den Stoff vom Körper zerrte und das Gesicht in seinen Schoß presste.

Ein gieriger Mund, der schon viel zu lange leer gewesen war, nahm ihn auf und das Gefühl von Wärme und Feuchtigkeit ließ Damien ein Seufzen ausstoßen. Lucas Zunge neckte ihn, seine Lippen umschlossen den Schaft, seine Hände vervollständigten das Gefühl.

Es war eine kribbelnde Mischung aus Hochgefühl und Schwäche, die durch Damiens Adern floss, als Luca so vor ihm kniete und ihn verwöhnte. Und es war so viel besser, als ihn nur dabei zu beobachten, wie er am Lauf einer Waffe lutschte.

Damals, das war Provokation gewesen, ein Schauspiel, das er inszeniert hatte, eine Machtdemonstration. Das hier, ... das waren sie beide. Echt und ohne Spielchen, ohne Strategien.

EPILOG

Luca – anderthalb Jahre später

SCHAU MAL CLARA. Das sind Onkel Luca und Onkel Damien«, sagte Alessia und hielt das Baby einmal in seine Richtung und einmal in Damiens. Luca konnte gar nicht aufhören zu grinsen. Diese kleinen Arme und Beine, die winzigen Finger, der gelbe Strampler ... das war so drollig und faszinierend.

»Merk dir das, Kleine«, sagte Luca. »Wir sind deine Onkels. Einer mit einem coolen Motorrad und einer, ... der kein cooles Motorrad hat.« Er hielt Alessias Tochter seinen Finger hin und gluckste freudig darüber, wie sich die Babyfinger um seinen legten.

»Onkel Luca ist absolut bereit, Pate zu werden«, kommentierte Damien trocken.

Alessia lächelte. »Darum wollte ich euch sowieso bitten.«

Sie standen im Wohnzimmer seiner Schwester und ihrer kleinen Familie. Ihr Mann klapperte in der Küche mit dem

Geschirr. Er hatte nur kurz Hallo gesagt und sich dann entschuldigt, damit nichts anbrannte.

Luca mochte ihn. Er packte zu, war keiner von diesen faulen Typen, die alles ihre Frau machen ließen. Einmal mehr dachte er, dass alles genau richtig war, so wie es gekommen war: Dass Damien ihn geheiratet hatte und Alessia somit frei für eine andere Liebe gewesen war ... und, dass er geblieben war. Dass er das hier erleben konnte.

»Setzt euch«, sagte Alessia und deutete mit dem Ellbogen auf den Esstisch. Sie selbst nahm mit dem Baby auf ihrem Schoß Platz. Um die Augen herum wirkte seine Schwester müde – das brachte der Alltag mit einem Neugeborenen mit sich, aber sie strahlte auch ein Glück aus, das Luca so noch nie bei ihr gesehen hatte.

»Ich erneuere hiermit mein Angebot, zum Babysitten einzuspringen, wenn Bedarf besteht«, sagte Luca.

»Oh, du wirst zum Zug kommen, Brüderchen, keine Sorge. Aber nur, wenn du versprichst, dass du sie nicht auf deine Maschine setzt. Es gibt keinen passenden Helm für sie.«

Luca lachte. »Damit warten wir noch. Versprochen. Aber wenn sie alt genug ist, wird ihr cooler Onkel ihr den Wunsch nicht abschlagen. Und du weißt, dass diese Zeit kommen wird.«

Alessia und Damien schüttelten beide schmunzelnd den Kopf. Ihnen war klar, dass er Recht hatte. Leon brachte einen Topf, aus dem es sichtbar dampfte und stellte ihn in die Mitte des Tisches.

»Eintopf. Entschuldigt, wir haben im Moment keine Ressourcen für ein Drei-Gänge-Menü. Aber es schmeckt, versprochen.«

»Ich liebe Eintopf«, sagte Luca.

»Wir haben doch gesagt, dass ihr euch keine Umstände machen sollt«, ergänzte Damien. Luca wusste, dass er Alessia auch angeboten hatte, selbst Essen zu organisieren, aber sie hatte das abgelehnt. Sie wollte alles ganz klassisch.

»Papa ist bestimmt der stolzeste Opa der Welt«, murmelte Luca, während Damien sich darum kümmerte, erst seinen, dann seinen eigenen Teller zu füllen.

»Er findet sich noch in die Rolle ein ... ein Junge wäre ihm lieber gewesen. Na ja, typisch. Aber er ist ihr längst verfallen, da kannst du dir sicher sein.«

»Den Jungen liefern wir noch nach, wenn sich alles ein bisschen beruhigt hat«, sagte Leon und kassierte damit einen Knuff mit dem Ellbogen von Alessia.

»Daran will ich jetzt noch gar nicht denken.«

»Ist doch ganz egal, lass dir von Papas Vorstellungen keinen Druck machen«, sagte Luca und deutete mit der Gabel auf Alessia.

»Manchmal führen seine Vorstellungen über Umwege zu guten Ergebnissen«, erwiderte sie und schaute zwischen ihm und Damien hin und her.

»Tatsache«, brummte Damien und schenkte ihm einen Blick, der für Valenti-Verhältnisse nur so vor Wärme sprühte – für Außenstehende war er wahrscheinlich kaum von seinem üblichen Pokerface zu unterscheiden. Aber Luca war dazu in der Lage. Er lächelte und lehnte sich zu seinem Ehemann hinüber.

»Papas Vorstellung war eine Sache ... in das Ergebnis ist viel Arbeit geflossen, mit der er nichts zu tun hatte«, erinnerte er alle Anwesenden.

»Ich bin stolz auf euch«, sagte Alessia. »Auf euch beide.«

Er hatte Alessia nach und nach alles erzählt. Wirklich alles. Anfangs hatte sie verletzt reagiert. Verletzt, dass er wirklich hatte gehen wollen. Aber sie war seine Schwester.

Sie hatte es auf einer Ebene verstanden, die nur Geschwister teilten, und nachdem die Wahrheit alle Unsicherheiten verdrängt hatte, war ein tieferes Verständnis zwischen ihnen beiden eingekehrt. Eine Ebene, die sie sonst vielleicht niemals erreicht hätten.

Er hatte ihr geschworen, zu bleiben und dieses Versprechen noch einmal erneuert, als sie ihm von ihrer Schwangerschaft berichtet hatte. Für Damien und für diese süße kleine Familie nahm er die Gefahren und auch die Ketten, die dieses Leben mit sich brachte, gerne in Kauf. Denn er musste es nicht allein tun.

Das war etwas, das sie beide, jeder auf seine Art, gelernt hatten.

Luca hatte gelernt, stärker und selbstbewusster zu werden, jetzt da er am richtigen Platz war. Ein Platz, für den er kämpfen würde, wann immer es nötig war.

Und Damien ... Damien hatte nach und nach seine versteckten Ketten gelöst. Mit Blicken, mit kleinen Gesten und großen Taten. Er hatte ihn nicht nur in sein Herz gelassen, sondern auch gelernt, sich einzugestehen, dass es so war. Luca glaubte, dass ihm das manchmal immer noch Angst machte. Dass er es manchmal immer noch für eine unverzeihliche Schwachstelle hielt.

Aber es gab auch diese Momente, immer öfter, in denen er sehen konnte, dass Damien diese Schwäche liebte und sie keinesfalls mehr gegen vollkommene Sicherheit hätte tauschen wollen.

Danksagung

Ich danke allen, die mich auf meiner Reise in diese fremden Gefilde begleitet haben. Früher habe ich immer gesagt, ich würde nie Mafia Romance schreiben, weil ich das Setting einfach nicht beschreiben könnte. Dass dieses Buch nun trotzdem fertig ist und den Weg zur Veröffentlichung geschafft hat, macht mich stolz und glücklich.

Ich danke meinen lieben Testleserinnen Sabrina und Franzi, und allen anderen begeisterten Stimmen, die sich schon vor Veröffentlichung mehr Mafia Storys von mir wünschen. Mal schauen!

Außerdem dürfen sich alle meine Patrone umarmt fühlen, besonders die Fluchbrecher: Caro, Jenny, TeaRex, Saphiraly und Sabsel. Danke Cassy für das tolle Cover! Und danke dir, liebe Leserin, lieber Leser, dass du es bis hierher geschafft hast. Ich hoffe, wir lesen uns bald wieder.

VIP WERDEN

Wenn dir die Geschichte gefallen hat, und du keine Neuigkeiten zu meinen Büchern verpassen willst, abonniere doch gerne meinen Newsletter auf meiner Website: https://gabriella-queen.de unter »VIP werden«. Keine Sorge, du wirst nicht mit E-Mails zugespammt, dafür bin ich viel zu faul. Aber ich informiere dich jedes Mal, wenn ein neues Buch erscheint, und manchmal verlose ich auch Bücher oder Buchgutscheine. Es lohnt sich also, sich anzumelden.